U0575369

# 觉 语

杨七芝 著

西安出版社

**图书在版编目（CIP）数据**

觉语 / 杨七芝著. -- 西安：西安出版社，2025.

3. -- ISBN 978-7-5541-7950-5

Ⅰ. I267

中国国家版本馆 CIP 数据核字第 20255Y2C31 号

---

**觉语**

**JUEYU**

著　　者：杨七芝

责任编辑：路　索

印刷统筹：尹　苗

出版发行：西安出版社

社　　址：西安市曲江新区雁南五路 1868 号

　　　　　影视演艺大厦 11 层

电　　话：（029）85264255

邮政编码：710061

印　　刷：永清县晔盛亚胶印有限公司

开　　本：880mm×1230mm　　1/32

印　　张：8.5

字　　数：180 千

版　　次：2025 年 3 月第 1 版

印　　次：2025 年 3 月第 1 次印刷

书　　号：ISBN 978-7-5541-7950-5

定　　价：68.00 元

△本书如有缺页、误装，请寄回另换

# 诗情画意·芝之美

李文祺

　　20世纪60年代，一批满怀理想的上海知青背起行囊，北上黑龙江北大荒，在这片广袤的土地上磨砺人生。他们返沪后，被人们亲切地称为"黑兄黑妹"，并在各自的领域大显身手。时光荏苒，如今的"黑兄黑妹"中，有的已步入公务员行列，在领导岗位上继续服务群众；有的在文学艺术的殿堂里畅游，著书立说；有的则已年过花甲，享受着含饴弄孙的天伦之乐。其中，有一位我熟识的"黑妹"，名叫杨七芝，她与祖国同龄，我们的友情已历经三十余载。

　　那时，我作为中国首次南极科学考察队的随队记者，前往南极建立中国的首座考察站——长城站。杨七芝与她80余岁高龄的父亲杨志翔以及一位画家得知消息后，急忙为我寄来信件和礼物。这封信件历经千山万水，从北京辗转至长城站，终于送到我手中。信中饱含着他们滚烫的热情和壮怀的牵挂，那是两幅画和一首壮行诗。一幅画上是满山红叶，一艘航船向南航行，旁边写着"一帆风顺"，这是他们对中国首次南极征途的中华儿女的祝福，也是对我的祈愿。另一幅画上则是"兰竹清香"，寓意我们考察队能像翠竹兰花一样，深受祖国人民的喜爱。杨老以遒劲的书法写道："数万里航跨两洲，英雄破浪到南球。欣闻捷报登乔岛，遥祝建功壮志酬。——欣闻壮行安抵南极，赋诗祝贺李文祺同志鹏飞胜利。"

身处遥远的南极，我举目无亲，但深感祖国人民的敬重与爱戴如同亲人一般，赋予我极大的生存与奋斗的精神力量。我感动得热泪盈眶，并将这些诗画牢牢地保存至今，与杨七芝的友谊也历久弥新，至今不变。

杨七芝，出生于上海一个书香门第，自幼沐浴在家庭的深厚文化底蕴之中。历经数十年的艰苦奋斗与不懈努力，她的作品与事迹逐渐得到了国家有关部门的重视与嘉奖。今年春天，她致电于我，欣喜地告知她的作品《觉语》即将结集出版，并邀请我为之作序。我欣然应允，以此表达我对她的祝贺与敬意。

杨七芝的家位于上海南京东路附近的台湾路上，是一处典型的上海石库门老屋，虽无现代化的煤卫设施，却充满了浓厚的历史气息。走进大门，一条昏暗的过道映入眼帘，踏上那陡峭而狭窄的木楼梯，每一步都伴随着"咯吱咯吱"的声响。一只小灯泡微弱的光芒照亮了我们上楼的脚步。来到二楼左厢房，推开门扉，只见一张陈旧的方桌赫然摆放在房间中央。右边是她父母的双人床，而床的上方则是一个小阁楼，高度仅有一米多。这个阁楼是杨七芝入睡与读书的天地。她每天依靠一部小扶梯爬上爬下，进进出出，乐此不疲。

房间的北面有一排明亮的窗户，北风吹过时，呼啦作响。左边的板墙上，从上到下巧妙地摆满了她父亲亲手设计的木板书橱。书橱里摆满了古今中外的名著，以及一大沓她父亲在几十年间热爱旅游与考古文化所撰写的诗文游记。这些游记用蝇头小楷书写，古色古香的玄蓝布面线本装订，彰显出老人深厚的文化底蕴与卓越的修养。令我深感敬佩的还是老人对中国古代文化潜心研究与传承的锲而不舍的精神和他那勤俭节约的美德。老人如同当年的徐霞客一般有才华，却不愿炫耀，未能让社会将他的才华与精神发扬光大。杨七芝常常为此感到懊恼，她曾托我帮她父亲找人廉价出版诗文集，却被老人婉拒。如今，这些灿烂的文化瑰宝仍躺在尘埃里，发霉虫蛀，实在令人惋惜！

另外，她家靠弄堂的东墙也有两扇窗户，透过些许明亮的光线，种着两盆幽雅的君子兰。窗的上方是她父亲挥洒的王体行书"晚香楼"，红木匾额上的书法精湛绝伦，透露出东汉杨震将军后裔遗传下来的翰墨灵气，如今已传承到杨七芝这一代。窗下有一张写字台，是她父亲每天看书写字的地方。写字台左边有个方水斗，便是她们一家用水洗涮之处。过去，她们一家十几口人就在这30平方米的狭小天地里度日。以现在的眼光来看，这简直不可思议！老房子的衰败与破旧是真实的现象，绝无夸张之词。

杨七芝就是在这样艰苦的环境中成长、生活，这里锻造了她不畏艰难、不怕困苦、不断寻求进步的坚强意志。当孤身一人，在异乡患病无助时，她凭借自己的坚强与病魔搏斗，闯过了一道道难关；当家庭遭遇变故，第三者插足导致丈夫变心离婚时，她坚定沉着，不卑不亢，以自信、自强、自立的态度走出阴影，奔向新的生活；当热爱上书画艺术时，她白天工作，晚上则投身于画作之中，没有画案就将画布挂在墙上或搭起铺板作画，立志将国画作为自己精神的寄托和生命的追求。数年来，她坚持不懈地创作，"一窗风雨凄凉夜，半间破屋作画图"，全身心地投入艺术创作中，达到了废寝忘食、一丝不苟的境界。

她拜著名书画家及鉴藏家谢稚柳先生为师，从大师的艺术中探寻真谛。同时，她游历大江南北，写生创作，远取诸物，近取诸身，力求将广阔天地作为创作的源泉。她以前辈们那种雄浑苍茫的气势、酣畅淋漓的笔情墨韵进行创作，深感"中得心源"，连一草一石都会使她产生心灵的共振而痴迷陶醉。她这段时期的作品在国内外不断展出并获奖，令人敬佩！

为了追求更深层次的美感，杨七芝步入了"师造化"和理论学习的升华阶段。她写下了优秀的毕业论文《试论气质与书画的关系》，得到了书画界同仁的广泛好评。调到上海市总工会工作后，她的创作环境有所改善，她也同时加入了沪东画院和广西石涛研究院，足迹遍布祖国的壮丽河山。她深信艺术源于生活，大自然中蕴含着丰富的创作素材。她从《周易·系辞》"仰则观象于天，俯则观法于地"中探索"法本自然""应物象形"的哲理。每到一处，她都细心观察，勤奋写生，将山山水水的英姿态势、峥嵘气概蓄积心中，为创作积累素材和汇聚能量。及至临池创作时，她灵思涌动，信笔画来，将胸中丘壑汇成纸上佳作，她的才华在一幅幅作品中表现得淋漓尽致，这些作品洋溢着鲜活的时代气息，动人心弦。她的作品先后在《解放日报》《新民晚报》等报纸上登载。此后，她的创作灵感一路奔腾，诗情画意俱佳，令人欣喜！

然而，在艺术上要想独树一帜并不容易。杨七芝将自己的气质与远见卓识相结合，勇敢地攀登新的山峰，力求取得千变万化的笔墨精髓，实现形神兼备的艺术境界。她用"笔墨之法"

描绘"山川之质",通过深入探索,将山川的奇峰异石演化为"山川之质",赋予了作品更深厚的内涵。

选择三清山与玉山作为自己的创作基地,无疑是杨七芝的明智之举。她深入了解了三清山14亿年的地质变迁史,感受到了造山运动形成的"清水出芙蓉"般山体的内在美,以及四季变换、日月运行、人文古建等交相辉映的形象美。她运用传统的工笔、写意、泼墨等手法,创作出一派新的境界,画出了《巨蟒出山》《司春女神》《三龙出海》等绝境巨作。三清山宏伟壮阔的气象,给她带来了无限灵感。

当杨七芝在上海美术馆举办大型"杨七芝三清山画展"时,我特意从北京送去了祝贺的花篮。她的《杨七芝三清山画选》出版后,我第一时间就收到了佳作。上海人民广播电台、上海电视台也在节目的第38集《艺海无涯苦作舟的杨七芝》对其进行了专题播放,受到了听众和观众的喜爱。从此,三清山的旅游事业在上海拉开了序幕。《解放日报》的记者对她进行了专访,并在报纸上发表了整版的专题文章与同名画作《两个知青一座山》《三清山下怀玉情》。

30年的努力,50年的砥砺前行,杨七芝的艺术成果硕果累累,令人赞叹不已!

杨七芝的奋斗与创作之路从未停歇,三清山书画院与三清山画派在她的引领下日益壮大,她已然形成了自己独特的书画风格。然而,令人惊奇的是,杨七芝对艺术的追求并未止步于此,她精益求精,严格自律,提高修养素质。除了深入挖掘三清山的自然与人文景观外,她还心系当地百姓,积极为他们的脱贫致富而呼吁。她与刘鹏飞老师几十年来共同奋斗,帮助许多老乡走上了富裕之路，而他们自己却始终保持清贫的生活和乐观的精神。在她的纪实文中，"同舟共济，肝胆相照"的精神，代表了她的艺术人生。

如今，更令人敬佩的是，杨七芝深刻认识到提高书画水平不能缺失高屋建瓴的文学。她认为文学思想攸关一个国家的文明发展与个人道德的提高，古今中外优秀的文学家都是她自省的一面镜子。因此，她50岁后决定从头开始，利用十年时间，面壁三清山进行反省与写作，撰写了30余万字的回忆录和30多万字的文集，以及几百首诗篇。她表示，在文学的田园里，自己要像勤劳的蜜蜂一样，为人间带来芳馨与甜蜜。这一切在她的许多文集中都可见一斑，这些作品见证了她的人生轨迹——奋斗进取，勇攀高峰。她的文集中，良师益友之间的友情跃然纸上，优美的诗歌让人陶醉，优雅的文字清新夺目，曲折的情节让人回味无穷，激励的语句让人难忘。

如今，杨七芝的事迹与作品不断入编国内外书籍，她的成就与贡献令人可贺！

杨七芝作为一位知名的画家与作家，始终在创作的道路上不懈求索。国庆期间，国学名家在全国范围内精选著名书画家的作品作为系列工程，其中又出版了她的两本三清山画册，进一步展现了她在艺术领域的斐然成就。而近十年来，她更是潜心创作，竟然完成了六本文学专著的出版，其硕果累累，令人赞叹不已。

我愿她能够继续努力，不断超越自我，运用山水画家的妙笔生花，创作出更多更好的作品。同时，也祝愿她笔耕不辍，继续创作更多脍炙人口的新诗文，尽享真善美的愉悦。

杨七芝的画作是美的，她的诗文同样是美的，但更难得的是，她的人格和心灵更美！她的诗情画意中流淌着"芝之美"，这正是她独特的魅力所在。以此为序，愿我们共同见证她未来更多的辉煌与成就。

写于 2024 年阳春沪上寓所

李文祺：《解放日报》驻北京办事处原主任、高级记者

# 目　录

## 第一辑　艺海无涯苦作舟

## 第二辑　培根铸魂保边疆

## 第三辑　万劫余生修善根

## 第四辑　利涉山川青云志

## 第五辑　顶礼膜拜念古今

## 第六辑　世间百态渡觉岸

## 第七辑　寻根溯源故乡情

第一辑
DI YIJI

艺海无涯苦作舟

# 艺海慈航　金风相送

　　诗书画文，作为中华民族五千多年优秀文艺传统的瑰宝，不仅蕴含着广博精深的系统理论与悠久深远的民族历史，而且在应物象形、以形传神的美学造型上，展现出独特的法本自然、囊括天地、变化无穷的创造力。正是这股无穷无尽的力量，孕育了一代代巨匠，催生了一幅幅辉煌的神品，构筑起一座座瑰丽宏伟的艺术宫殿，与天地同存，和日月同光。若将国学的历史长河比作天上的星汉，那么历代大师便是其中熠熠生辉的巨星，而我，则是这浩瀚星群中的一颗小星星。

　　我出生在上海的一个书香门第，父亲致力于金融、古文诗词和书法研究，母亲则知书识礼，因此我从小就受到了严格的教育。4岁起，我便跟随严父学习书法、背诵唐诗；7岁时，又随慈母学习刺绣、印花样，自幼便被翰墨的芳香熏陶着。中学时期，我便热衷于为学校出黑板报，16岁中学毕业后，考上了美校，却不料恰逢美校停办。

　　1968年，我响应号召前往北大荒兵团，在白山黑水的广袤大地上接受军训，参与劳动。然而，种种苦难并未让我迷失方向，陷入困境或丧失灵性与自信，我一有机会便为大家编写板报、策划节目。正当我即将被沈阳军区文工团调入乐队之际，一场传染性甲肝炎却击碎了我的美梦。为了治病，我投靠了在江西当医生的二姐，并迁移到三清山北麓的知青农林场插队落户，担任会计工作。我尝尽了脸朝黄土背朝天的艰辛，但仍时常记得为知青们办宣传栏。我从事过多种工作，历经疾病、爱情、婚姻的严重折磨。命运之神似乎格外捉弄我，除了孑然一身且多病缠身外，我一无所有。"三十功名尘与土"，理想、事业、家庭都化为泡影，我悲愤交加，甚至愿将一缕魂魄归还大自然。

在生与死的紧要关头，国画艺术以其无比神奇的魅力向我发出了召唤；正义则如巨人般伸出援手，助我摆脱噩梦，重获新生。自33岁起，我正式拾起画笔，创作了一些作品，也由此踏上了艺术生涯中"八千里路云和月"的求索之旅。

那时，我身为小店营业员，白天工作，晚上则投身于画作之中。没有画案，我只能将画纸挂在墙上进行创作。但我矢志不渝，立志将国画作为我的精神生命，数年如一日地坚守着"一窗风雨凄凉夜，半间破屋作画图"的艰苦创业精神。

1983年元宵节，一个偶然的机会，我陪同艺师前往三清山写生。这座道教圣地、灵山仙境里的庄严妙相立即启发了我。有幸的是，我遇到了正在开发三清山的县文化馆刘鹏飞老师。他热心地陪同我一起登临。我在艰辛的攀登中接受了三清山的一场冷酷风雨的洗礼。当行至众妙千步门时，天色已晚，我忽然看到和听到"彩灯云中舞，鼓乐天上闻"，原来正巧遇上了老百姓的百年彩灯会。当晚，我们在三清宫的简棚里，围着烛光篝火畅谈人生。刘老师赠了我一首诗："君本蓬莱青云客，为何贬谪人间来。艺海慈航通彼岸，金风相送到瑶台。"我感激涕零！从此，我十余年不断登山创作，画出了近百幅作品，也取得了一些成绩。1983 年 5 月，我的作品《三清山姐妹松》首次参加省展，我也因此加入了上饶市美术协会。1985 年，通过人才交流，我调到常州某文化馆工作，并加入了市美术协会，结识了许多优秀的画家，学艺大进。我创作了《黄河寻源》等新画，作品《常州舣舟亭》等也首次在《解放日报》上刊登。在这五年里，我还在无锡书法艺术专科学校和中国书画函授大学进修，并领取了毕业证书。

我深知国画艺术浩如烟海，仅凭临摹只能得其外在之美，而无法把握其时代精神。为了追求更深层次的美感，我步入了"师造化"和理论学习的升华阶段。

谁不思念故乡？雏燕总是渴望南归。1988 年，在首次南极归来的立功英雄，《解放日报》著名记者、主任李文祺老师的无私帮助下，得到有关部门的沈锡灿、童德宝同志的鼎力相助，通过上海引进优秀人才的政策，历经艰难曲折，我最终得以调回故乡上海。在此，我衷心地感谢他们！他们都是大公无私之人，拥有一颗真善美的爱心，秉持着廉洁奉公的美德，深受老百姓爱戴。20 世纪 80 年代初，在李老师的鼓励下，我的国画作品《常州西园精舍》和《常州舣舟亭》首次发表在《解放日报》上，这确实令我感动不已。

先后调到上海区级与市级总工会工作后，我的创作环境有所改善。同时，我加入了沪东画院和广西石涛研究院，游历大江南北进行写生。我从古人"仰则观象于天，俯则观法于地，观鸟兽之文与地之宜，近取诸身，远取诸物"的"易"理中，探索"法本自然""应物象形"的道理，力求将广阔天地作为创作的源泉。借鉴石涛、张大千等前辈那种雄浑苍茫的气势和酣畅淋漓的笔情墨韵，我创作了三清山系列作品，直抒胸臆，深感"中得心源"，即便是一草一石也能与心灵产生共振，让人痴迷陶醉。这段时期的作品先后在《解放日报》《新民晚报》以及《当代书画篆刻家大辞典》等报刊图书上发表，还在国内外不断展出并获奖。

名家辈出、高手如林的书画领域绚烂多彩，要想独树一帜，实属不易。这主要取决于个人的心灵气质与远见卓识，只有坚守本心，不随波逐流，才能在各种矛盾趋向的总和中找到新的道路，最终达到胜利的彼岸。那就是千变万化的笔墨精髓——形神兼备，以"笔墨之法"描绘"山川之饰"，进一步探求搜尽奇峰的"山川之质"。众多名流宗师的成功，无不源于他们选择了自己的创作基地。而我，则选择了三清山。

我深入探索三清山，了解其14亿年的地质变迁史，感受造山运动塑造的"清水出芙蓉"般山体的内在美，以及四季变换、日月运行与人文古建交相辉映的形象美。我运用传统工笔、写意、泼墨的手法，创作出一派新的境界，画出了《三龙出海》《巨蟒出山》《猴王观宝》《道人拜月》《司春女神》《牛郎织女》《唐僧访徒》《藏蛇露尾》《木鱼镇惊鳌》《老子看经》等十大绝景作品。

江西省政府驻沪办主任等人，对三清山、刘老师以及我都给予了高度评价，并极力支持在上海美术馆举办"杨七芝三清山画展"及出版《杨七芝三清山画选》。

1991年12月，我的部分三清山大画首次在上海外滩和平饭店8楼荷花厅展出，得到了上海、江西老领导及文联老前辈的称赞与鼓励。1993年9月，画展及新书发布会由上海文联主席夏征农老前辈及夏夫人方尼老师主持，得到了同行及亲朋好友的大力支持。

我还特地预留了一方空间，优先展出学生们的作品。其中，9岁的娄乘时画了月季花，他后来成功考入了工艺美术学校，又考入上海工程技术大学；年纪稍大的殷一琪，欧体书法写得非常出色，山水画也学得灵气十足，他后来成为一名检察院的检察官；14岁的张雯洁对艺术充满热爱，聪明伶俐，在我的指导下，她用心绘制了《红楼梦百美图》，令人刮目相看。后来，她发奋努力考进了上海大学美术系，并在设计院工作，取得了显著的成就。

当时三清山画展的画标书法、画册序言和封面题字，有幸得到了书画大师谢稚柳恩师的题写，我深感荣幸。谢老还在我的一幅《三清松月图》中题写了42字的款识。他是最早启蒙我开办画展、出版画册的恩师。朱復戡、糜耕耘、施南池、刘勃舒、邵洛羊、林曦明等许多老前辈书画大师，以及我的父亲杨志翔和老友王庚谋等，都给予了我鼓励并题写了书法。

江西省的老书记曾说："一个在三清山下插队的知青，立志画三清山，回到上海后还在画，而且用高层次的美学艺术进行宣传，这种精神非常可贵，这些画是珍贵的财富。"广西文联主席、著名书画大师黄独峰在80岁高龄时上三清山，见到我的一幅画《雄峙南天门》，他对庄主说："我生平不爱给人题画，但见了此画实在动人。"于是他在画上题写了"大气磅礴"四个字。

《文学报》主编方尼老师看了我的画后对我说："妇女干

点事业很难，画画更难，需要做出很大的牺牲。你的画比真山真水更富有诗意，为妇女界增添了光彩。"上海电台、电视台还特别播出了新闻专题片。来此观光的国内外友人络绎不绝，从此打开了上海通向三清山的旅游大门。

我就是这样满怀热忱地用绘画艺术来宣传三清山，致力于提升它的旅游品位。我成为有史以来第一个出版三清山画册的人。近三十年来，我风雨兼程，心系大山，不求任何回报。为了弘扬传统文化的精华，1996年，我与刘老师共同创办了"三清山书画院"。我甘愿终身致力于开创和创新三清山"仙风道骨"的画派，并免费培养山区的贫困孩子。在真情中，我创作了一大批画作，这些画作在各大报刊上发表，特别是《解放日报》刊出了整版的《三清山全山图》和"十大绝景"画作，《文汇报》刊出了《云拥仙灵》和《渔父图》，《特区报》也刊登了《三清仙桥》，《民族报》更是整版发表了《大陆山水画家杨七芝——三清山写生记》及我的作品。

我被列入"中国当代艺术界名家"和"中国专家人才库"，并得到了江西省美术协会主席、国画家游新民老师等人的认可和器重，后被破格提名加入省美术协会。1999年开始，从中央到地方的新闻媒体纷纷对我进行采访，并播出了八部专题节目，如《感悟三清山》《三清山传奇故事》《山缘》《人生写真》《三清山之恋》等，这些节目得到了广大群众的喜爱。在此期间，我一直得到良师益友的支援、帮助与关怀爱护，在此我深表谢意！

近年来，我的事迹与作品被载入《新时代先锋》《共和国书画艺术名家作品博览》等几十部书籍中。我万分感谢中国管理科学研究院，研究院在 2006 年聘我为专业客座教授，以及在 2008 年聘我为学术委员会的研究员。

任重而道远，我深深感激三清山给我带来的造化。没有三清山，就没有我的艺术生命。因为艺术事业不可能一帆风顺，其中有春光明媚、明月千里的美好时光，也有狂风骤雨、破釜沉舟的艰难日子。每一个有成就的艺术家，永远不会停留在旧的一点上，也不可能达到顶点。既然我选择了三清山，就决不反悔，哪怕是坐一辈子冷板凳，清贫一生也无怨无悔。艺术无止境，我将努力创新，通过作品给人们传递进取的精神和至美的价值。就像祖国大地上的小草那样，各有各的生命与芬芳，无愧于阳光雨露的沐浴，各自奉献自己的一份光和热！

　　　　　写于 2007 年
　　　　　最后修改于 2013 年 5 月 1 日劳动节

# 求索路上

　　写作，是一场漫长的人生求索之旅，始于稚嫩的懵懂，历经锤炼而至成熟，从蓬勃的青春到霜染的暮年。人生虽短，却充满挑战与试炼，我们所求索的，乃是净化与升华的心灵。每经历一场狂风暴雨，若能实现自我洗礼，那便是对良心的坚守，对虚伪的摒弃！所以我们需不断求索，当境界登峰造极时，那便是真正的伟大与不凡！

　　写作，是人生理念的美妙乐章。它交织着爱与恨、生与死、正与邪的复杂情感，奏响着希望与失望、鲜花与泪水、平凡与超越的每一个音符，感人至深，可歌可泣。

　　在写作这条路上，我犹如一缕迟到的春风，渴望着阳光的照耀，吐故纳新，寻求成长；又如同一棵默默无闻的小草，自得其乐于泥土的怀抱，感恩大地的滋养，低声吟唱着生命的赞歌。更感恩于祖国改革开放四十年来，自己在精神领域的逐步觉醒与成长。

　　我从小就热爱文学。我常常羡慕那些大作家，将他们的名言佳句摘录下来，细细品味。父亲能游刃有余地创作古典诗文，更是我心中的仰慕对象。自小背诵的唐诗三百首，以及父亲对唐诗有声有色的解释，让我耳濡目染，别有一番迷蒙的趣味，仿佛站在古典文学殿堂的门口，满怀憧憬地张望。

小学时，家中兄弟姐妹众多，父母无暇顾及我的学业，任由我自由发展，因此在作文上并无显著进步。考上中学后，我立志努力，苦思冥想地写下了第一篇作文《我爱体育我爱打乒乓》。没想到，这篇作文竟然得到了沈婉娥老师的青睐，她在课堂上将其作为范文朗读，并给予了表扬和评论。当全班50双眼睛惊奇地盯着我时，一股感动的暖流涌上心头，我深感一种受人尊重的光荣，这份荣耀来之不易！在茫然中，我悟出了一个道理：或许用心钻研书中的好文章，就能写好作文。然而，我并未意识到勤学苦练、十年磨一剑的艰辛与不易！尽管如此，我仍愿不断修改、不断完善，让文字更加流畅，让心灵更加丰盈。

随后，我长期乐意为班级和学校出专栏，接触并修改小报道。然而，自从进入乒乓球校队后，我虽为学校争夺了许多荣誉，却忽视了作文的写作。慢慢地，我再也没听到老师在课堂上读我的文章，我成为"昙花一现"的学生，白白辜负了班主任的一片培养热忱，实属可惜！

少年的童心是幼稚可笑的，精力旺盛总贪玩，根本不明白文学对于人类来讲是多么重要的文明与修养。那时，谁又能严厉地告诉我并引导我设定人生的目标呢？

我敬仰老一辈的才华与出类拔萃，他们比我们更加用功。因为我们长在红旗下，泡在糖水里，天天无忧无虑地读书，哪里晓得生活的艰难与道路的坎坷？

在20世纪60年代，我参加了学校的小分队演出。眼看高中和初中的学生就要分配工作了，军代表天天找我们开会，说宣传毛泽东思想小分队的同学一定要带头积极响应党的号召，

"一颗红心，一种准备，到农村去，到边疆去！"还要求我们表态。最初我犹豫过，主要考虑到老父母无人照顾的不幸境遇。但是，我最终因为家庭成分不太好而要求"上进"，被无形中感化了。激情高涨，一发不可收，我在学校大会上慷慨陈词，深表决心，又写下血书：坚决要求上战场！报国热情如沸水一般汹涌澎湃，在红色日记中用文字将热情挥洒如云，练就了特殊年代的一点"文学风采"。在小分队里，我自觉地编导歌舞节目，大胆地尝试并享受其中的快乐。

18 岁那年，我踏上了北大荒的土地，主动在连队里编写文章、出黑板报。半年后，我加入了团宣传队，负责吹笛子。然而，那里的要求严格，每个人都要能编会演。我才疏学浅，写作成了难题，在羞愧之中，我求教于战友胡桂琴，才勉强避开了被开除的命运。那一刻，我真正体会到了不学无术的可怕。曾读过的那些名著，在面对要上珍宝岛前线打仗的关键时刻，似乎都失去了力量，唯有保尔·柯察金的《钢铁是怎样炼成的》深深触动了我的灵魂。英雄的力量是伟大的，它一直指导着我：生命是宝贵的，人的一生应该怎样奋斗。于是，在北大荒的风雪岁月中，我天天写心得体会，人生观和文学修养都得到了提升，虽不足为奇，但也算是一种进步。

1974 年，我调到江西插队之前的一段时间，是我熟读古文、学写诗词最迫切的阶段。父亲教会我平仄格律，但我怕麻烦，还是选择了自由体。我曾作诗："望断碧空雁南飞，几经徘徊多悲哀。千山万水虽可爱，人到他乡却无奈。"那是我对调动无望、抑郁苦闷的排遣。从文学角度来看，写诗锻炼了自己；但从人生观来讲，这首诗却显得颓废而悲观。这与我在北大荒的遭遇有关，21 岁时，我受到了严重的打击，当时确有一种失落感。

调到三清山北麓农村插队后，我再次拿起笔，为知青出黑板报，练习写作，并兴致勃勃地投稿到县文化馆。然而，等待的结果是杳无音信。后来听人说，投稿也要讲交易，我才恍然大悟。对于我这个单纯的女孩来说，或许不投稿更好。更沉重的打击是，知青参加工农兵大学考试，我明明被上海复旦大学新闻系择优录取，即将上学，公社也贴出了大红喜报。然而，却被当地乡办主任的女儿顶替了。没有后台的知青有理难诉，灰心丧气的我从此不想动笔。我一直想不通，人间怎会有这样的不公平？

后来，我被选为广播员，能为全县播放节目。我接触了一些报道文章，还参加了县委宣传部组织的培训班。我所做的报道是深入了第一线采访的，得到了有关领导的点评和表扬，获得了第二名。县广播站还经常邀请我去帮忙。因此，我深刻体会到，写文章一定不能脱离广大群众的实际生活。作为我实地创作的体验，这便是一种额外的收获吧。

1983 年，我有幸邂逅了三清山最早的开发者刘鹏飞先生，并拜他为师。在人格与文学上，我得到了他有力的指导，令我茅塞顿开。那时，我经历了八年恋爱与婚姻的失败，感到一无所有、万念俱灰。除了写一些忧愁的诗，我甚至怀疑活下去的意义。然而，刘老师用智慧的力量唤醒了我失落的灵魂，他告诉我新发现的三清山雄浑壮美，需要我们用诗情画意为祖国的山河增彩添翼。恰逢我重新拿起了笔，正寻寻觅觅无处发挥，这一幸遇让三清山赋予了我生命的希望和艺术的灵感。

　　1985 年，我通过人才交流调到常州某文化馆当馆员。五年间，我攻读了无锡艺专和中国书画函授大学的课程，其中一个学校的校长是刘海粟大师。这段时间的学习让我真正进入了书画艺术的专业学习。除了书画艺术，我每天还要写作文，无论学不学都要考试，这逼迫我下了苦功。最终，我的毕业论文《试论气质与书画的关系》得到了校方的嘉奖，并且我在常州市文联某一次活动上进行了演讲，有报纸刊登了此次活动的新闻。谁承想，这篇文章经过几次修改后，于 2008 年出版在中国管理科学研究院主编的《中华知名专家终身成就·理论篇》中。这篇毕业论文与后来写的《艺海慈航通彼岸，金凤相送到瑶台——荟萃篇》并提，荣获一等奖，成为全国十佳作品，作为献给国庆 60 周年的一份厚礼。我感谢国家各部门对我的极大鼓励，但我从来不想夸大事实去争名夺利。因为任何一门学问都不是那么容易成功的，需要付出一辈子的努力，甚至终身坐冷板凳也毫无收获。

　　1988 年，我经过不懈努力终于调回上海。之后，我时常与刘老师书信往来，学到了许多文学知识及艺术理论。但我一直注重山水画的创作，除了写日记极少写作。除了受书画朋友委托写点艺术感想和当地居委会征文外（我曾写的一篇《五好家庭》文章获得了一等奖），我几乎没有把文学放在第一位。而此时，刘老师的专著《三清山》由浙江大学出版社出版，并荣获全国好书二等奖。他的优秀摄影作品和出色的文章均在国内外报纸、杂志上发表，像彩蝶一样飞到我眼前，令我十分敬佩又深感惭愧。

　　写文章确实不易，我自感文学根底浅薄，即便在老师辛勤的引导下，也始终鼓不起正式写作的勇气。曾几何时，见到老师时不时拿出小本子现场创作，我觉得不可思议，更加不敢轻易尝试。岂知，正如那句老话所说："只有勤劳的蜜蜂才能酿出好蜜来。"

在清高的日子里，我完全成了一个"画呆子"，对文学世界不甚了解，也不敢深入其中，生怕迈出那一步。然而，步入50岁后，我逐渐发现自己的记忆力在下降，许多平常的文字都遗忘了，这让我大吃一惊！更让我紧张的是，在最早创办三清山书画院的日子里，每当三清山有重大活动需要文学报道时，刘老师总是想培养后起之秀。当那些中文系大学生写不了这类文章时，他期望的目光就会转向我，而我却总是羞愧难当地逃走。背地里，我深感悔恨，嘲笑自己落后无能。我也想在文坛上挥洒自如，但究竟是什么心魔阻碍了我的文学之路呢？

然而，老师的言传身教却一直在激励着我。他晨起练笔、灯下写作，空余时还耐心地教我怎样写作，这让我愧疚不已。20多年来，他一直锲而不舍地相信我能够改变愚昧的状态！细究起来，我对写作总是抱着过高的期望，总想一下子写得气势磅礴、辉煌惊人，结果却适得其反。刚拿起笔时，脑子一片空白，什么好句子都飞掉了。我尝试过无数次，但几行字想了一天也写不出来，真令人灰心丧气。刘老师见状哈哈大笑，送给我鲁迅先生的一句话："去粉饰，存真意，少做作，勿卖弄。"他说这句话的意思很明白，写作就像平常讲大白话一样，要通顺朴实真诚、不虚伪不扭捏、老老实实地围绕中心思想展开。慢慢细微深入地体悟生活，这就是健康人生的写法；而且一定要写自己熟悉的东西，那才有物可造，才能达到顺水推舟的境界，望见通往彼岸的扬帆。我听后猛然回头，仿佛看到了文学的彼岸在细雨朦胧中杨柳青青，为我飘洒着渴望的芳香……

然而，对于我来说，写作既是望尘莫及又是无能为力的事情。因为昔日的身心受伤，我处于残病扰体的状态；常态的头昏脑涨、失眠心慌，依赖安眠药入睡已经导致我 25 年的慢性药物中毒。我的身体糟糕得让我连看报纸都感到头痛眼花，记忆力也在逐渐减退。因此，我精神懈怠，对人生完全缺失了活力，可怕至极！刘老师智慧地为我找到了原因，他说只要我由浅入深地写自己的回忆录，就能够宣泄过去的抑郁苦闷，建立生存的希望。正好那个时段里媒体常来采访，叫我一遍遍地讲、一次次地叙述，我真觉得还不如自己写出来痛快。

无独有偶，上海的一家医院查出我有点血黏度高，当地医院的一位内科主任医师，也是我的好朋友夏金媛，建议我服用深海鱼油和卵磷脂。吃了一星期后，我的头就不疼了，并且萌生了写作的愿望，对此我非常感激她。刘老师又陪我去买了丁玲和巴尔扎克的名著。上海《文汇报》的记者周玉明老师也真诚地送给我一些展现女性视野的精彩佳作，让我尽情地熟读十年。我被这些纯真作家笔下的真善美深深打动，每一个场面、环境与人物的描写都栩栩如生，至善至美。相比之下，我显得多么浮躁空虚，无所作为？

我开始学习刘老师和其他作家的笔法来写自己。那是在 2005 年 9 月 15 日，一个金秋送爽的日子，晚饭后我与刘老师去散步。忽然望见，三清山酒掌尖西峰上金黄色的晚霞映红了整个响波桥及三清山书画院。眺望那"福禄寿三星"层峦中，巧妙地露出一棵正向我招手的金黄色发光的小松树，美妙真切。我感悟到这"心灵之约"的虔诚以及一团团腾云驾雾的皈依气势，一下子理解了"法本自然存道气"的所以然。此时无声胜有声，惊喜的我陪着刘老师走进画院办公室，随即老师开始了一天的写作。突然，我心血来潮，拿起刘老师的墨绿色钢笔，非常自然地哗哗地写起了我回忆录的前言，竟然鬼使神差地写出了两页纸。当我高兴地读给老师听时，他感动地流泪了。这是为我良好开端的写作而感动，也为我的敏悟而感动。这一夜，我为自己后半生能跨出艰难写作的第一步而激动得失眠了。夜深人静，脑海里还回旋着自己写的文字："一支可爱的墨绿色钢笔，笔套上镶有金色圆顶，拿在手里十分舒适。写在纸上的碳素墨水呈现立体感，粗细相连的流利文字，似乎要在我的心灵中慢慢刻下过去的回忆痕迹……人生就像茫茫大海中的一叶小舟，随时随地都有淹没的危险！勇敢与惧怕可以作出回答，新生也就在一瞬间。这时我蓦地想起刚看过的一部美国影片——《宾虚》，犹大的拼搏精神让我深受启发。他在奴隶的死囚中挣断桎梏，从死里逃生中拨浪沉浮，饥寒交迫而不屈不挠。犹大在漆黑的大海中拼命挣扎，精疲力竭面临死亡，可他心中依然燃烧着生命的火焰。游啊游，终于他逃出一望无际的死亡大海，爬上了彼岸，瘫倒在沙滩上直喘粗气。他啃几根野草吞下，第一次露出了微笑。从此他得到了自由人生，任凭自己浪迹天涯。我要把犹大争夺最后一丝生命希望的坚强勇气传递下去……"

　　写作路上，有精神家园的护卫，我的病情日渐好转，心定神安。遇到不懂之处，我便向老师请教，或是查阅字典。在这条路上，我不追求虚名假利，而是关注人情世故的变迁，真情实感的表达，时刻践行"三省九思"，扬善避恶，为祖国和人民的利益着想。

走在写作路上，我孜孜不倦，保持热爱，总想超凡脱俗，融入三清山的神奇景色之中。

2008年，我的文章《军魂》入选了"莫等闲 从头越"主题征文，并荣获一等奖。在大约五年的时间里，我的近20篇文章在国家级出版社结集出版并获奖，其中更是收到了多家出版社的三篇约稿。

我的写作离不开刘老师的谆谆教导和循循善诱，也离不开亲朋益友的支持和鼓励。尽管我已经写下了30万字的回忆录初稿和70多篇文章，但我越来越感受到写作的难度和思想的匮乏。社会的变化如此之大，我有时难以适应复杂的人情关系。这或许让我显得低调而孤僻，更谈不上成为行家里手。我只是在循规蹈矩地遣闷、调节心里的落差，为自己曾经颠簸的人生寻找一个安全的港湾。这是我狭隘的保守主义造成的言辞匮乏和境界不高，我也因此反思，我是否仍在知足常乐中徘徊？

刘老师是改革开放以来实现社会价值与人生价值和谐统一的先行者，他的评论让我深受启发："人类的一切成就都是自身创造的。写作首先是一个人一生中不可缺少的精神良药，可以帮助人自我反省、自我完善、自我超脱。它可以提高人对客观世界的感性与理性的正确认识，避免主观错误，还可以将主观世界的理性提升到道的规律与理论高度，使人少犯或不犯错误。"

写作是心灵的写照，反馈实践、透视本质；写作也是人生的长征，播种收获、一份痛苦一份喜悦；写作更是心灵的长河，只要开动脑子让灵感流动，感悟的涌泉定会不断地化为甘霖。我把写作当作承载生命的血液。它带来氧气和营养，带走病毒和废物，是真正维持我生命的洪流。

"路漫漫其修远兮，吾将上下而求索。"在写作路上，我更愿紧跟新时代的伟大步伐，外师造化，中得心源，不离不弃，勇毅前行！

作于三清山书画院

初稿写于 2008 年

最后修改于 2024 年 3 月 25 日

# 不负春天

去年冬至前的一个深夜，我在梦中被窗外淅淅沥沥的细微声响惊醒，以为是寻常的雨点声，便又如往常一般沉入梦乡。

第二天，天边刚泛起鱼肚白，我起身前往洗手间，却被小客厅玻璃窗外耀眼的反光所吸引。瞥见时钟显示为六点，我心中好奇，便走过去撩开窗帘，擦去玻璃上的雾气。眼前的景象让我惊叹不已——好大的雪花，纷纷扬扬地从天而降，将大地装扮得一片洁白，好一个清新宁静的世界！"下雪了！下雪了！"我兴奋地呼喊着，因为在江西，雪景实属难得一见。

我满怀好奇地欣赏这迷人的雪景：远山近岭、溪岸丛林，早已披上了一袭银装；对岸的人家、临街的房屋，都积满了厚厚的白雪；大桥如虹，树木缤纷，还有近处的屋檐、汽车、楼台、民居，也都披上了洁白的雪衣。眼前的一切，宛如一幅充满诗情画意的画卷。大自然的玉雕银琢之工，实在令人叹为观止！

更令人欣喜的是，这厚厚的积雪还无人踏足，保持着那份典雅、纯洁与庄重。这场悄然降临的瑞雪，无疑是来年丰收的好兆头。飞雪迎春到，梅花报新春，清香飘逸至画楼，让我的视野变得更为宽广。春天的脚步声如此轻盈幽静，也让我的心随之沉静下来，融入这片意境之中。我更为农民们在新的一年里能够获得大丰收而送上真挚的祝福！

我回想起几句古诗，"冬至阳生春又来……吹葭六管动飞

灰"　"冬后一阳生"，冬至日人们开始进补，"吃了冬至饭，
一天长一线"，这分明体现了人们对冬与春的格外注重与养生
之道，期盼着漫长的严冬尽快过去，迎接新的春天到来！

第三天，雪花中蕴含着春天即将到来的信息。眼前是一
条清澈平静的冰溪河，河水绿如兰草，静似明镜，微风吹拂，
漾起片片涟漪。这水源自道教仙山——三清山的瀑布和清泉，
千万年来源源不断地流淌，流过小城，流过我们画楼前，然后
汇成信江，注入鄱阳湖，最终归入长江。

第四天，我的身边又多了一位先生，他也在欣赏这美丽的
雪景。他的才华出众，触景生情，便能出口成章，让我自愧不
如。果然，他诗兴大发，随口朗诵起来："冬至时节北风寒，
一夜飞雪下江南。晨起推窗遥望处，玉琢银装满人间。"

第五天，送走了如诗如画的一场雪，山里的春光似乎来得
更早一些，不觉间已近新春佳节。喜讯传来：我那位相交四十
年忠贞不渝的北大荒战友胡桂琴从西安老家寄来一包礼品，说
是庆贺我六十岁生日的一点心意。天虽寒，但人心温暖，我很
感动。有生以来第一次在生日时收到不是亲人却胜似亲人的温
暖祝福，这温馨令我热血沸腾，百感交集。我也遥望西安，祝
愿她和全家新春团圆，健康幸福！

第六天，年前，我先生从邮局取回信件，高兴地对我说：
"你真幸运，这年前还有来自北京的信件！"我打开一看，原
来是北京某单位编辑部的来函，正式通知我录用了我的文章。
令人费解的是，我觉得我的文章写得并不好！但认真吃苦是我
的个性。我想也许是因为写北大荒生活的女同志比较少吧？也
许北大荒的年代即将被社会遗忘？对于我来说，如果不把四十

年来艰苦岁月、特殊奉献的北大荒人的精神写出来，我觉得对不起我的老战友和父老乡亲。无论怎样想，"军魂"总是蕴藏着润物细无声的春天，对于我写作人生来讲，它既是"迟到的春天"，又是温情的鼓励。

　　第七天，感受着春的滋润，回报春的洋溢。每年一次的写春联、送春联活动是我们所在地书画协会的公益性活动。文化馆的欧阳馆长是副会长，他一直负责这项写春联的老传统，每年都带领大家上街头为老百姓写春联。将军庙老街的宽阔三角广场上早已热闹非凡，老百姓的红灯笼高高挂起，红心结随风飘扬，红红的串味香气袭人；满街的人群里穿梭着乡下农民、镇里老小，他们都满脸喜气洋洋；来排队要春联的男女老少争先恐后，我们写到很晚也收不了场，从上午九点到十二点写得手脚发麻、身寒骨痛，但心里挺愉快。人们关心地问："要钱吗？"我们回答："不要，分文不取！"又听见大家说："这才是真正为老百姓送温暖呀！""他们如果要钱，就不来写了！"七嘴八舌的议论声比春寒的小雨点还热烈。小雨点还真的落了下来，风也刮走了红纸，纸上留下点点的红雨水。怕我们冻着，老乡亲一排排用身体为我们阻挡寒风。那些火热的心打动了我的情，我也冒着雨不怕冷地坚持写下去。为我撑伞的姑娘说："我爸爸刚拿到你写的春联特别高兴，他叫我为你撑伞到结束！"有老百姓如此的深情厚谊，我真甘愿为他们写一辈子春联。

　　但是，作为三清山书画院的创始人，我们除了奉献爱心之外，更肩负着重要的责任，那就是如何将中华民族五千多年经久不衰的传统文化传承、发扬光大下去。我们要让生活在信息时代的人们不抛弃毛笔书写，更不能辜负老祖宗流传下来的宝贵文化遗产。

第八天，冬去春来，万物复苏，这也是人类修身养性、学习上进的好时节。我总是悔恨自己"少壮不努力，老大徒伤悲"，古人所言"耳濡目染，不学以能"确实击中了我的要害。五年前，当我被要求动笔时，我的脑子一片空白，连一个字也想不起来。在羞愧之中，我只能勉强去查字典，向我的先生请教，写写问问，十分吃力。我也总是埋怨自己身体有问题，赶不上社会奋斗的步伐。于是，我开始天天听中央二套的《健康之路》节目，果然学到了许多意想不到的知识，情绪和身体也一天天好起来，脑子也活络起来，愿意接收更多的新鲜事物。

第九天，我听到央视《健康之路》节目邀请的营养学教授赵霖在访谈时说："全世界诺贝尔奖奖金获得者共同宣言——如果人类要在21世纪生存下来，就要回到2500多年前去汲取孔子的智慧。"中国五千年文明古国的"仁、义、礼、智、信"美德打动了每一个人的灵魂。难怪2008年北京奥运会选择的五句训言都出自《论语》，如"有朋自远方来，不亦乐乎""四海之内皆兄弟也""己所不欲，勿施于人""德不孤，必有邻""礼之用，和为贵"。同时，孔子学院也在全球开办了四百多座。这些显然是中华民族的骄傲！但我感到非常惭愧的是，从小到大，我从来没有正襟危坐地学习过孔子的学问。为了弥补我这一缺憾，从现在起，我愿意把自己当作六岁的儿童去启蒙。

第十天，春天如此可爱，怎会迟到呢？只是我已然错过了文学春天的最美时光。如今，华发渐生，我慨当以慷，奋起直追。我相信，只要勤奋坚定，定能邂逅中国传统文化的又一个早春二月。我憧憬着金桂飘香、茶花火红、玉兰高雅、油菜花逐浪金海的景象，甘愿在百花丛中化作一片绿叶，荡涤心灵的纤尘。

第十一天，新春的爆竹刚响起，这份缺失便得到了补偿。我先生从街上买回了《三字经》《百家姓》《千字文》。他是一位惜才爱才的好老师，我感激之余，如获珍宝般地读起来："人之初，性本善，性相近，习相远……"仿佛自己进入了一个儒雅文明、善良美好的境界，童心再现，烦恼尽消，心情油然舒畅，又萌生了写文章的念头。有两位作家曾说过："写作是心灵的需要。""我从未见过爱上文学的人会抛弃文学。"我由衷感慨，心想这一定是人类的最高境界。然而，这个观点却被我先生否认了，于是我们俩展开了讨论。

第十二天，那是春节中的一个悠闲日子，细雨朦胧，乍暖还寒，我的内心隐隐感到涌动着一丝丝春天的气息。我们俩面对窗外的冰溪河坐着，画案上摆放着三盆绿色的兰竹，事先沏好的两杯三清茶散发着清香。在品茶闲话中，我们谈起了"什么是文学"。先生说："文学是人类的灵魂，也是每个人的灵魂。儒家朱熹一生研究的是天、地、万物（包括人）存在的理性与非理性。比如大自然的海啸、地震、雪灾、旱涝等都是非理性的。而人要检查现在，回忆过去，展望未来，这是理性。人要不断清理自己的非理性，尤其要用理性对照自己心灵上的非理性，包括贪污腐败、损人利己等行为。文学就像心灵上的镜子。"

"那么，文学在人类的地位已经很高了，为什么不是最高境界呢？"我反问道。

"别急！让我慢慢告诉你。"先生转身去给茶杯里添了热开水，又慢悠悠地说开了："比如说，文学艺术是美的体现，人可以通过欣赏与创作书画来洗涤自己的心灵。其中，完善的人格精神就是表现一个人的理性升华的境界。然而，文学并不是人类理性的最高境界。人类理性的最高境界，在世界上叫'哲学'，在中国传统文化中则称为'道'。"

"啊！"我惊奇地喊了一声，赶快咽下话头往下听。我亦趁热饮了一杯清香的好茶，只见杯间的茶汁比先前清淡了些，但幽幽的香气却扑鼻而来。不知是精神的力量还是茶香的作用，我感觉到兴趣越发浓厚，真可谓品茶论道，其乐无穷！

先生音色洪亮，底气十足，继续说："道与哲学是什么？通俗地说，就是天、地、人以及万事万物运动、发展、变化的总规律，当然也包括社会。经典上说，它就是宇宙法则。举例来说，人类社会历史上的兴、盛、衰、亡，一个人的生、老、病、死都是有规律和法则的。明白它就是明白了理性，就可以选择人生正确的道路，为祖国人民做好事、做贡献，成功地度过一生，达到胜利的彼岸。而违反理性，听任个人的非理性膨胀，贪欲横流，利令智昏，就是走上了违背祖国人民愿望的邪路，那会受到法律的严厉惩罚，毁掉自己的一生。"

第十三天，一想到"觉岸"，我不禁感慨，那该有多远？道又有多难啊！转眼间，我低头望见茶中热气腾腾的雾气上升，恍惚中领悟到：道是看得着却摸不到，想得到却又深奥莫测的东西，不容易一下子理解透彻。"再讲下去！"这会儿是我催促先生继续讲解。几十年来，我听他讲学问，不仅受教育、汲取知识、增长智慧，更是一种享受。他的性格如兰竹一般清雅高洁、与世无争，他满腹经纶，具有过目不忘的记忆力、敏锐的思维能力，以及高度概括的演讲力。他敏锐洞察、宏观分析，声音铿锵有力。他带着他的学者气质，在三清山为省级以上干部及全国著名教授、作家、学者、新闻人物所作的关于"道"的学术报告，每一次都大获成功，让人们久久难忘！他的事迹也多次被《人民日报》等报纸的专栏报道。

第十四天，"就人的健康与生命来说。"他又继续说，"人应该遵循'法本自然'的原则，'清心寡欲，修身养性'，这乃是治病的最好良药。传统文化中有'心是一身之君''欲治病先治心'的说法。春秋时期的老子、孔子，汉代的张良都属于得道之人。官职的高低、财富的多少都不是衡量得道的标准，而恰恰是以一个人一生的思想、言行以什么为指导，以及以给祖国人民留下哪些功绩为标准的。"我听得目不转睛，脑子在深深地思考着……

"对你的亲朋好友传达天道、地道、为人之道。"旋即，我先生又像聊家常一样平和地说下去，"成功的道路、失败的原因、经济发展的周期、市场变化的法则，甚至人生的教训等事物发展的规律，明白了这些道理就获益无穷、幸福一生。"

第十五天，我的思绪还沉浸在先生那意味深长的道理中，不觉闻到一缕缕幽兰文竹的醒人清香，感叹孔子那"朝闻道，夕死可矣"的思想精髓，似乎自己也有同样清醒之感觉……

第十六天，室内品茶论道，清茗飘香。此时，我抬眼往窗外望去，只见烟迷津渡，雾失楼台，在朦朦胧胧中仿佛看到了自己人生的"觉岸"……

　　　　　　　　写于 2009 年正月初九

　　　　　　修改于玉山画楼 2024 年 3 月 25 日

# 论书画艺术与气质

中国书画艺术源远流长，数千年来以其独特的"外师造化、中得心源"与"随类赋彩、形神兼备"的民族传统风格，屹立于世界艺术之林。这一成就与其深厚的民族气质和文明精神密不可分，二者关系辩证统一，相辅相成。气质决定书画风格，而书画风格又反过来体现并影响气质。在艺术创作实践中，我们应遵循唯物辩证的发展原则，处理好形式与内容、立场与观点、传统与创造、继承与革新等关系，以把握气质与艺术创作的规律，推动中国书画艺术不断迈向新高度、新境界。

为了更清晰地阐述，以下是对气质及其与书画关系的进一步论述：

## 一、气质的定义及其与书画的关系

气质，是每个人最一般的特征，体现于其神经系统的基本特性，并在个人的一切活动中留下烙印。它通常被我们所称的天赋、禀性、性格、性情、脾气和个性等所涵盖。自幼年时期起，人的先天气质便已显现，并表现为一定的基本个性。我们不能忽视气质的先天性，因为人在出生前就已定型的相貌、血型、遗传因素等，都证明了先天气质的存在，且其影响相当顽固，能在一定条件下显著反应，甚至主导整个人生。例如，顺应自然、任性率真等天性，以及倔强勇为、不屈不挠、变革创新、卓异独立等个性，都是先天气质的体现。然而，经过后天的教化和影响，先天气质可以发展成为广义的气质，并充分发挥其潜能。正如朱光潜所言："先天是资禀，后天造作的是修养。资禀是潜能，是种子。修养使潜能实现，使种子发芽成树开花结果。"个人的后天气质受家庭教育、生活经历、社会影响、文化素质等多重因素的综合影响而形成独特的性格。例如：

颜真卿是唐代杰出的书法家与爱国英雄，品格刚正不阿。安史之乱时，他与兄长常山太守颜杲卿英勇起兵，共同讨伐安禄山的叛军。然而，常山被围，其侄季明不幸遇难，颜真卿历经艰辛寻回侄儿尸骨，并撰文致祭。这篇祭文便是后人誉为"天下第二行书"的《祭侄稿》。此稿匆匆起草，情感郁结，愤怒之情溢于言表，不经意间将铁骨忠魂与柔情哀思融入笔墨之中。颜真卿晚年，即便70多岁高龄，面对叛将李希烈的威压，依然不屈不挠，英勇捐躯，正气凛然，令人泪下。他的书法风格笔力雄浑，外圆内方，气势博大，刚正朴实，为后人留下了永恒的传颂。

潘天寿是当代书画家、教育家，精通诗文、书画、金石及近代史研究。19岁便考入浙江省立第一师范学校，受教于李叔同等先生。这里培养了他满腔的救国热情，使他蔑视世俗的虚荣与浮华。29岁时，他编撰了《中国绘画史》，作为上海美术专门学校教材。卢沟桥事变前，他的生活看似平静，实则颇为孤寂。面对社会的腐败与污浊，他不甘流俗，选择在艺术中寻求寄托。因此，他的作品总是透露出一股清高冷逸之气。无论是画苍松健翮、野草小花，还是朱荷老梅、巨石修篁，都蕴含着一种倔强的生命力，充溢着天地间淳朴、宁静旷达的自然之美。

**二、美的艺术是影响人们气质的源泉之一**

人们在与自然界的斗争中，即在生产活动中，不仅改造了大自然，还丰富和发展了人类的生活，创造了才能、智慧、思想、品格、感情和力量，从而培养了对自然美的好感。面对祖国的大好河山和名胜古迹，人们流连忘返，这不仅激发了爱国之情，想要学习研究中华民族的悠久历史和灿烂文化，还激发了对事业的奋斗精神。人们接触到的各种各样的社会美，既是社会事物和人类的美，也是自然美在一定程度上的反映，并具有某种暗示、象征、寓意的作用。

艺术美是社会生活的集中反映，与自然美相辅相成。艺术像磁石一样吸引着人们，因此出现了文学迷、书画迷、音乐迷、电影戏剧迷、旅游迷、集邮迷等。人类从艺术中汲取精神养料，移情万物，推陈出新，这就是艺术本身的气质。在艺术史上，那些有影响力的作品能够触动人的情感，撞击人的心灵，使人产生愉悦，并在潜移默化中影响人的气质、情操、心理、性格、意志、信念，塑造了人的灵魂。

例如，我们在临摹东晋王羲之的《兰亭集序》时，不仅被其潇洒、俊秀、流畅的书法艺术所吸引，还被他那绝妙的文采与现实主义思想意识所感动、所钦仰、所折服。每次临写时，都会感到如临其境般的心旷神怡，意在笔先，使笔到心达，无比自悦。

又如现代两位著名人物画家范曾、刘旦宅大师，他们以工笔、白描、泼墨、敷彩等不同的风格，描绘了战国末期伟大的爱国诗人屈原的《离骚》等作品。他们用笔绵密劲挺，人物栩栩如生，彩绘庄严浪漫，集中地彰显出屈原洁身自好、忠贞不屈，为国家安危、百姓苦难担忧的悲悯情怀。这种情景交融、物我合一的创作思路，使读者心灵震撼，顷刻间想到"路漫漫其修远兮，吾将上下而求索"的屈原精神。几千年来，它激励着每一个强者去拼搏人生。因此，好的艺术作品确实可以教化人的气质，培养人的高尚品德。

　　顾恺之是东晋时期的画家，曾先后担任参军、散骑常侍等官职，但其一生主要致力于绘画与理论研究。他提出了"迁想妙得""以形写神""悟对通神"等美学思想，并且在实践中始终如一地贯彻这些理念，通过线条展现出笔下人物的风度与神采。他的描法独特，如"春蚕吐丝""春云浮空"，又似"流水引地"，线条紧劲连绵、循环超忽，与他丰富的内心世界相得益彰。

　　在《洛神赋图》中，顾恺之描绘了曹植对洛神的爱慕之情以及无法如愿的惆怅，深情地表达了画家的浪漫主义。而在《女史箴图》中，他则刻画了一位善良纯洁、秉笔直书的女官形象，她忠于职守、不惧淫威，准备上书进谏的动人形象，完美地表达了顾恺之题款中"人咸修其容，莫不知修其形"的内容。

　　顾恺之的艺术修养深受赞誉，东晋名士谢安曾称赞他："自古人心来，未有也。"认为他的艺术成就前所未有。

**三、重视后天的艺术修养正是为了完善和发挥气质的潜能**

　　中国书画同源，历代传统相承。书法依据汉字造型的特点，以抑扬顿挫、快慢虚实的线条舞动，通过"写字"达到"写志"的境界。中国画则必须在书法技能的基础上，应用南北朝谢赫所著《古画品录》中创论的六法原理，融入诗、书、印，以实现"外师造化，中得心源"的意愿，形成独特风格。作为东方美学体系的一部分，中国书画融贯古今，展现了"天人合一""物我两忘"的深远意境，誉满全球。

例如，画兰以示高雅，画松以表节气。一笔一画、一草一木、风云日月，都可以在艺术家的笔下表现得人格化。在作品中，我们可以看到明清山水画家渐江、程邃等人所绘画的空旷之境，达至人格的空灵。清代包世臣在《艺舟双楫答之子问》中说："书道妙在性情，能在形质。然性情得于心而难名，形质当于目而有具。"这里的"性情"即气质。明末清初的唐志契也言："山性即我性，山情即我情；水性即我性，水情即我情。"当代画家张大千更是坦言："近代西画趋向抽象，马蒂斯、毕加索都说自己受了中国书画的影响而改变的。我曾亲眼见到毕加索用毛笔水墨练习中国画达五册之多。"从这些言论中，我们可以深刻领悟到气质与书画的关系纯粹是"性情动于心"即"神富于形"的关系。人的感情千变万化，人的性格千差万别，"笔性墨情，皆以其人之性情为本"。"心正笔正"，就是我们所讲的"字如其人，画如其人"。这种高度和谐的艺术价值，是历来国内外艺术家所追求的气质。因此，书画艺术是充满强烈个性的，具体表现在爱与憎、喜与悲、歌颂与谴责等一系列思想感情之中。

举例而言，李叔同（弘一法师）是举世奇才，是近代金石学家、书画家、音乐家、戏剧家和教育家。他从小爱国，颇有民族气节，文采风流，16岁时便书写"裕大中华非变法无以自存"的大字，并刻下"南海康君是吾师"的印章。青年时代，他走上艺术救国的道路，参加孙中山同盟会组织，反对袁世凯卖国求荣的条约。他的诗句："算此生，不负是男儿，头颅好！""看从今，一担好山河，英雄造！"读来感人肺腑。他苦练书法，写下"勤能补拙俭以养廉，实处着脚稳处下手"的经典作品。他的书法灵秀中显傲骨，稳健里透正气。他真诚地教育学生："艺术是一种模仿，但贵在创新，而创新在于人格。"虽然他的作品不多，但他德高望重，才华超群，实在难能可贵。他那粗豪奔放、不受缰勒、雄浑超脱、凝重老健的笔墨引起了当年八十高龄的吴昌硕先生的器重，馈联中颂道："天惊地怪见落笔，巷语街谈总入诗。"正当他以巨大的潜力登峰造极之际，他的艺术生命却无情地被邪恶势力扼杀了。然而，他对艺术事业的无限忠诚和刚正不阿的气魄，会给后人带来怎样的启迪呢？

此外，中国书画并非都是士大夫、文人闲情逸趣之遣兴。明末八大山人的作品表达了亡国之恨。清代郑板桥的画竹及题诗"衙斋卧听萧萧竹，疑是民间疾苦声。些小吾曹州县史，一枝一叶总关情"，体现了他在情感上与人民的血肉联系。明代石涛以国破家亡之痛苦，促成了对祖国山河的深情厚谊。"我用我法""搜尽奇峰打草稿"是他创作中与泥古不化的形式主义的原则性的分歧。后来他开创了一代画派，成为著名的宗师，德艺双馨，一直是后人顶礼膜拜的楷模。

## 四、结论

综上所述，一个人在艺术创作的全过程中，只有不断地了解、分析、认识并把握住自己的气质，同时不断克服偏食临摹、泥古不化、削足适履以及盲目偏见、闭门造车、坐井观天等弱点，力求扬长避短、解密元素、梳理通达，方能真正地做到法本自然、得心应手。这样，在艺术创作艰苦漫长的过程中，才能不断地攀登一个又一个高峰，最终到达理想美好的境界。

艺术的最终成功，必然是艺术家全部精神、气质、才华、修养和美德的综合体现。

写于 1998 年 6 月

修改于 2013 年 3 月 6 日

# "复旦"殊缘

众所周知，位于上海市的复旦大学是国内外享有盛誉的高等学府，培育了一大批有声望的专家学者，为祖国输送了无数的精英与栋梁。

对我而言，与复旦大学的相识似乎确有天意。

在那个特殊时代的初期，学校停课，闲散无聊之时，我与几位同学相约，决定去参观我们心中仰慕已久的复旦大学。然而，当我们踏入校园，眼前的景象却令人震惊：雄伟宽阔的校园内，红墙内外贴满了大字报，凌乱不堪，满目疮痍。那些高大的树木与苗圃也遭到了破坏，显得奄奄一息，枯寂无声。我们无精打采地读着那些看不懂的大字报，随后便怀着苍凉的心情告别了复旦大学。走出校园，野外黄昏的落日已惨淡灰蒙，我们一路走着，一路沉浸在悲凉之中：校园无安宁，家庭无安心，什么时候才能圆我们考上复旦大学的梦想呢？可惜，这一切只是一场黄粱美梦，化蝶而飞，遥不可及。

1974年，我从北大荒转到江西插队，彼时的我，因历经种种打击，人生奋斗的锐气早已消磨殆尽。然而，一个工农兵大学的诞生，却意外地唤醒了我重新复习语文与数学的决心。在银城镇知青的考场上，我取得了第一名的成绩，甚至有人因做不出题而捡起我的草稿纸抄袭。更令人惊喜的是，我的文章《我的大学之梦》很快被复旦大学新闻系的教授们选中，全县仅招收八名学生，而我有幸成为其中之一。公社领导欣喜若狂，敲锣打鼓地贴出大红喜报，祝贺我即将踏上大学之路。然而，如果说第二次与复旦大学的缘分来得太快太突然，那么更不如说这是坎坷命运对我的一次捉弄，让我与复旦大学失之交臂。

当后来恢复高考时，我却已经没有一丝勇气与信心，这导致我永远与大学之路无缘……

花落花开，春华秋实，历经多年的风霜雨雪，我渐渐步入了而立之年。九死一生之后，我痛定思痛，否极泰来，以诗书画琴为伴，终于找到了自己最为酷爱的艺术之路。三清山仿佛是我前世有缘的创作圣地，其雄奇壮美的景色如同磁铁一般，深深吸引着我，触发了我的灵感。从 1983 年元宵节探险古道，登上北山西华塔，沿途欣赏那 18 里的道教人文建筑及福地三清宫，到 1989 年夏日，从南山响波桥上出发，穿越十里清溪、十里黄杨瓜子、十里杜鹃岭，直抵南天门的万千松峰灵泉，每一处都让我心醉神迷。

说来也奇，"无心插柳柳成荫"，书画艺术竟意外地成全了我与复旦大学的缘分。1997 年夏，正是三清山听瀑观山最美的季节，一批复旦大学的著名教授慕名而来。他们此行是来江西招收新学生的，同时也被三清山的美景所吸引。三清山管委会领导邀请我与刘老师陪同他们上山。刘老师滔滔不绝地讲解自然与人文景观，在场的李孔怀、刘旦初、王玉华、朱旭东等几位教授听得津津有味，兴趣盎然。这次久别重逢的复旦之缘，让我深感一见如故、相见恨晚，仿佛是天涯海角冥冥之中的一次巧遇。

就这样，我们与复旦大学的教授们在上海和三清山相聚，结下了深厚的友谊，成为莫逆之交。从此，我们电话交谈，亲密无间，彼此分享文化艺术，关怀生命健康，并时常书信往来。李教授是20世纪60年代复旦大学毕业的学子，后来因表现优秀留校任教，专门执教政治、历史学科。阮教授是他的爱人，也是复旦大学的同学，毕业后分配到华东政法大学执教法律。他们这一对学者伉俪令人敬仰羡慕，他们都出版了自己的专著，他们的学生曹建民还曾为国家领导人讲过课。难能可贵的是，他们虽是高级教授，却礼貌谦虚、平易近人。我们之间平等和谐的融洽交谈，那份不愿分离的至善至美之情，让人难以忘怀。

1999年5月，三清山的高山杜鹃花开得灿烂兴旺，李孔怀、阮国英两位教授又兴致勃勃地前来观赏。我们一同登临了南天门、北天门，见识了三清福地、玉台女神的绝美风光。在循环变化的白、粉、红杜鹃花色彩的映衬下，我们迎清风、转回峰，欣赏着云海宝光、琼楼玉宇，感受着天上仙境与人间美景的完美交融的氛围。三清山的壮美景色成为我们与复旦大学教授们深厚友谊的见证。

我的复旦之缘，还要感谢书画艺术的引领。因为李教授热爱书法，加入了"复旦大学老年书画社"，这让我与复旦大学的联系更加紧密。

2009年中秋过后，在李孔怀、阮国英两位教授的真诚牵线下，复旦大学老年书画社的领导正式邀请我与刘老师前往上海复旦大学参加一次书画友谊活动，时间定在10月13日下午

2点。我们非常重视这次艺术交流活动，特意从三清山赶回上海。那天上午，李孔怀、阮国英两位教授热情地邀请我们到他们家做客吃饭，一方面商讨文化交流的具体内容，一方面倾诉五年未见面的思念之情。几年未见，他们买了一套新房子，李老师也练就了一手好隶书。从他们健康甜美的笑容中，不难看出教授们奋斗不息的精神风貌。李教授每天6点起床练书法，有时中午安排游泳，下午弹钢琴、跳舞，以培养第三代的兴趣。放长假时，他们全家则到国内外旅游、拍照、打球，二人尽享天伦之乐。

从他们位于紫金花园的家出发，我们四个人漫步走向复旦大学的校园。邯郸路整洁宽阔，两边的人行道上垂柳依依，仿佛为我们拂起迎宾曲；蓬大的绿树沙沙起舞，诉说着复旦大学承前启后的辉煌历史。走进复旦大学的大门，我的内心汹涌澎湃，为这久久等待的缘分，为这不期而遇的相聚，也为我与复旦大学有缘无分的失落……我缠绵悱恻，久久伫立，仰视着复旦大学朱丹红的辉煌校牌。我为长江后浪推前浪的复旦学子们感到骄傲！即便我当年没能成为其中的一员，但仍有千百万人走进校园完成学业。我坚信，复旦大学的大门始终向喜欢它的人敞开。

走进复旦大学，一座座肃穆庄严的教学大楼映入眼帘，我仿佛能闻到飘香的翰墨味，仿佛能聆听到老教授的育人心声。我心存理想：复旦大学啊复旦大学！今天我已不再年轻，特向您汇报来了！虽然当年我无缘成为您的学子，但是，我没有放弃文化艺术的自学之路，也没有忘记您星光满天的灿烂模样。现在，我与刘老师以三清山书画院院长和中国管理科学研究院首席专家、客座教授、研究员的身份前来拜访您。这不是炫耀，而是感恩祖国人民没有把我们忘记。希望您再一次接纳我这位迟到的学子。

心情坦然之后，我们跨进了复旦大学国权路的大门，沿着红墙青瓦的四楼建筑物一侧，走进了一座小院和一幢四层楼的大门。门口挂着一块牌子，上书"复旦老教授活动室"，这里运动、打牌、音乐、舞蹈、图书、琴棋书画应有尽有。我们沿着灰色大理石楼梯上到三楼，老远就听到书画室传来的讨论声，闻到书画的芳香气息。迎面走来的两位微笑的老教授非常热情地与我们握手并领路，又连忙把刘老师的山水画挂到墙板上。我选择了两幅三清山的手卷长画写生稿，放在客厅的地板上，供教授们点评。

我环顾四周，画室虽然不大，但清静雅致，近百平方米的长方形空间被巧妙地利用。外小间是休息品茶的地方，内大间则有一个椭圆形的大会议桌，供人们画画和开会。四面的墙壁铺上了三角板，用于挂画，板壁上早已挂满了教授们的书画作品，琳琅满目，吸引眼球。令人惊讶的是，这些画者都是退休教授，年龄从60岁到89岁不等。我不禁感叹，这些老教授们从头学习的精神力量是从何而来的呢？

下午2点一过，会议室已经坐满了30余人。82岁的会长李幼芬教授请我们上座，并让我紧靠着她坐。彼此介绍一番后，她亲自为我端来了一杯醇香的清茶，能被复旦大学的资深教授如此尊重，这让我们非常感动！她们真是华夏教育事业中与人为善、以身作则的优秀榜样。

活动正式开始，会长客气地请来自三清山书画院的我们先讲话。刘老师站起身来说道："各位老教授，各位书画社的朋友们，我们今天能来学习真是无比荣幸。因为这是一个千载难逢的机遇啊！首先要感谢李孔怀、阮国英两位教授的热情引荐。今天我们不敢冒昧，只是想为大家作一次汇报……"开场白还没说完，会场上就响起了掌声，这是对我们最大的支持与鼓舞。细心的李会长马上以平等的态度，请刘老师坐着讲，这使人感到老学子谦虚厚道的作风。他们投身于祖国和人民的教书育人事业几十年，退休后没有歇着还在努力地追求晚年人生的价值，再现昔日老学子如蜜蜂一样勤劳的精神，为人类奉献艺术的蜜汁。

感受他们银发蚕丝不惧老去、满腔热情一丝不苟的学习氛围，见到他们服装整洁坦诚端坐、睿智慈祥的求知眼神，我感到羞愧，在三清山那么好的环境中，我没有更加珍惜一分一秒去学习，蹉跎了岁月！复旦大学的教授们拥有超出常人的才华智慧与理性敏悟，他们学习书画执着猛进。别看他们才学了五年，但是花鸟、山水都画得神形兼备，比得上五年美校毕业的学生了。诚然，他们还出版了一本厚厚的精美画册《燕曦晚霞》，有校长等著名人士为他们作序。拜读画册，张张画作情趣盎然、山花烂漫，可见笔墨功底深厚。他们的成就来之不易，我们赞美不已！他们不仅画出了水平，更画出了意境与心境。别看他们现在坐在一起学习书画好似学生，老教授们一旦走上讲台讲自己的学术，就是一番精神矍铄地展现深邃学问的场景，他们各显神通、出口成章的魅力令人震撼。

此刻，大家的注意力都集中在了刘老师的两幅画《琴心三叠道初成》和《留取丹心照三清》。画中高山流水，琼台之上，两位高士望月操琴、饮酒论道，这场景正契合我们古琴的曲子《阳关三叠》。"雅琴飞白雪，逸翰怀春宵。"画中之人饮完一杯酒后便要别离故友，步入"西出阳关无故人"的凄美境地……一时间，大家都沉浸在了画意的无言之美中。

突然，有一位教授指着《留取丹心照三清》画中的月亮，大声吟诵："明月几时有？把酒问青天！"刘老师立刻回应。他们响亮的声音先是让大家一惊，随后所有人的目光都投向了那嫩黄的圆月与蓝天苍松。真是"长啸一声，山鸣谷应"，高层次文化的教授底蕴深厚，表达情感浓烈，感怀的激昂之情脱口而出。月光温柔地洒满大地，如今又照亮了复旦大学的老学者们纯净的心田，带来一种坦诚而美满的感觉，仿佛让人觉察不到他们的高龄与岁月留下的沧海桑田的变迁。他们依然"老骥伏枥，志在千里"，以笔墨为耕，这正是最"笃志"的"近思"，完美体现了复旦大学的校训。

紧接着，教授们开始提出问题并展开讨论。"为什么画石头中间要留白？""什么季节到三清山写生最好？""长卷是怎样写生出来的？"我们尽自己最大的努力，一一耐心回答。他们感到受益匪浅，于是提出想和三清山书画院进行"一对红"的交流。我们非常乐意，并感到十分自豪，因为三清山属于世界，属于所有热爱它的人。我们应该先替三清山欢迎并感谢复旦大学的教授们。

一个多小时的文化艺术切磋，大家热情洋溢，心心相印，不觉疲劳。然而，即使再留恋也不得不告别。散会前，我和李会长各自签名并赠送了画册。就在这浓郁的文化艺术氛围中，我与复旦大学、复旦大学与三清山之间建立了牢固的友谊，共同拓展了深层次的艺术品位与健康人生。李孔怀教授用相机快速地咔嚓一声拍下了这一幕幕画面，定格了"我与复旦之缘"的美好瞬间。复旦大学的学子们"学富五车，才高八斗"，这里真是人才济济啊！我要衷心地祝福复旦大学，愿其桃李满园！

那天下午，我们走出复旦大学校门，秋风潇洒，丹枫疏朗，阳光明媚，情操亦高尚。回头再望复旦大学，我舍不得离开校园，也舍不得离开那些亲爱的教授们。我仰望了又仰望，回眸了又回眸，告诫自己不要忘记所见所闻、所感所兴。我要牢牢记住复旦大学"博学而笃志，切问而近思"的校训，将其作为自己进步的座右铭。同时，我也深刻理解了83岁老学者朱元寅的书法题诗"珠藏泽自媚，玉韫山含晖"的厚重意蕴。

谨以此文献给复旦大学，以及复旦大学的李孔怀、阮国英等老教授们！

写于上海2009年10月25日

最后修改于三清山书画院2024年3月30日

# 读懂诗意的那一瞬

### 一、素昧平生　诗意传情

2019年6月6日，这个被民俗赋予"六六大顺"美意的日子，正值芒种好节气，麦类作物已成熟。农谚有云："春争日，夏争时，庄稼宜早不宜迟。"这是农民们在农田中最繁忙的时刻，哪像我们坐在家里享受退休待遇，吟诗作画来得惬意。我深深感恩那些勤劳勇敢的劳动人民，能体会他们用血汗和苦熬换来的粮食丰收的喜悦。而这一天，我遇到了一位在语言艺术创作的田野中同样辛勤耕耘的优秀人才，他能读懂我内心深处的诗意。

5月初，大地回暖，阳光明媚，万物复苏，天涯海角无处不生机勃勃。然而，我仍未从失去先生刘老师的悲痛中挣脱出来，步履沉重迟缓，只得返沪去办理先生的后事……

列车在赣浙大地上飞驰，玉山电视台原副台长单泰山发来微信，邀我加入他创办的"泰山读书汇"群。这不禁勾起了我对往事的回忆。20世纪80年代，他的连襟黄永勇书画大师曾是我的老师，给予我许多帮助。可惜他壮年病故，上饶市和三清山因此早早失去了一位艺术界的领军人物。20世纪90年代，单副台长热心坦诚，不断宣传着我和刘老师与三清山的故事。

可以说，他是发现我们艺术潜能的伯乐，我对他一直心怀感恩。

今年母亲节（5月12日）前夕，我思绪翩翩，在深夜梳理了一首小诗。母亲节当天，我望着变幻莫测的晨雾，想起百年沧桑的金融都市上海；想起父母和先生相继离世的孤独，不禁眼前模糊起来……要不是几十年来听惯的好朋友布谷鸟在屋檐下呼唤我，我真的又要发呆了。动物尚且有灵性传情，更何况是人呢？在上海与玉山的良师益友及学生们，患难见真情，一直帮助爱护着我。我心中感激那么多的爱心人士。这一刻，当我习惯性地打开手机时，竟然听到一位男中音在亲切儒雅地朗诵我的小诗《念慈母》：

小楼临溪映荷雅，层岚叠翠晚霞华。

何时再聆母嘱咐，寒灯相看细品茶。

慢慢的，轻轻的，那语气如此清晰平和，声音雄浑而历练，仿佛诱人的磁场，将我对慈母的满腔眷恋深深表达出来。真是"谁言寸草心，报得三春晖"，这份对母爱的深情，从内心深处自然流露，如此感人，以至于两行泪水不知不觉滑落我的脸庞。这世上竟有如此动人心弦的诵读，让一向刚毅的我也不禁泪眼婆娑，实在非同一般。我反复聆听，不忍关闭！更令人惊喜的是，这古典的配乐竟是我与先生最为酷爱的《妆台秋思》。全曲十分钟，表现着唐代著名诗人张若虚的《春江花月夜》那恬静抒情的诗句："白云一片去悠悠，青枫浦上不胜愁。谁家今夜扁舟子？何处相思明月楼？可怜楼上月徘徊，应照离人妆镜台。玉户帘中卷不去，捣衣砧上拂还来。"如此高雅纯洁的幽思之曲。这磁性男中音的柔声，与千古丽人的思乡绝唱交织在一起，勾起了我对母爱、对亲人的所有回忆与不舍，泪珠簌簌落下……我想，这诵读之人定是一位温文尔雅的文人，才能如此读懂我的诗意，配上最古典的雅曲，激发我心底的情愫，放大我灵魂深处的缱绻与遗憾……谁又能不为之怦然心动呢！

## 二、诵吟对话　穿越时空

古迹重湖山，历数名贤，最难忘白傅留诗，苏公判牍。

胜缘结香火，来游福地，莫虚负荷花十里，桂子三秋。

——江庸（杭州西湖灵隐寺对联）

这首穿越古今的对联，流传至今，令人百转楼头，看不休。皆因"上有天堂，下有苏杭"的名胜古迹，为世人开辟了一条闲游的梦境；更因白居易和苏东坡两位著名诗人，在此为官时为民造福，修建了美丽的西湖，并留下了不朽的诗词佳作，脍炙人口。欲观西湖千层浪，只见玉绳瑶光闪金波。惊起又回头，时见疏星渡银汉，自感清凉，水殿风来，暗香满溢！

撷取古韵的那一瞬，我便陶醉在江庸对联所描绘的诗画之中。那盛夏时节冰肌玉骨的一方荷池，那金秋时节丹桂飘香的西湖畔，都让我沉醉不已。还有那柳荫婆娑、白鹭翱翔的美景，更是令人心旷神怡。更何况，耳畔还传来了声声金镶玉嵌、凄美婉约的我在上海写的两首诗歌的朗诵声。又是这位男中音那铿锵悦耳的美声，令我听后襟怀宽阔，展望彼岸，一派明亮豁达！

### 杨浦公园寻幽

曾历沧桑难越山，
除却三清不言繁。
转瞬花甲如白驹，
人去楼空叹奈何。

密林深处觅幽静，
鸟鸣树高侧耳听。
无须伏耳细捕捉，
抬头玉兰阔叶翠。
香销魂断忆昔情，
往事如烟梦难寻。

七芝即兴于 2019 年 5 月 15 日

此声穿透赣鄱山川万重峻岭，伴随着《梁祝》小提琴曲独特而深沉的悲鸣配乐，更添寂寞霜天无人知晓之感。唯有长啸行吟，声声呼唤："叹——奈——何！忆——昔——情！"他读出重点的六个尾声，每个都是整拍，呵，这呼唤竟能触及我灵魂深处对故亲的感应，让我洒下心泪，倾听这切切的诗声，魂牵梦绕！

### 又忆忘寒亭

（内江公园感遇）

旧时内江忘寒亭，

携手同游仰贤名。

同济高师"从周"寓，

攻读博览学子情。


鹅卵石上当年足，

嬉笑屋檐挡风雨。

古树参天遮炎热，

逃离尘嚣此未虚。

　　　　　　七芝即兴于 2019 年 5 月 25 日


　　（注：上海内江公园"忘寒亭"曾是同济大学教授陈从周大师读书之处。）

　　我站在东海之滨的上海内江公园，朗诵起昔日曾与先生共同欣赏过的《忘寒亭之美》的诗篇。猛然间，我听到一位朗诵者也朗诵起来，连听了十余遍，涕泪并流！那敦厚磁性的男中音，不急不慢，不火不冰，万种韵味，直入心窍，这妙相庄严的气势，让人从寂寥中一下子惊喜过来，不再感到孤独无助，真是诗声心声惺惺相惜啊！谢谢他以声动人！呵，这诵声读出了碧天朗月下虔诚的至情至爱，以及坦荡无瑕的莘莘学子之情。凝眸远望，一阵阵内心的隐痛涌上心头，他也从更高的层次抒发了我对前辈和亲情的无限缅怀之情……

　　随后，我联系上了这位善意的朗诵者——吴旭。原来他是20 世纪 90 年代玉山电视台的播音员，曾经得到江西省作协会员冯慎鑫的文笔指导、玉山电视台原副台长单泰山的语音点拨。加上他自身对语言艺术的热爱与执着，多年来时时不忘打磨语言艺术，难怪30余年来，他的朗诵水平不输上乘，风格飘逸，声情并茂。

听人说起，吴旭是一位高大魁梧、厚道耿直、言语不多的中年男子，出生于世界自然遗产怀玉山脉三清山脚下。在那里，他喝着高山清泉，呼吸着原始森林的新鲜空气，怀抱着播音艺术的梦想成长，是名副其实的大山之子。1988年5月，他考入玉山县轴承厂成为一名工人，走出了山间小路。这个工厂规模庞大，拥有1300多名职工，其中绝大多数是中青年，文艺生活十分丰富。因为酷爱朗诵，他曾想报名成为厂广播员，但厂工会领导告诉他："我们只招女播音员，你是男同志，体力好，又是机械修理钳工，是一名具有专业技术的工人，应该在车间一线岗位。"

虽然岗位换不了，但他对语言艺术的热爱并未因此减退。在厂举办的"学雷锋"演讲比赛中，他荣获第一名，并代表工厂参加全县比赛，又多次荣获全县第一名。他那热爱声音艺术的小火星，终于点燃了语言艺术之路的火炬。在接下来的五年里，他多次代表上饶市以及玉山县关工委、团委参加省、市演讲比赛，荣获全省一等奖1次、二等奖2次，全市一等奖4次、二等奖3次，为市、县赢得了荣誉。

1992年，县电视台面向社会公开招聘播音员。他才华出众，顺利通过了初赛和决赛，这个一线工人终于光荣地考进了他心驰神往的玉山县电视台。1993年2月23日上午9点，这是他终生难忘的时刻。他依依不舍地脱下工作服，洗去手上沾满的机油污垢，离开了玉山县轴承厂，前往县电视台报到，成为一名正式的播音员！他如凤凰涅槃，一夜之间成为全县几十万人关注的焦点。一年后，他升任播音部主任，随后又前往北京广播学院（现中国传媒大学）播音系深造，深得毕征教授的指导。

后来，我与他见面，当他激动地向我回忆起25年前在北京广播学院进修时的一幕幕难忘场景，眼眸里竟折射出无限依恋的神采。他真诚地告诉我："毕教授知道我是来自江西革命老区的学生，南方人学习普通话很不容易，所以他给予我额外的照顾。从纠正方言到科学发声，从情感表达到文体播音，他都耐心指导，亲自示范。这让我这个对播音艺术充满渴望的学子，有幸步入了艺术的辉煌殿堂，真正感受到了语言艺术带来的无限魅力！那段青涩风华的岁月，是我人生中最快乐的时光。在这座殿堂里，毕教授以德传教，虽身居教育高位却待人和蔼可亲，对学生的批评也会带着几分疼爱的说笑，使课堂内流动着和谐美声、动人共鸣。他勤俭朴素，上下班习惯推着一辆旧自行车；他喜欢饮茶，但从不买昂贵的茶叶，说苦丁茶好，能从苦涩中品出茶的原味来。进修结束后，我回到了江西，但对知识的渴求促使我斗胆给毕教授写了一封信。没想到百忙中的他竟然及时地回了信，并说以后在播音上有什么困难尽管写信给他。良机珍贵，鸿雁传艺。我虽然回到了山区，相隔千山万水，但毕教授对我的期望，我始终不敢忘记。我一直在努力奋斗，遇到任何困境，都不会辜负他的希望。我愿一辈子用艺术语言为祖国人民讴歌，奉献自己如一棵小草般的微小之力！"

改革开放后，吴旭拼搏在风口浪尖上。他自强不息地耕耘在艺术创新的田野，愿将自己的满腔热血融入播音、策划、摄像、后期制作、布展等综合性艺术，用自己的能力为家乡服务，为更多的听众服务。纵然是苦旅艺途，也有雨后春笋般的奋斗乐趣。生活是残酷的，但任何成功与幸福都是不怕牺牲一切得来的。

我们因难得的相识而倍感珍惜，也因为我自小热爱唱歌与朗诵，20世纪70年代在江西下乡时还曾担任过广播员，所以我们有共同的话题，能够进行文化的切磋与思想的交流。高尔基曾说："文学就是让思想充满血和肉。"在惊涛骇浪的生活中，我们从容不迫地领悟"法本自然有还无"的艺术哲理，用感天动地的语言世界，彼此取长补短，共同探究宇宙的规律、社会的价值、人生的智慧以及生命与健康的真谛，从而得到社会的关注与关怀，并以艺术回报社会。

他礼貌地对我说："杨老师，您好！谢谢您的好诗，这诗让我想起很多您与刘老师形影不离的温暖画面，以及你们在三清山上携手创作时跋山涉水的足迹，也勾起我对亲人的无限思念。希望这朗诵的作品能抚慰一下您的内心，陪伴您度过一段艰难的时光。"

他接着吟诵：

学生无才遇良师，
冰溪有缘诵佳诗。
且将艺术记心上，
高山琴韵有人知。

这首诗作沁人心脾，令人在夜深人静时萦回忠魂之叹。听洪涛之声，越来越有著名演员唐国强在《三国演义》中扮演诸葛亮的气概！吴旭的气质隽秀，音质似击打的钟鼎声，又仿佛雨滴浅潭的叮咚悦耳之音，令人百听不厌，使人心定神安，消除了一切烦恼。

他又细心地说："杨老师，我能看懂您的诗，也有兴致朗诵。今天去了三个乡镇，刚回到县城。等我状态好的时候再录。今天在车上休息时，我已经轻声地细读了两遍您写的《初访杏花村》长诗。

"刘老师有您，真是他的福气。前几天我大姨去世了，与刘老师相邻安放。我在刘老师的遗像前伫立良久，人的一生本来就是要回归大自然的。我父亲二十年前就去世了，这种伤痛与思念我最能理解。顺变为佳，与您共勉。

"我仰慕您与刘老师多年，喜欢、欣赏您二位的书画诗文。如有幸去书画院拜访，希望能洗耳恭听您的绘画理念，那将是我的幸事。"

听他一番叙述，我深感震撼，素昧平生之人，竟能有如此深厚的情感共鸣。我心中百感交集，万般感激，于是回赠他一首诗：

### 感谢知情人——吴旭

知根知底吴才人，

配音朗诵显情深。

每因景中情意浓，

珠泪晶莹挂脸轮。

收到他的回信："杨老师，早上好，我在河南信阳。老师过奖了，学生我只是力求达意，配好您的佳作。"我回："我们真是有着天地山川般的师生情谊啊！谢谢你敬仰、悼念刘老师，也感谢你理解和喜欢我的诗。慢慢来，我还有很多诗与散文，等我回玉山，一定请你来画楼指导。虽然我们至今都不曾见面相识！"他又回复："杨老师，谢谢您的鼓励。其实我早在十几年前就认识您了。前几天我们在新华书店听课，还见过面呢。当时单副台长请您发言，您谦让不上台，最后是我上去讲了几句。"我突然想起当时的场景，恍然道："啊！原来你就是那位拍摄制作电视片《清贫万里行》的吴旭？真是幸会！"

这个世界大得很，人与人有时候一辈子都无缘相识；但这个世界又小得很，无形之中，几十年后竟能巧遇相逢，真是太神奇、太珍贵了。时空隧道不因人类的拥挤而闭塞，人间的友谊，尤其是艺术上息息相通的情感，可以净化人的心灵，让人更加勤勉。

"出水芙蓉冰洁迎风，诗画江南笔墨仙踪。"这些天，我读着吴旭勉励我的这两句佳诗进入梦乡，真心感谢这位后起之秀的玉山才子。

### 三、高山流水　相识知音

"高山流水有知音"的故事家喻户晓。相传在春秋战国时期，上大夫俞伯牙在江边弹奏《高山流水》的曲子，此曲被路过的打柴人钟子期听懂了。钟子期赞叹道："前段表达了高山的雄伟气势，后段则描绘了无尽的流水。"知音难寻，俞伯牙惊喜不已，当即与钟子期结为兄弟，并相约明年再见面。然而，遗憾的是钟子期因病去世，俞伯牙悲痛欲绝，打碎瑶琴，感叹道："知音已去，弹琴何用？"《警世通言》有诗曰："摔碎瑶琴凤尾寒，子期不在对谁弹？春风满面皆朋友，欲觅知音难上难。"穿越千年时空，人世间千追梦万寻梦的意念，渴望被理解、被读懂的心情，更需要精神上的相互信赖与支撑。文化艺术尤其需要这种惺惺相惜、肝胆相照的精神交流。

润物细无声，用心灵去感受这块土地的温暖；心在路上，踏着充满诗魂琴韵的田野，寻找自己艺术上的天籁，那是一种奇缘，无法用言语解释。这种精神穿越时代的云烟，历久弥新……

我笔下的主人翁吴旭，特别喜欢我们的诗词书画。他说："杨老师，您文笔隽秀，情感细腻，通古博今，诗、书、画、乐无所不精，待人真诚。您虽居艺术之峰，却德艺双馨，令我等仰慕。只是我艺未达境，仍在攀登途中，有愧于您的厚望。看您的诗画，或山泉叮咚，或雾拂衣袖，或奔腾江河，或'弱女子'一个，抑或日出江花、渔舟逐波，抑或三清览胜、泼墨高歌。只有见过您的人才敢相信这一切真的出自您这位朴素雅致的女士呀！""我能读懂您的诗，不禁要朗诵，谢谢您的诗。"

随后一个多月里，他认真地朗诵了我的诗并录成音频。有花季岁月友情绵长的《浦江重逢》，有风雪兼程不怕艰难的《北大荒精神》，有歌颂千古爱国诗人屈原的《敬仰您，一个不屈的文化使者》，也有赞美壮丽70年再创新时代的《我和我的祖国》，还有千年等一回寻访玉山古邑的《初访杏花村》，更有佛心禅意的《似歌似禅的净化》等。各种风格的诗作，他都能豪情满怀地用声音展现，臻于至善至美。我在上海给予他诚挚的感激："世界上最可贵的词是相信、认真、执着、感恩。相信的人拥有了机会，认真的人提高了自己，执着的人改变了命运，感恩的人解读了道德。每一次重听朗诵，依然热血沸腾！

那洪钟般的肺腑之音，大珠小珠落玉盘的铮铮乐器声，耐人寻味！如果没有著名编导吴旭那热切真挚的朗诵，就没有老知青再次回顾当年风雨同舟的铸梦经历，更谈不上而今的聆听者，像欣赏一种珍贵艺术品一般地去享受、去品味你的诵读作品，曲终绕梁、回味无穷。"

记得刘老师曾对我说过，写文章首先要感动自己才能感动别人。当我写到自己滚落泪珠时，就明白那篇文章定会成功。这些诗作现在配上他的经典美声，更加深了读者的感动与喜爱之情。不得不承认，"三分诗，七分读耳"，吴旭声情并茂地朗诵使得作品更加完美。我特别爱听吴旭的朗诵和配音，常在满身疲惫时逸情欣赏，品味良久。因此说，好的作品能使人流连忘返一辈子，心驰神往不回头……

吴旭听后，谦虚地回复我："刘老师说得很正确，我们诗画语境是相通的。读您的诗，我脑海里有丰富的画面。应该是先有您的七分才华，才有我这三分朗诵吧。以后等我添了新设备，就会更贴近您的诗意。我会尽力，谢谢您。"真是温暖感人，他付出那么多还坚持内省。

我倾听他每一首朗诵诗的美妙声音，心中激昂澎湃难以平静。那音色像一道雨后贯穿天地的绚丽彩虹。我为与他相识成为知音而感动，便写了几句感怀："在申城，黎明晨起观日照，打开手机，没承想你连夜赶出来一个好节目，令人百般佩服。手机里传来的温存儒雅、音准词润的美声，更让我感受到古色古香的风度，搭配上背景音乐，使人如同进入高山流水遇知音的遥远时代,感受俞伯牙与钟子期的友情。谢谢你的辛苦付出。"

"关于屈原的诗文我每年都写，一篇胜过一篇，也出版过，获过奖。只因他高贵的人品与坚强的个性，早已渗透在我的血液与生命中。很少有人读懂我为屈原作的诗，但你能读懂而且用心诠释，不辞辛苦地在夜深人静时努力朗诵。呼唤古今，上下求索，艺术风格悲壮，与作者共同开拓出一条通往艺术彼岸的道路。晨起熹微中，好声音连听三遍，噙热泪如听警钟，'秉德无私，参天地兮'，谢谢吴旭文友。"

手机彼岸传来了他淳朴无华的信息："杨老师，感谢您优美的诗作，为我树立了前行的标杆。您有才华写诗，又不嫌我才疏学浅。朗诵是我的爱好，有幸借您诗作创作新作是一种享受。我很感谢您把好诗给我……"艺术家就是像他那样的敬业，艺到精时方觉稚，才能实现真正的文化传播。依托人文品位，发扬真善美，讴歌赤子之诚，是一个创作者的使命与思想底线啊！

接着，我又聆听到他内心的道白，那是一段神奇而精彩的感悟："杨老师，奖次并不重要，请不要写进去。我想向您传达的是，我把各类主持、比赛、表演都当作是播音艺术的练兵场和检验所。为每一场比赛所付出的努力都是巨大的。每当接到比赛或巡回演讲的通知，我都会把生活的担子暂时放下，迅速进入'一级战备'状态。我的老房子在小东门，紧挨着古城墙，城墙外就是冰溪河。多年前的河岸并没有现在这么热闹、宽敞，甚至有些萧瑟。走过木板浮桥，就是原冰溪镇蔬菜大队山头的一大片菜地。沿岸的田埂路只容一人通过，路边浓密的杂草向泥路中间挤，以至于小路上也稀疏地铺上一层青草，软软的。这就是我练声背稿的好地方。在这条路上，我来回踱步，和着冰溪的流水声，一练就是半天，经常 2~4 小时地发声，嗓子却没事。不知不觉中，我在这条路上走了十多年。有时接到比赛通知很晚，时间紧迫，我就会告诉家人，我是去背稿了，别找我（那时还没有手机），然后一个人去海拔一千米的怀玉山，在偏僻的山村寻找一间农家小屋，食宿无味，放声山野。平时独步时，一有雅兴我就会独自轻声吟诵。有时不经意间会突然瞟见在不起眼的地方冒出一个人来，他们大多会带着疑惑的目光看着我。这时，我就会收敛下来，向他们微微点头示好，无声地证明一下自己是正常人。艺术是无处不在的，电影、电视剧、电视广播节目、商场播音、火车站播音等都是我学习的途径。与我出门的人都会觉得我很安静，殊不知我在商场里听着亲切的播音，辨析着标准的发音，购物已经不重要了；在火车站，听着亲切的语气和铁路行业特有的播音气质，车次已经不重要了；在北京的公交车、地铁上，听着中小学生用标准的普通话说着他们的新鲜事，哪里下车也已经不重要了。我觉得，语言艺术与其他门类艺术一样，都是根植于生活，来源于人民大众的。练好普通话只是一种手段，而百姓的喜怒哀乐、酸甜苦辣都会在语言上得到体现。他们的语气随着情绪的波动真实地流淌出来，没有固定的模式，没有程式化的轨迹，像高山云雾，似江河逐浪、深远悠长、高低跌宕……不分东西南北，不受方言羁绊。每一个人的语言都可以让我欣赏其发声特点、辨析语气、学习揣摩播音技巧。建立在这种感情基础上的语言贴近老百姓的生活，真实、自然、亲切。文化自信和文化服务大众的艺术宗旨也得以践行。艺术苦旅，独步山水。杨老师，您的抬爱让我想起了这些往事，十分感谢。如今，我还在艺术的门槛边徘徊，登堂入室还未到火候。但我坚信我还能进步，因为我还有灵敏的听觉，还有对艺术的憧憬，还有继续攀登的勇气。再次感谢您的辛苦付出和鼓励。"接着他又说，"从此，我更坚定了自己努力的方向。还好，几十年对播音艺术的迷恋没有走偏；还好，艺术苦旅上除却艰辛还有阳光灿烂；还好，高山流水有了山风轻拂的自然合唱。"

信念如磐，意志如钢，人生需要沉淀，要有足够的勇气与时间去反思，才能让自己变得更宁静而完美。因此，他诵读我的诗文时越来越潇洒超脱，荡气回肠，人人称赞。他的文学才华不逊色于朗诵，让人感动于他字里行间的心弦韵律，感慨他对配音的无比专业。他首先让人听一段相关内容的引子，引人入胜；朗诵时放低音乐，时轻时重，雅然如荷风；结束时再给人听一段优美音乐，由重至轻，由近至远，余音绕梁，难以忘记，再听，再想听。这就是他艺术的魅力，把声音发挥得淋漓尽致，大气磅礴。

"机会从不等待一切犹豫者、观望者、懈怠者、软弱者，只有与历史同步伐、与时代共命运的人，才能赢得光明的未来。"是啊，五千年中华民族文化长河，波澜壮阔，从未断流。那里流淌着多少文人墨客、名家雅士的心血，积淀着多少厚德载物的精神。那么，我们更应该薪火相传，努力营造浓厚的艺术学习氛围，凝聚奋进力量，为祖国和人民交上一份份解读人生智慧、传播正能量的满意答卷！

　　　　窗外风声夹雨声，
　　　　画楼之上吟诗情。
　　　　倾耳重听三百遍，
　　　　星火点点映真诚。

相知艺坛久未闻，

蹉跎岁月暮色沉。

登高望远凌云志，

山水之间见精神。

鹏程万里晴空展，

劳雁南归青山间。

风情十里冰溪畔，

诗诵艺术两相宜。

因此，我的诗文与吴旭的朗诵，意境相融，相得益彰。读懂诗意的那一瞬，真是"落霞与孤鹜齐飞，秋水共长天一色"。知音难觅，只因山高水长，相识恨晚。然而，能在冰溪之畔邂逅，亦是难得的缘分。

作于冰溪画楼

2019 年 6 月 21 日夏至

第二辑
DI ER JI

培根铸魂保边疆

# 乌拉草与黑土情

那是在 1968 年的 9 月 13 日，一个晴空万里的日子，我们上海第二批支边青年，共计三百余人，经过四天三夜的颠簸旅程，终于抵达了北大荒。眼前荒无人烟，凄凉之状令人惊愕，然而我们心中燃烧的却是一片真挚的忠诚之火。从温暖繁华的大都市到中俄边境的黑龙江，我们跨越了几个省份，历经八千里路的风尘仆仆。

我们这些芳华少年，天真幼稚，根本不知道初秋的北大荒会如此严寒冷酷。大家冻得瑟瑟发抖，只能穿着衬衣拥抱在一起取暖，这算是我们第一次真切地感受到了北大荒的风寒霜冻。幸运的是，在北安镇换车时，当地的解放军热情地为我们送来了军大衣，一股暖流瞬间温暖了我们的全身，我们感动得热泪盈眶，心中充满了对军人的崇敬与向往。

抵达五团团部后，当地政府和团领导在电影院为我们设宴接风洗尘，欢迎我们的到来。我们享用了一顿丰盛的东北美味佳肴。大鱼大肉，让我们这些初来乍到的人大快朵颐。随后，名单被分配下来，我们将被下放到各个连队，接受贫下中农的再教育。我和几十名知青被分到了一师五团七连，那里就是现在的世界自然遗产地——五大连池市的尾山脚下，一片古老的原始森林和火山堰塞湖所在地。

那时的连队驻扎在一个荒凉的村落，几十户农家稀疏分布，房屋简陋贫困，鸡狗四处乱窜。老乡们在冬天外面只穿一件黑棉袄与大衣，一直挨到春天才敢换下这些衣服。这个农村后来突然要转变为军垦部队，但各种设施都跟不上。我们暂时寄住在老乡家中，睡在炕上，日常吃的是大碴子饭、小米粥，很少有肉和青菜。用水需要从深井里用辘轳摇上来，尤其是冬天，手一沾在摇把和水桶上就像被胶水粘住一样，冻得又痛又麻，难以忍受。大家思乡心切，常常痛哭流涕，天天盼望来自上海的信件和邮包。因此，邮递员张师傅成了知青中最受欢迎的人物。

初见张师傅，他给我留下了深刻的印象：三十岁开外，瘦小的个子，穿着一身黑色的衣裤，一头乌发，长脸，鼻梁挺直，一对善良的鸽子眼，逢人便笑。他为人忠厚老实，因为抽烟，牙齿都已发黄，脸上布满皱纹，有时一阵咳嗽更显得老气横秋。天冷时，他会戴上一顶灰色的狗皮帽，翘在两边的帽耳抖动着。他双手喜欢插在袖笼中，背微驼。那时我特别钦佩他办事的认真以及吃苦耐劳的精神，我心想：当他穿上绿色的邮递服时，一定会变成一位最优秀的"绿色天使"。

无论知青们怎样纠缠他，他都不会嫌麻烦，总是耐心周到地为大家服务。他每天要跑三十多里地去团部取信件和包裹，累得气喘吁吁，家里的事也顾不上做。他的辛苦让我产生了要帮助他的愿望。当我和他谈起时，他却很担忧，怕我一个单身弱女子行动不方便，但他最终招架不住我的坚持。于是，平常每天清晨，我会到知青点的宿舍把信收齐交给他；而星期日，无论刮风下雨还是晴空万里，我都会替他送信。一个人跑团部，三十里地来回要三个小时，路上荒凉无助。偶尔还会从地里窜出几条野狗与我较量！自然是"置之死地而后生"，我一路跑一路打，浑身冷汗加热血翻腾，避无可避！背着沉重的邮包是我的使命。中午将就吃一顿冷馍，因此伤了脾胃，时常吐酸水。这让我真正体会到了邮递员工作的辛苦和无规律。但张师傅每天都这样起早摸黑、风雨兼程，累得满头大汗，却仍像小孩一样憨厚地笑着，乐此不疲。老乡亲这种朴实无华的精神真叫人感动！

因为经常跑长路，我的棉胶鞋特别容易坏，脚也感到特别冷。母亲亲手编织的毛线袜早已补丁加补丁，膝盖痛得需要用拳头重重地捶打才能缓解。正当我发愁之际，乐呵呵的张师傅给我送来了一大坨乌拉草。这是他特别加工过的草，细细长长得像麻线，柔和得似丝绵，光亮得像长发，他告诉我这种草永不枯萎。我仔细观察了半天，惊奇万分。把乌拉草垫在鞋里，一团团如温暖的"小绵羊"，直到那一刻，我才真正相信了乌拉草的神奇功能。我向邮递员老张表示感谢，他只是腼腆地笑了，黑的眸子、长的睫毛，在雪雾中闪闪发亮。他摇着手说："不用谢，俺是方便采来的，只要你脚不冷就好。"我同时感到有一股暖流冲击心头，这北大荒人的真情实意真让人感动。想不到聪明的东北祖先会把人参、貂皮、乌拉草珍视为"三宝"。发现乌拉草的祖先真是太有智慧了，而这小草也让我这个南方人肃然起敬。世界之大，无奇不有。因此，我挺想弄清乌拉草的来历。

乌拉草生长在大草滩和荒草甸之间，无论风暴雨雪，它都无所畏惧，如同常青的松柏。那一团团、一簇簇像龙须般的三角形锋利的长草向四面扩散生长，随风飘逸，轻盈细柔、丝丝连根、默默成长、无忧无虑。虽然平凡，但它却能为人类带来如春的温暖，其功德无量。我思悟着：世界万物并不都以价高者为名贵，这平常的小草以它给人类所做出的贡献而彰显价值，真是超然物外。

雁过留声，人过留名。有乌拉草的地方大多是候鸟群的栖息地，这温暖过无数生命的小草，让大自然留恋，也让东北人倍感亲切。这不起眼的小草，更让我始终难忘那些黑土地上的老乡们，以及他们淳朴可爱的深深情谊。

那时，我当了半年的班长，与乡亲们朝夕相处，心心相印。然而，在春寒料峭的 1969 年 3 月，我突然接到通知，要上调到团部宣传队去吹笛子了，心中真是难舍难分。老张一家人更是泪眼纷纷。他的爱人年轻，却拖拉着五个孩子，家徒四壁，那惨景真让我哀叹落泪。可他们依然厚道大度，邀请我到家里去吃羊肉饺子，说是为我饯行。炕上席间温存如春，香喷喷的饺子、浓辣的姜味、热乎乎的葱汤，真是吃得我胃里和心里都暖暖的。老张话不多，但心地善良，长长的脸上泛起了红晕。他的爱人个子不高，但热情爱笑，大声叮嘱我在外要小心，有难处就来找他们。她圆圆的脸显得十分和蔼可亲，短短的话语充满着发自内心的诚挚之情。在北大荒，我没有亲人，我顿时感到他们就是我唯一的亲人，激动得潸然泪下。

离开他们前夕，我和瘦于红用报纸替老张家把屋顶、墙壁都糊上了。因为老百姓每年都需要糊一次房子，年岁越长，纸墙就越厚，屋里也就更暖和。他们舍不得我离开，又哭了，我也很难过。但我又舍不得放弃心中的艺术，舍不得手中的笛子。我心想这次调到团部去，未知是好还是坏？

送别的路漫长而艰辛，老张执意要驾着马车送我。那时冰雪初融，道路泥泞不堪，马车一路颠簸，正如人生的道路也是如此崎岖难行，总会身不由己。猛然间，我感觉寒风刮脸，一阵阵刺痛；我听到骏马呼啸，马不停蹄地向前奔跑；我闻到旷野中散发出的浓厚黑泥土的清新气息；我看到张师傅在偷偷地用袖口抹眼泪。我知道，自己已然深深地扎根在七连老乡们的心中。人世间，有什么能比不是亲人却胜似亲人的情感更令人感动的呢？此生难忘，特此写文留念！

此刻，我怀里紧紧地抱着张师傅特意送给我的青青乌拉草，它清香扑鼻，让我一时间感到心脏在激烈地跳动，无法控制自己的情绪。我身边坐着一起送我的好友、老班长徐桂清，还有同班同炕的瘦于红等南北知青们，他们也在一边默然不舍地流泪。当年远离上海和至亲，我已悲苦万分，而今，我又一次要经受与老乡、战友们告别的辛酸与痛苦。

此时，白马依然奔驰，那一瞬，我们彼此无须多言，用眼神表达依恋，用挥手祝福关爱。相见时难别亦难。我在心中默念着：七连的父老乡亲、我的战友们，我会永远记住你们的深情厚谊。诚然，这青青的乌拉草和深深的黑土情，也将成为我终身的"护身符"和永远奋斗的精神力量。

写于 2011 年 8 月

再次修改于冰溪河 2024 年 3 月 31 日

# 生死黄花泪

当我撰写这篇文章时，已然步入花甲之年，但每次一看到这个题目，仍会不由自主地泪眼婆娑。痛定思痛，四十年前那场生离死别的重大打击，历历在目，唯有那黄花菜默默知情，见证了那段岁月。

1970 年的寒冬腊月，白雪皑皑，万物凋零。我们团却要奔赴师部参加样板戏文艺汇演。谁承想，演出途中，我竟不幸传染上了黄疸性急性肝炎，被紧急送往北安兵团医院救治。

1971 年 1 月，我病愈出院，回到上海休养。到了 5 月，北大荒的冰雪已经消融，春意盎然，我返回团部宣传队。有一位分管我们的负责人特别关照，让我无须下连队，而是前往团卫生院继续住院休养。我庆幸自己遇到了好领导，心中充满了感激。然而，我又稍感蹊跷，因为平时他对我非常冷淡，甚至有些傲视。

我每天都无忧无虑地前往三池子边散步解闷。河滩边空气清新，林草繁茂，晨雾缭绕，碧波荡漾，我的情绪也逐渐好转。抬头仰望湛蓝的天空，一朵朵厚重的白云如同棉絮般纯白银亮，悠悠地移动着。三池子对面是南北逶迤的长岭，一抹淡青犹如蛾眉般清雅地展现在眼前。我远远地望见大草滩上一片嫩绿丛中闪烁着星星点点的鲜黄花朵，随风摇曳，诱人入境。我朝着那片嫩黄色走去，啊！原来是绿叶铺底，开着喇叭形的花瓣。大多数花蕾都是长长的、黄黄的，而每一朵花蕾都被绿叶和花蒂紧紧地包裹着。当花儿渐渐开放时，那绿叶和花蒂依旧牢固地保护着花瓣，使花朵风吹不掉、雨打不摧。它们在坚硬的直竖着的长茎中烂漫成长，最高的花枝可达一米多，最低的也有尺把高，真可谓坚韧不拔。

眼前这与殷红的霞光相映生辉的植物，我虽不知其名，但却被它的宁静和娇柔深深打动。我走近它，俯下身来，轻轻地抚摸着那娇艳欲滴的花瓣，实在是太可爱了！它散发着淡淡的清香，仿佛仙女下凡，纯洁无瑕。我生怕揉碎了它，却又久久不愿离开。后来我才得知，这平日里我们所称的"黄花菜"，不仅营养丰富，是斋宴佳品，还可入药，有安神、宁心、解郁、助眠的功效。虽然家喻户晓，但很少有人知道它的别名"金针菜"，古称"忘忧草""疗愁花""鹿剑""宜男"等，其形如悬胆，似针尖。

然而好景不长，一场暴风骤雨的到来，使我从此告别了池滩上那金色辉煌的草色花香，告别了自己天真烂漫的青春年华，也告别了五大连池，留下了一辈子的憎恨和悲愤。

事情是这样的。正在医院休养的我，有一天突然被喊去分管我们的负责人的办公室接电话，我一时愣住了，心中彷徨不已。他的办公室不大，里面有几张办公桌和他的床铺，我的写字台和他的床铺面对面。我平时不善闲聊，有空就看报纸，生活沉闷之极。更何况，他的上海知青恋人和下属都在一旁，我躲都来不及！那些等待的日子枯燥乏味。

有一天中午，我在外院洗衣服，他突然大喊我过去看宣传队的剧照。底片很小，寸把大，他拿在手中对着窗户的光，人站在我背后，兴奋地指指点点。我看他气喘吁吁，兴奋得满脸涨红，不时地紧贴我，躁动无礼。我怒火中烧，迅速蹲下身，一溜烟地逃走了。同时我大喊："我洗的衣服要被自来水冲走了，水龙头还开着呢！"这是我在维护自己的贞洁，谁也别想占我便宜。一个人的尊严决不可丢，否则大祸临头。当时我很清醒，才做出了这样的决断。

始料不及的是，第二天他冲到俱乐部里我的房间，气呼呼地用大手指着我的鼻子，恶狠狠地叫我下连队去劳动一辈子，永远不要再上来！天哪！我头脑中嗡的一下如重锤猛击，人都站立不稳。他怎么可以这样报复我？我惊愕得浑身发抖地说："我还年轻，还能演出，我会打扬琴、拉二胡。"他说："不行，不行，哪儿都不行！三天内限你考虑好，下调令！"我在五团彻底完了，没有前途了！他叫我把笛子箱子拿出来，收走了，又冷眼瞧着我，傲慢地急跑下去，好像一刻也不想看到我！我是北大荒的"神笛手"，却要和舞台告别，和艺术与宣传队告别。他那样专横跋扈，把魔鬼嘴脸暴露无遗！他原来是个伪君子。一个人从天上落到地下，又掉到井下，还被落井下石，死无葬身之地。我越想越害怕，举目无亲哪！

野兽不会同情猎物，他暴戾地命令我卷铺盖走人。面对这样的恶势力，谁能拯救我呢？上天无路，入地无门，难道真要我去屈身求他吗？团部的俱乐部里空无一人，那邪恶的魔掌仿佛在我头上肆意舞动。我在茫茫的黑暗中奋力挣扎，寻找着一丝出路，我呐喊着求救，却没有任何回应，我简直要崩溃了！

肝脏剧烈地痛了三天，旧病复发，我茫然无助，泪水浸湿了被褥。我开始后悔，后悔不该来北大荒，不该加入宣传队！为什么我正当的防卫却要遭受如此厄运？反之，如果我屈服于权势，又只会被正义咒骂，被真理讥笑。"守持正固"对于当时在逆境中挣扎的我来说，是多么重要啊！这是我有生以来第一次遭受到如此残忍、心碎、无情、无奈的打击。

面对这场灾难，我久久地徘徊在黄花地，悲愤交加地呆立在花丛中。这一片曾惹人喜爱的黄花地，似乎也在感召着我。应该和它们紧紧相拥，感激它们对我的挽留。然而，我是弱者，斗不过那"野兽"，最终只会被害死，那还不如痛快一死。想好了，我便在三池边纵身一跃，与流水作伴，从此脱离苦难，永无烦恼。我的身影长长地倒映在河面上，晃晃荡荡，冷冷清清，凄凄惨惨，悲悲切切。二十一年的春华，就此化为泡影吗？

猛然间，水面上浮现出严父慈母的面容，他们劝阻我，万事万物都需要忍耐，决不可轻生。你这样对得起谁？风雨过后是晴空，雨后定会现彩虹。他们呼唤着我，你不能死，你一定要坚强地活下去啊……

我惊出一身冷汗，四肢剧烈地颤抖，已经饿了好几顿饭了……

我不能让家人痛苦失望，这是罪孽！我既然没有错，为什么要去寻死？我要坚强起来，不怕那狰狞的狼。我要像雄鹰一样搏击暴风雨，人生不易，活着就是胜利。我要像黄花那样坚强不屈，柔韧不倒，重找出路。只要我活着，总有一天会看到恶鬼的下场，有朝一日他定会被阳光晒死。

真理给我信念，柔情温馨的黄花菜也潇洒地随风发出沙沙声，好像一支安魂曲，让我支撑起生命的每一刻。我开阔视野，闻着清香，自由自在地躺倒在黄花丛中睡了一觉。天无绝人之路，人生也像这黄花菜一样，会经历花落花开。明年、后年，我一定会好起来的。后来通过潜心的"觉岸"学习，我才领悟出这就是道的原则，物极必反、否极泰来的哲理。

　　虽然被安排下连队，但我庆幸自己是清白的；虽然无助，但我年纪轻轻就明白了"人性惟危，道性惟微，惟精惟一，允执厥中"的道理。这十六字出自《尚书·虞书·大禹谟》。总的来说，这十六字表达了一种智慧和方法论，即在面对复杂多变的世界时，要保持内心的稳定、坚定信念并积极寻求平衡。人间是有邪恶的，有时正义是孤单微弱的，只有在不屈不挠的斗争中才能见到黎明的曙光。虽然我被下放劳动，但是在连队照样有活路，我仍可以笑洒热血保边疆。刹那间，我坚决要求上前线的血书仿佛又亮在眼前，多少悲凉和凄楚涌上心头，我忘不了这一段黄花丛中的生死辛酸泪。

　　那时，我多少次依恋在黄花丛中，长久不愿离去。我多少次喃喃地对花语诉说：为何要让别人来摧残、践踏我，侮辱我的人格？我宁愿像花儿一样，在大地上自由开放，也决不忍气吞声地成为魔鬼的牺牲品，失去做人的尊严与底线，被世人唾弃讥笑。

　　我屡次对着花儿悄悄表白：洁身自好，甘守清贫，是我们中华民族的美德；奴颜媚骨，趋炎附势，则是失去气节、可耻的世俗之流。我又多少次抚摸、亲吻、眷恋着花儿，生怕它们也遭遇不幸，再也见不着我了。花儿呀，我们总要惜别。黄花菜呀，我又多么脆弱，流下了一串串止不住的哀泪，跌进河里，变成冰凉的水珠。总之一切的一切，对于那时的我来说，是多么的凄惨可怜……

那一刻，我忽然见到太阳正接近地平线，天际上出现了一抹金红色的晚霞……

写于三清山书画院 2011 年 8 月 12 日

修改于 2024 年 3 月 31 日

# 知青文学方兴未艾

　　2023 年的冬天格外寒冷，狂风肆虐，雨雪交加，大寒节气步步紧逼。北方已是百丈冰凌悬于悬崖，展现出无限风光在险峰的壮丽景象；南方的气温虽未至零摄氏度以下，但我也已紧缩毛领，披上了厚重的大衣。仰望北方茫茫的林海雪原，万物凋零，我不禁想起那些在灯下无私工作的朋友们，以及无怨无悔奉献的知青文友们，心中涌起百般感动！

　　在荧屏下，在炉火边，我认真浏览着网站，为这一年知青文学论坛的繁忙景象和一本本新书出版的重大收获而赞叹不已！

　　知青文学方兴未艾，每一个团队的老师与编委都冒着数九严寒，辛勤地收集文稿、统计数据、发布专栏，他们的付出令人敬佩。我们在此感激之余，更要学习他们这样的态度和精神：对祖国文化事业的重视、对每一位参与者的极大负责，以及对每一位作者艰难耕耘的诚挚鼓励与希望。

　　我虽无才，但已在文坛历练了十多年。我期盼在这个循序渐进的大熔炉里得到锤炼，"奋蹄耕岁月，俯首驭春秋"，也多谢大家的抬爱与助力。我祈愿，带着千百万人的期望，我们每个人都能在 2024 年的起点上，跃马扬鞭，砥砺前行。让我们既追求人文的最高价值，也致力于至臻的创作，迎接 2024

年的美好春天，共同展示火热而崭新的文化艺术新天地。

当前，我国正全面推进社会主义现代化建设，综合国力持续提升，国家对民族传统文化的重视程度也日益加深。因此，网络文坛迎来了振兴发展的巨大机遇。在此背景下，我们更应携手并进，热情关注原创文学的丰硕成果，积极宣传优秀的文化艺术作品，为新时期文化事业的繁荣昌盛贡献自己的力量，这既是一份责任，也是一份荣耀，其乐无穷！

百年共济，铸就了历史的辉煌；百倍信心，将推进复兴的伟业。中华文明是实现千年梦想的首页，它凝聚了五千年华夏民族的夙愿，体现了中国人民的精神，传承中华文明的任务既光荣又艰巨。历史在呼唤我们，每个人的前途命运都与国家民族的前途命运紧密相连。实现中华民族伟大复兴之路，需要一代又一代的中华儿女承前启后，以踏实肯干、顽强进取的精神去践行。对于我们老知青来说，"实干兴邦"不仅是一句口号，更是我们愿意用实际行动去忠实践行的宏伟而光辉的事业！

老知青、年轻的朋友们，这是一个天赐良机，让我们共同歌咏文学艺术的春天，打造一片精神家园。无论年龄大小，无论你我之间有何差异，文章都应该越写越浓烈，越写越有品位，越写越浩瀚。让我们写一写自己的情怀，叙一叙人间的真爱，为复兴中华文明礼仪多一份理想信念；为传承和弘扬民族文化多一颗火热的丹心；再为重新延续知青当年艰苦奋斗的强大生命力多一份不灭的感念。祈望大家能够风雨同舟、肝胆相照，共同为创建"书山有路勤为径，学海无涯苦作舟"的人生坦途而努力。

于三清山书画院2024年元旦

# 莫等闲从头越　军魂在我心中

高尔基曾言："文学，就是让思想充满血和肉。"诚然，人正是在腥风血雨的历练与挑战中不断成长，没有侥幸，亦无捷径。

我深爱我的中华民族，这份情感源自从小受到的严格爱国主义教育。我的家乡绍兴，曾三度遭受日本帝国主义的摧残。1945 年，我的父母携家带口逃难至上海，途中痛失三位兄姐。新中国成立后，父母毅然将大哥、大姐送入军营，后来二哥、二嫂也成为军官；大姐夫则是某军区气象专业部队教官，而我的父母也因拥军爱民之举被评为模范。自幼，我便对英雄人物充满敬仰，对解放军抱有深深的仰慕之情。我常常乐于助人，甚至会在星期天约上同学到桥边，帮助来往行人推车上坡。我还将那些英勇的豪言壮语抄录下来，用以鼓舞自己不断上进。

作为 1966 届的初中毕业生，我在 16 岁那年考上了美校，却不幸遭遇学校停办，只能返校参与革命活动。在那段日子里，我学会了吹笛子，并因此被母校的文艺宣传队选中。我有幸代表团队在全国各地的工农兵基地和上海文化广场进行演出，还在上海七重天电视台录制了纪录片，纪录片中收录了我的笛子独奏。我曾在上海锦江饭店为中央首长演出，那些经历让我深感荣幸。更有幸的是，我们的团队与全国著名的某军文工团结成了"一对红"。在解放军的帮助下，我们的思想与技艺都得到了极大的提升。我们团队因此声名鹊起，而我的笛子独奏也在上海滩上赢得了广泛的赞誉。榜样的力量驱使我萌生了当兵的念头。当机会来临时，我毫不犹豫地报名参加了黑龙江生产建设兵团，甚至写下了血书，"坚决要求上前线"。在那一刻，我忘却了留在老父母身边照顾他们的责任，也抛弃了大城市提供的优越条件。我唯一所想的，就是能像那些英雄人物一样，早日报效祖国与人民。

1968 年 9 月 10 日，是我们上海三百多名知青奔赴北大荒的日子。那一天，上海北站热闹非凡，锣鼓声震天响，红旗迎风招展，人群如潮水般涌动。在"毛主席的战士最听党的话，哪里需要到哪里去，哪里就是我的家……"的歌声中，市领导、上海军区、沈阳军区的代表以及亲朋好友齐聚一堂，为我们送行。人群中，留恋与拥抱交织，泪水与汗水汇成一股止不住的热浪。千万双眼眸闪烁着泪光，千万声叮咛与呼喊交织在一起，无数台相机闪光灯闪烁，定格下了这激动与不舍的历史时刻。火车头上披红挂彩，车标上写着"沈阳军区黑龙江生产建设兵团 × 师 × 团专列"。上午 10 时整，火车鸣笛震响，车轮缓缓启动，难舍难分的哭叫声夹杂其中……在那个特殊的年代，悲伤在所难免，更何况这"八千里路云和月"的遥远思念？我挥手告别父母与同学，心中流泪，喉咙哽咽却哭不出声，只能在渐行渐远的人群中苦苦寻找至亲挚友的身影。唉！这离愁别绪，真是辛酸凄凉啊……

面对战友们的难过与不适，我静下心来安慰自己："既来之，则安之。"我清醒了过来，开始帮助列车员洗碗、扫地等，想让起伏不定的心绪变得安定一些。

火车在天津站短暂停留时，我事先通知的解放军某文工团的李政委与队长等五六位同志赶来了。我们一阵相拥握手。我赠送了他们一幅艺术编织像，他们则送我一支紫竹笛，那是解放军对我的关怀与希望。可惜我家不是工人成分，部队觉得很为难，无法召我进文工团吹笛，说对不起我的才华。遗憾的是，我没能见到教我吹笛的张明英师傅。带着这些念想与遗憾，带着对解放军可敬可爱的光辉形象的思念，我一辈子都想吹响那支笛。虽然彼此阔别 40 年未曾见面，但我永远忘不了他们的优良传统与不屈不挠的战斗精神。

历经四天三夜的长途跋涉，经过火车、汽车的三次轮换，我们终于来到了黑龙江省北安镇德都县五大连池团所在地（这里是由火山爆发后形成的堰塞湖群地貌，后被评为国家 5A 级景区）。解放军早已为我们借来了御寒的棉大衣，这真是令人感动！

虽然迎接我们的团部军人和地方领导们很真诚与热情，但当我们面对眼前寒冷萧瑟、荒凉空旷的景象时，都惊呆了！这里没有兵营，没有大米与青菜，只有广袤的黑土地和农民的瓦房。干部们在最大的俱乐部（电影院）设宴，站着为我们这些知青洗尘入编。看着熟悉的同学们即将分离下连队，我们虽然还没有做好分离的准备，显得手足无措，但也只能接受组织的安排。

我和二十来个上海知青站在拖拉机上，被颠簸着送往尾山脚下的七连，那里远离团部 7.5 公里，是最北面的地方。我们真切地体会到了风萧萧、意寒寒的惨淡滋味。一到连队，更是看到了泥土墙、木篱笆，家禽四散，风刮枯草的荒凉景象。你能想象吗？我们睡在老乡家爬满蟑螂、跳蚤、虱子、百结虫的大炕上，被咬得浑身长疱，奇痒难忍，无法入睡！还有那大葱大蒜的腥辣味，我们也吃不惯。大伙儿痛哭流涕，无法接受这样的现实！我们这些城里人怎么能想到是来到这样的地方。北大荒原来是一穷二白，要靠我们的双手去自力更生，屯垦戍边，保卫边疆，建设边疆！

现役军人是团机关干部和部分连队的指导员、连长、班长，其他都是地方工作人员。想不通的时候，我干脆去帮大娘到井里挑水，劈柴，引火煮饭；再找来破黑板为大家出专栏；星期天自愿帮助邮递员老乡张承高去团部送信件，因为他没有休息日，家中有五个小孩，包括还在吃奶的婴儿。去过老张家，我第一次惊诧地看到如此家徒四壁的穷苦人家，繁忙不济，十分可怜。

我一个单身女孩从连队走到团部邮局，来回30里地，迎风冒雪，一路还要壮着胆与狼狗作斗争！午饭喝凉水，吃冷馒头，吃出了胃病，当然，这也锻炼了我的坚强意志。没想到，有一次我帮战友寄钱时，被人偷去了20元，我只好在32元的月薪中分两个月赔还。因为每月还要给家里寄15元，只能留下来7元钱当生活费，够寒碜的了。邮递员为我懊恼、气愤，但我并不埋怨，因为我愿意助人为乐！

当班长时，我深夜为战友们烤干鞋袜，帮助她们排练节目，解除思想顾虑。我认为这一切应该是军人的职责。在农田里，我像男同志一样挥镰割麦、拔黄豆、掰玉米、扛麻袋、造房子，从秋冬做到春寒三月。

当时解放军郝班长要选我当排长，与此同时，宣传队队长张杰和老同学阿玲推荐我到宣传队吹笛子，我收到了因他们推荐而上调团宣传队的消息。邮递员老乡知道我的双脚一直怕冷，特地又送来清香的乌拉草给我垫棉鞋，温暖极了！他居然真诚地赶一辆马车，依依不舍地要送我上团部。冰雪融化了，道路泥泞，坑坑洼洼，马车摇着走了 15 里地。战友们难过得挥泪了，而能让东北老乡这个男子汉呜呜直哭，说明我在北大荒、在连队开始扎下了根。感动的泪水模糊了我的眼帘……

文艺兵是榜样的化身，是艺术的力量，是第一线的英雄，也是欢庆活动中的天使。我们除了负责编排和演出，更要深入一线参与军训、劳动，甚至战争。

我们曾在半夜急行军，厚厚的积雪盖过膝盖，每个人又累又冻，仿佛成了滚动的雪球；也曾在原始森林中砍柴、拉爬犁，一手握着雪，一手啃着冷馍，硬是在艰难的环境中坚持了下来；还曾在冰河上运送石头，刺骨的西北风让我们的衣裤手套变得破烂不堪，晚上浑身酸痛，辗转难眠。我们敢于冲向烈火，抢救国家财产，即使烧焦了皮肉也毫不在乎。我们背着沉重的道具过冰河，每走三步就退两步，生怕掉入冰河中冻死，但解放军齐政委那高大的身影，视死如归地走在前面，他威武不屈的精神力量感召了我们，让我们觉得再苦再难再冷也不怕。能为艰难工作的战友们带去精神上的放松与欢乐，这是我们宣传队莫大的荣幸与幸福。

1969 年的隆冬，我们在塞外零下 20 多摄氏度的帐篷里，坐在背包上等待一级命令。那一刻，别的来不及想，我唯独想到的是苏联英雄保尔·柯察金的顽强精神：钢铁是怎样炼成的？就是在血与火中炼成的。冻僵、饥饿、思乡，任何困难都不能摧毁我们！最可贵的是战友情深，我们互相帮助，用雪搓擦冻白的脸和鼻子。虽然那次战役我们没能上最前线，但我们展现了一个真正的军人保家卫国的尊严、胆识与牺牲精神。

我们也体验过下连队农垦的生活，从早到晚在一条田垄上奋战到底，经历了血汗、老茧、皮伤、骨痛的脱胎换骨的磨炼。在 45 天的洪涝灾害中，我们响应了"勒紧裤腰带，宁可少吃一口饭也不向国家要一粒粮"的号召，硬是在天灾中忍耐了穷困和寒湿！

什么苦难我们都熬过来了，然而，最让我伤心的是，1970年底，在师部会演中，我突然感染了甲肝，生命垂危，被迫送到兵团医院。在治病期间，宣传队的胡桂琴、刁慧明两位上海好姐妹冒着被传染的危险，陪我度过夜晚，给我喂药、打饭、洗衣裳，无私无畏地精心照顾我、安慰我，给了我足够的勇气与病魔进行生死搏斗。我永远不会忘记她们。

七连的哈尔滨好友瘦于红闻讯后十分着急，她让当医生的母亲与弟妹们设法千里迢迢寄来了我急需的白糖与奶粉，让我得以补充营养，这真是令人一辈子难忘的深情厚谊！她们不是亲人，却胜似亲人，时刻以军人的要求来鼓励自己，也鼓励着我。

然而，一病难愈，从此"神笛手"无声了，师长、团长、政委呼唤我"小鬼，吹上一曲"的美好情景也没有了。我这次还失去了沈阳军区文工团专门来招我的好机会。他们依依不舍地对我说："你的病会好的，你为什么不吹一首曲给我们听呢？"我当时真是太傻了，只想着保命，却没想到这样的机会是多么难得。但我欣慰的是，在兵团，一切苦难都没能让我失去人格，跌入陷阱，毁灭灵性和信念。

为了治病，1974 年，我投靠了当时在江西当医生的杨小英二姐，迁移到三清山北麓的知青农林场插队落户，第二次尝到了面朝黄土背朝天的辛苦。虽然吃饭不要钱，但到年底我一分钱也没拿到。然而，我时常能记得自己曾经是一名勇敢的战士，就帮助知青们创办宣传栏，进行文艺演出，为公社增光，在县里也得到了名次。年终，我还被评为全县知青积极分子。在即将离开兵团的年龄段，我好不容易加入了中国共青团，成为一名共青团员。

在江西农村，我做过许多最底层的工作：在公社拉丝厂做过车工、钣金工，打过铁皮，修过脸盆与痰盂罐；还当过编外教师、广播员；最后是跑腿的大集体营业员。这个营业员的工作需要我自己上坡三个小时去进货，拉大板车，却只拿到微薄的薪水。稍不注意，经理就会罚我到乡下摆摊，或是到凉亭卖面包，自负盈亏。我历经了疾病、爱情、婚姻、工作的万般折磨……谁又能料到，我太善良，竟上了当地乡办某主任的当。他苦苦央求我，将名额先让给他前妻的女儿。我竟然像个傻瓜一样，把读复旦大学新闻系的名额给了她，说好的明年再让我去读。但等到第二年大红喜报贴出，当地乡政府又推荐我去读书时，那个坏蛋却因为我没送礼讨好他，与人合谋写匿名信诬告我，还跑到上海我的户口所在地派出所调查我的户口，说我超龄两个月。我气得浑身发抖！雪上加霜的是，我那时的男朋友也反对我去读书，说"小白鸽要飞掉的"！我真是内外交困！我知道，有些没知识才干的人比我"聪明"，上了工矿，却唯独卡住了我这个没花花肠子的人！

谁又能料到，家庭中也会有人心险恶，我因遇人不淑而万念俱灰！除了孑然一身、多病缠身，我一无所有。"三十功名尘与土"，我的理想、事业、家庭，一切都化为乌有。我悲愤欲绝，几次想投河、跳崖自尽，又每次都让矿区转业军人马医生和老干部球主任努力劝阻下来，是他们这些最可敬的人给了我第二次生命。

就这样，在生与死的关头，我摆脱了噩梦，创造了新生！从33岁起，我正式拿起画笔，画了一张《三清山姐妹松》，从此开始了坎坷人生的艺术生涯。那时，我是一名小店营业员，白天繁忙工作，晚上刻苦作画。没有画案，我就把纸钉在墙上画。我立志以国画为精神生命，数年如一日，坚持"一窗风雨凄凉夜，半间破屋作画图"的艰苦磨炼。谁料，人生艰辛，防不胜防。有一次，我发高烧躺在木板床上呻吟，连一口水也没人给我倒。突然，小店负责人高声大喊让我去拉货，说不去就扣一年的年终奖72元。天哪，人性如此歹毒！我脑子一轰，不想活了，正想一头撞死在墙上。我没去之后，哪知那领导真的指使人扣了我的血汗钱。我一年白干了！我孤苦伶仃，何处评理？危难关口，我冷静下来咬咬牙，挺了过来！

可没料想，三清山这一路的崎岖山道，陡崖峭壁，艰险异常。在攀登的过程中，我第一次深刻体会到了老红军爬雪山过草地的艰难困苦。我披荆斩棘，脚下打滑，浑身淋湿，饥寒交迫，眼睛直冒金星，累得几乎要掉队！特别是在下坡时，那段路面不平且只有二尺多宽的"西华台"石阶，让我一个踉跄，鬼使神差地跌倒在台阶下，手中撑着的黑伞也摔出去老远。那一瞬间，我以为自己完了！然而，当我惊出一身冷汗后，发现自己还趴倒在右边靠山的石缝间；再向左看，却是万丈深渊的悬崖与湍湍奔流的河水，吓了我一大跳！难道我捡回来一条小命？我摸摸身上，一点伤痛也没有，于是站起身，又小心地爬到悬崖下，捡回了刘老师借给我的黑伞，幸运的是它也没坏。这时我才庆幸自己命大！我特别感谢三清教主的厚爱，转身虔诚地向三清山三大主峰方向感恩，深深地鞠躬作揖。

从上午到黄昏，我们一直行进在曲折的山坡上。走到"众妙千步门"时，天色渐晚。我忽然觉得"彩灯云中舞，鼓乐天上闻"，仰望北天门，奇观顿生：雪花飘飘，云蒸岚腾，山色若隐若现，似清水出芙蓉。乡亲们攀岩登壁，人群穿梭在三清山主峰仙境里，成就了星光闪烁的不夜天。啊！刘老师高见，他猜到了——原来我们正巧遇上了百年一次的长凳舞龙彩灯会。能在仙山福地巧遇此景，想必真有奇缘，所有的困难都烟消云散了！

当晚，我们在三清宫的简棚里过夜。殿内酒酣吐真言，殿外风声夹雨声；烛光摇红洒珠泪，篝火烤衣话人生。火光噗噗，人心暖暖。我见刘老师深情厚谊、见多识广，就大胆地请教他，为我苦难的人生指点迷津。即刻，他欣然提笔，赠我一首诗："君本蓬莱青云客，缘何贬谪人间来。艺海慈航通彼岸，金风相送到瑶台。"听后，我如同见到了诗人李白当年的豪放与飘逸之姿，感激涕零。我抬头问大山：难道人间真有真情？这温存勉励的诗句与自己不幸的遭遇为什么大相径庭？此刻，虽然风寒雪夜，但我的心头却是从未有过的人间暖意。

眼下，老百姓又真诚地为我们煮饭、烤衣、烧篝火、腾出床铺，把我们当亲人一样照顾。他们说："凡是刘老师请来的客人，一定是我们的好朋友。"我感到荣幸至极，这是一种人格的尊重。这难道是在做梦？过去自己的生活多么悲惨！因此，在我心中久久地保存着对老百姓的这一份感恩之情和对刘老师的这一份无限崇敬之情。

虽然首次登临三清山吃足了苦头，回来后还生了三个月的病，但再苦再累，精神上总算有所收获。从此，我喜欢上了三清山！为此，我十余年不断登山创作，画出了近百幅作品。1983年5月，江西的杜鹃花开满山，我的第一张作品《三清山姐妹松》首次在江西省展出，同时我加入上饶市美术协会，正式进入书画界。

1985年，我参加了常州市的人才交流活动，正当我即将调到常州某文化馆时，却遭遇了意外，这个名额被人窃取。幸运的是，两位曾经身为军人的办事干部富有正义感，帮我追回了这个机会。时过境迁，许多事情我已经淡忘，但这两位帮助过我的人，我一直铭记在心！

常州是艺术荟萃、人才卓越之地，在那里我结识了许多老前辈和同行。我努力学习，刻苦磨炼，学艺大进。我的一篇毕业论文《试谈气质与书画的关系》被文联选中，不仅登报，还让我有演讲的机会。随后，我加入了常州市美术协会，略有名气。

1988年，在艰难盼顾中，我有幸回到了上海。工作与创作环境有所改善，然而，当时却掀起了一场出国热，大家都以为出国才有出息！单位器重我，让我负责中日合资公司的其他

工作，描纺织黑稿。这等于让我改行，我心里挺郁闷。经过半
年的日语培训，日本人选中了我当翻译，我更是彻底改了行。
何去何从？我又一次站在了人生的十字路口。于是，我想起了
三清山及刘老师。

　　1989 年 7 月，夏日炎炎，我第二次登上三清山，也是第
二次请教刘老师。他听了我的内心矛盾后，喟然长叹说："凭
你的刚烈性格和羸弱身体，是不适合在国外生活的。此一去前
途未卜，到底能否生存？再遭殃怎么办？人的一生能经得起多
少折腾呢！此一去何时再归故地？何时再能创作书画艺术？你
考虑过吗？'居安思危'和防人之心都不能少。况且三清山正
在开发，多么需要像你这样有闯劲的书画艺术人才啊！"他又
说："古今中外的艺术家都有自己的创作基地，刘海粟有黄山，
张大千有峨眉山，都因此出名成为一代宗师！三清山热忱欢
迎你来开创新基地并将它发扬光大……"

　　当时我在三清山管理局响波桥画室，经过三天三夜的深思
熟虑，恍然大悟。我感到刘老师和蔼睿智，宽容爱才，听他一
席话胜读十年书。倘若我再犹豫不决，恐怕难成大业。的确，
大凡名流宗师无一不是选择自己的基地而成功的。三清山仿佛
以神奇的魅力在召唤我，艺术向我伸出热情的巨臂。我何不去
掉虚荣的外衣，从内心拥抱大山呢？这是千载难逢的机遇啊！
所以，我毅然决定扎根大山，纵情挥毫。在那段激情岁月里，
我挥洒笔墨，草木皆灵，山水有情。这时期的作品如《黄河寻
源》《舣舟亭》《三清雪霁》《玉京春色》等巨画不断在国内
刊登展出并获奖。

　　1993 年 9 月，金秋送爽，我有幸在江西省驻沪办主任等

人的资助下，在上海美术馆三楼成功举办了个人画展。大型新闻发布会与百幅三清山国画展同时举行，上海电视台也进行了专题播出，这才真正打响了上海人争相到三清山旅游的第一炮。书画大师谢稚柳老师为我画中题词："杨七芝久居三清山，万千景色都付画笔，此自写山中望月，春意盎然，乐为之题。"这既是对我的器重与鼓励，也说出了我的心声，我感恩不尽！

我就是这样，用真诚的感情来宣传三清山的人文景观，用深层次的艺术作品来提高三清山的知名度。我创作了一大批真挚的作品，在国内外各报刊发表，并得到了国家级媒体的专题报道，这些都给予我勉励、嘉奖与关爱。

抚今追昔，归根溯源，我深感：如果没有北大荒兵团艰苦岁月与军人的坚强素质作为底气，就没有我的生命力；如果没有三清山对我的磨炼及造化，我就不可能从头越，再创新境界、新的艺术生命；如果没有亲朋益友、老师前辈们的关怀帮助，就没有我一如既往的奋斗精神。无论是花团锦簇，还是雪压冰封，我都不会忘记自己的使命；无论是掌声桂冠，还是寂寞冷清，我都将永不等闲，一切从零开始，不断战胜自己思想、身体上的一个个弱点，努力地去攀登国粹精华的一座座艺术高峰，书写出一篇篇精美质朴的诗情画意的文章。

我热爱大地母亲，热爱祖国人民，更热爱文化艺术。我时刻准备着，为此奋进，奉献毕生。

写于三清山书画院 2008 年 12 月

修改于 2018 年 12 月 25 日

第三辑
DI SAN JI

万劫余生修善根

# 料峭春寒

在我 21 岁那年，因病得到了北大荒团部有关领导的关怀，他们批准我请病假，让我回到上海休养，对此我感激在心。

然而，随后我又不得不离开上海，因为一个偶然的机会，我投靠了二姐杨小英。她在江西的一个矿区医院当医生，想把我调到那里工作。我们忙碌了三年，调动的事情眼看就要成功了，却突然接到了上面下达的文件，一切努力化为泡影，我沮丧万分。因为我是自带口粮的，最终还是进不了矿区。考虑到回黑龙江太冷我的身体吃不消，而江西气候暖和，还有大米饭和青菜吃，我决定留下。

24 岁时，我只好正式告别北大荒和战友们，第二次经历上山下乡。不过这次也是靠同情我的熟人，费尽周折才终于调动成功的。

我 27 岁时，还未正式上调到工矿工作，一个突如其来的念头让我决定定居在这个矿区，这打破了我原本想回上海成家立业的计划，也让家里人为我叹息不已。初恋时，我以为自己找到了志同道合的北大荒战友，他有着吃苦耐劳、患难与共的北大荒精神，我以为自己一定不会选错人。他虽然脾气倔强，见到女同志都会脸红，但我认为这就是他的可爱之处。

　　然而，始料未及的是，在我 30 岁，结婚仅仅四年后，我遭遇了一场灭顶之灾，险些丧命！1978 年，我调到县商务局大集体做商店营业员。那时，我老实本分，不会伪装，一心一意地想持家立业，用在单位挣来的全部工资来维持家庭生活，而他要求把自己的工资存在单位里。

　　谁料，他在单位里突然找到了一个门当户对的高干子女。我不信邪，拼命想感动他、挽留他，却适得其反。我无缘无故地遭到了这个伪君子的致命虐待，婚姻破裂，有家难归。我被折磨得寝食难安，骨瘦如柴，没有热水喝，也没有一分钱可用。我只能忍气吞声，天天靠安眠药入睡，时常在噩梦中跌入深渊，醒来吓得颤颤巍巍地直掉眼泪。我远离上海和父母，姐姐又调回了上海的医院工作，孤苦伶仃的我何处去申诉冤屈呢？

　　从小，父亲就教育我们"己所不欲，勿施于人"，可我怎么也没想到，我的丈夫会如此行事。他作为家中的长子，一向听话，长相英俊，但性格却极为霸道。当他追求我时，他变得像一个唯唯诺诺的文人，和颜悦色地为我背诵诗词歌赋。

　　然而，他为什么会变卦呢？那个外乡的第三者，相貌如此丑陋，满脸"赤豆"，眼睛近视 1500 度，眯成一条线。她唯一的优势就是年轻，像潘金莲一样勾引男人，她擅长色情手段、跳芭蕾舞。她曾对他说："我找男人一定要找像大哥您这样的人，体贴又会说肉麻话。"难怪她曾让一些男人为她倾倒！这也难怪"西门庆"会如此贪得无厌，喜新厌旧。

　　他梦寐以求的是能够攀上四川一个县委书记的女儿，以为只要骗得她的欢心，就能早日实现鲤鱼跳龙门，青云直上。在这场家庭婚变中，我们两败俱伤。后来，他们真的"美梦成真"，但婚后生活并不幸福，经常打得头破血流，甚至卖掉了家具。可笑的是，那个"潘金莲"命不长，40岁就得了绝症，一命呜呼！

想当年，在忍受迫害、想不通的绝境下，我总觉得活不下去了。我含着苦涩的泪，魂不附体地写下了遗书，走向春寒料峭的野外……

正当我准备将自己的人生画上句号时，矿区的亲戚急忙通知了我的父母。他们知道后心急如焚，了解我是一个烈性女子，不死也会精神崩溃！于是，70多岁的父亲和哥姐们千里迢迢赶来，把我接到上海治病养伤。

我整天像祥林嫂一样，心中充满了自责与疑惑："我真笨，我怎么不知道男人会变心？我怎么会如此无能为力？这世道难道真的容不下我了吗？"然后，我会去找李清照的词《声声慢》来读："寻寻觅觅、冷冷清清、凄凄惨惨戚戚。乍暖还寒时候，最难将息……梧桐更兼细雨，到黄昏，点点滴滴。这次第，怎一个愁字了得……"每当读到这些诗句，我的喉咙就会哽咽，一个人趴在桌子上，凄楚地痛哭起来，脸色枯焦，无一点血色。

父亲见多识广，安慰我，让我忘记一切，从头再来。母亲则在衣食生活上热心照顾我。他们都说："人生总有坎坷，你要提起精神来，走出阴影，看看祖国的大好河山。"于是，父亲经常陪我到公园散步，去看书画展，转移我的注意力，开阔我的胸怀。

那年，正是1982年的初春，料峭春寒，我怀着薄寒的心，拖着霜厚露重的身躯，惘然地踏进了上海南京路美术馆。那是我第一次亲眼见到中国书画艺术的瑰宝，琳琅满目；也是我第一次深切感触到山水画的勃勃生机，仿佛前世就与书画结下了不解之缘。瞧着瞧着，我忽然觉得掩闭的心扉瞬间被打开，心头的块垒即刻被荡涤，受伤的灵魂也仿佛被招了回来。

突然，我看到大厅中央挂着一幅李可染大师的《万山红遍》巨画，那耀眼的崇山峻岭震撼着我的心灵。那满山累累的杜鹃花，不就是江西的映山红吗？在我独居异乡、举目无亲的苦恼日子里，只有它与我惺惺相惜，如今触景生情，我的泪珠簌簌地往下落。如今杜鹃花已经登上了大雅之堂，而我呢？这幅画、这朵花吸引着我，让我残缺的生命暂时留在了人间。

每一次浏览，我都能感受到古今中外艺术名家的崇高境界。他们执着于艺术，淡泊名利；他们不屈不挠地向命运之神挑战，从不放弃一息尚存的机会。这种精神使我深感敬佩！他们把艺术作为生命的导航，诗词书画传神笔墨，大气磅礴令人叫绝。

最使我受到启迪的是那张临风斗霜的《铁骨红梅图》。它让我感悟到要向自己的不幸命运反抗。是啊！我不就是遇人不淑吗？不就是孑然一身吗？当年我那么小就能在北大荒零下二十几摄氏度的艰苦岁月里活下来，难道三十岁出头就不能在无望的婚变中活下来吗？我妈妈曾斩钉截铁地告诫我说："等天下男人都罢婚了你再去找他！"更何况我还没到被人陷害、非死不可的地步。"他不仁你不义，这是天经地义的事！"我知道母亲是为了我好。生命来之不易，何苦自寻短见呢？

母亲的话让我彻夜难眠，一张张恢宏气势的画作在我眼前旋转，梦中的青山绿水再度浮现，让我更深刻地顿悟到自己的渺小。为何不拿起笔，重新捡回那失落的文化艺术呢？然而，当我辗转反侧时，又想起那些受人欺凌、难以申冤的往事，一幕幕凄凉辛酸的往事和孤独与无助感深深困扰着我。

　　我一次次来到黄浦江边，看着落日西下，漂泊天涯的孤傲身影凸立在苍茫的滩头。抬望眼，愁云浓雾初散，寒凉透心，远帆征雁已过我眼帘，我不断地在反思，寻找出路。

　　那一年，我终于不甘心失败，跳出了劫难的深渊。我接纳了父亲的规劝，以此来排解内心的烦恼。那一年，我终于擦干了眼泪，在春寒料峭的季节里，勇敢地拿起了画笔，重新开始了我的艺术生涯。

　　"二月春风似剪刀"，剪去了我身上烦冗的"杂叶"，让我树立了生存的主心骨。原来，我一直有亲朋益友的声援和支持，只要我自己精神不懈怠，就不必担忧前程无望，也不必怀疑命运无望。孰轻孰重，在于把持好正义的力量，坚定地走向希望的路。

　　料峭春寒，正如一把锐利的锥子，刺疼了我，也刺醒了我，让我幡然醒悟。在这春寒料峭的季节里，万物展现出生机，预示着人间会再度巧遇温暖。这种无形的信念让我在腥风血雨中脱胎换骨，转变了命运。我又在勤学苦练中刷洗抑郁，忘记一切，最终救赎了自己。

　　从此，我走进了中国书画艺术的行列，慢慢地理解艺术、热爱艺术，追求人生的真谛。我决心将艺术作为我生命的全部，不惜一切代价地投入艺术生涯中。

写于三清山书画院

修改于 2012 年 5 月 16 日

# 寒山寺的钟声

少女时代，我便熟读唐代诗人张继的《枫桥夜泊》："月落乌啼霜满天，江枫渔火对愁眠。姑苏城外寒山寺，夜半钟声到客船。"

轻轻读罢，那隐隐钟声仿佛从诗中传来，令我不禁有些沉寂寒栗，愁思暗生。只是那时家道兴旺，生活优渥，那瞬间涌起的对落魄者的同情之感，转瞬即逝。

怎料，三十而立的我在20世纪80年代初遭受磨难，被人欺负，又深陷不白之冤的婚变泥沼。那年早春，我独自来到苏州，远远地便听到庙宇的钟声，就这样与寒山寺不期而遇。通往寒山寺的小路泥泞不堪，碎石铺就的路面坑洼不平。那春寒凛冽，无情地侵袭着我。

万物萧瑟，周遭一片荒凉。阴霾重重的天空下，风声呼啸，令人心生恐慌。霜寒露冷，寒意刺骨，西北河风呼呼地刮着，刺痛脸庞。远望寒山寺，在灰色淡云的映衬下起伏错落，近黄昏时，一弯淡黄色的残月高悬天际，周遭一片静默。眼前，城西的小河雾霭蒙蒙，缓缓流淌的清波上还残留着未化尽的薄冰；河岸两旁，参差不齐的灌木群和枫树林，绿叶尚未萌发，光秃秃的树丫在凛风中瑟瑟发抖；耳畔只传来几声鸟儿"啁啾……"

的惨淡啼鸣。河中央，一座古朴的石砌小桥横跨其上，那便是著名的枫桥，桥中间高高耸起，形成一个半圆形拱桥。桥下，一叶小舟无人驾驭，木桨横于船上，小舟随风漂泊，不停地晃动着。那一刻，我立刻想起苏东坡那悲凉的诗句："心似已灰之木，身如不系之舟。"古今之人的不幸遭遇竟是如此相似！

"人有悲欢离合，月有阴晴圆缺，此事古难全。"星月似乎也都无精打采，透着一种冷漠与苍凉，万般苦涩在心中交织，却不知向何处倾诉。我一直以为经过北大荒磨炼的知青都是优秀的，可我的前夫却是个唯利是图、专横跋扈的伪君子，妄图陷害我。我怎么就没能早点看清他呢？难道夫妻之间也须处处防范？

年轻的我仿佛看破红尘，在这世态炎凉中变得麻木，精神几近崩溃，摇摇欲坠。心灵遭受的重创，远比这严寒更加严重、可怕，似已无药可救。

寒彻透骨，痛入心扉，黯然神伤，食不知味。我发觉自己最缺失的，正是当年在北大荒时那"玉骨冰肌谁可匹，傲雪欺霜夺第一"的坚强拼搏精神，正是如寒冬腊月里红梅的气质。毕竟是初恋啊，爱得越深，伤得越重，那时的我缺乏哲学理论来指引人生。又回想起那些痴情女子薄情郎、多情反被无情误的人间悲剧，遭受此等苦难的又何止我一人？更何况那些含冤而死的人呢，我不敢再往下想……

茫然中，我抬头遥望屹立的寒山寺。它临风而立，孤傲清冷，青瓦黄墙间经幡飞舞。我怀着一丝勉强活下去、忘却所有苦难的微弱希望，挪动脚步，彷徨再三。刹那间，我又停下脚步，仿佛失去自我，时间与空间仿佛凝固，我孤独得如同死水一潭，魂魄难归。天哪！凄惨的朔风又吹走了我的白纱巾。

"当！当！当！"钟声响起，这是人世间罕闻的呼唤，声声振聋发聩！它似能唤醒糊涂麻木之人的灵魂。

"当！……"寒山寺的晚钟响彻云天，在当时的我听来，沉重而悲凉。这钟声，令我清醒，警告我不可彷徨无助；促使我思考，我的命运不能再如此悲哀地延续；人生来之不易，要珍惜宝贵的生命，轻生只会让亲者痛仇者快，绝不可取！钟声在野外敲响，却重重地叩击着我的内心，带来极大的震撼。在这震惊之中，我决心坚强地活下去！在钟声里，我毅然转身，去寻找属于自己的生路。活下去，才能安慰日夜为我担忧的年迈父母，才能对得起哥哥姐姐的一番苦心援助，才能对得起所有关爱我的好心人，才能对得起我初学的国画艺术。

"钟声隐约出玄关，惊醒世人梦里闲。"这钟声解开了我内心深处的困惑，我感觉自己找回了做人的尊严。听着这铿锵有力的钟声，我的脚步坚定了许多。回望那山岚中、松柏林间依然挺立的寒山寺，我感动得潸然泪下……尽管我没有再走近寒山寺，少了一份皈依佛门的凄凉；尽管回去的路依旧坎坷崎岖，冷风凄凄。但我看到枫桥下寒星映水，枫林岸烟霏云敛，真可谓"一水带寒月，孤村暮夕烟"。人生无常，回首间已隔天涯。

重新回味小时候未能理解的张继的古诗，那"霜满天""对愁眠""夜半钟声"，除了同情，更多了一份同感。人世间生存多艰，征途上的落魄与得意难以预料，有时甚至会遭遇重大劫难，确实防不胜防。正如高尔基所言，有雄鹰展翅之时，必有毒蛇出没之日。农夫不可能天天带着锄头出门，养蜂人也不可能时时揣着中药雄黄免灾。如何做到"未雨绸缪,防患未然",这恐怕是学者们需要研究的课题。

我在中青年时代学识浅薄、头脑简单、心地善良,一遇到居心叵测之人,往往一忍再忍,总是吃亏上当,弄得措手不及、一败涂地。人总是在大风大浪中锻炼成长的,最可贵的是"经一蹶者长一智,今日之失,未必不为后日之得",古人的话充满哲理。

幸运的是,那次想通之后,回头的小路上,一弯新月洒下清辉。月亮相伴,星星点点,似在为我加油鼓劲,我的泪水不禁滚落下来……

修改于 2012 年 5 月 18 日

# 灵岩寺的敏悟

1982 年早春，我身着母亲做的青蓝色外套，满心抑郁地顶着风雪交加的天气，独自驱车前往苏州浒墅关三哥三嫂家，期望能缓解婚变后万念俱灰的绝望心境。

那日，我独自前往寒山寺后回到哥嫂家时，天色已晚，万家灯火，炊烟袅袅。低血糖引发的饥寒无力和恐慌心悸让我倍感无助……

后来才知道那晚，哥嫂急坏了，四处寻找我，说若再找不到，就要去派出所报案。我惊愕不已，深感自己的生命除了自己在乎，还牵连着爱护我的三哥一家人。这份手足之情，难能可贵，让我感动得泪眼模糊。家中我最受宠爱，三哥从小就不许任何人欺负我，何况今日？

然而，入睡后，寒山寺的一路诗意、淡雅景色、钟声以及感悟，如潮水般在梦呓中冲击着我，让我惊醒…… 那素昧平生却突如其来的经历，相见恨晚，终生难忘。

此后，我若要出门就没那么容易了。三哥要求三嫂必须寸步不离地陪着我，这诚然是一种至亲至爱。

在一个风和日丽的日子，我和三嫂决定去木渎古镇的灵岩寺。老实人三嫂自然不知道我的真正缘由。我们先经过一个拥有五百罗汉的著名大殿，虔诚地进殿朝拜，这是我有生以来第一次瞻仰佛像。那些罗汉形态各异，面貌奇特，令人心生敬畏。我们在长老处各抽了一根签，签上说我是月菩提罗汉的象征。于是，我们急切地去寻找自己的象征罗汉。一位捻着下颌长须的罗汉长老，真的坐在月光如水的菩提树下静悟。我呆呆地看着，不明所以。忽听得高大魁梧的长老平心静气地念道："身是菩提树，心如明镜台，时时勤拂拭，勿使惹尘埃。"我虽不懂"佛陀入屋，心神寂定，神情安详"那样的禅境，但这让我纠葛的心拂去了一层纤尘。那长老特别诚恳慈祥，气度非凡，留给我难以忘怀的慈悲善良的印象。我发现那高大的菩提树，树身弯曲却富有韧性，支撑着树冠；树冠从四周倾斜，形成绿荫如盖的伞形，给人温馨似家的安全感；一条条树枝柔软，如下垂的珠帘般优美；一对对椭圆形绿叶对称吻合，互相照应。在银色的月光下，菩提树更显婆娑温良，让我难以置信，大自然竟有如此感人的生命力。也许这是我当时处于困境中的心语独白吧。长老的那句偈言，在我惨淡无望的人生中播下了净化的良种，让我切身牢记。

不久后，我们用午餐完毕，坐车来到苏州西南郊15公里的木渎镇，准备登上灵岩山，探访灵岩寺。

听闻在唐朝时，灵岩寺是净土宗著名的道场之一，山上原为春秋时期吴王"馆娃宫"旧址，原名"秀峰寺"。唐代改称"灵岩寺"，宋代又改名"显亲宗报禅院"，后来仍称"灵岩寺"。岁月风霜中，灵岩寺几经兴衰，现有建筑多是清末和民国时重建或增建的。

灵岩寺建筑在灵岩山上，上山的路荒无人烟，但草木葱茏，芳香四溢。我们沿着蜿蜒连绵的山势小路，缓缓前行，汗水滚落，气喘吁吁。越走越累，越走越荒凉，心情也随之低落。我们便在山腰的磐石上稍作休息。俯瞰山坡下，层峦叠翠间，万千墓穴碑立，如白岩嶙峋；烟雾腾起处，仿佛灵魂归天，有人痛哭，让人倍感凄凉。这里有许多古墓，其中有宋朝名将韩世忠的大墓。爱国名将岳飞因"莫须有"的罪名被害死，韩世忠为他喊冤，自请辞去官职，告老还乡。正因为忠佞不两立，冰炭不同炉，朝政的昏暗和奸臣秦桧加剧迫害忠良致使国运衰亡，黎民哀叹！古墓群中还有清代诗人张永夫之墓，他的墓碑曰："再来人之墓。"他的故事稀奇古怪，令人惊诧。由此，我明白了文人间的敬慕，可以不受朝代的隔阂、时空的限制。传承民族文脉的真谛，贵在有识之士不追逐虚名假利，虽古今遥隔却遐想知音，人品文品皆至善、至臻。

感怀之余，我们继续向山上走去，抬头仰望，忽见一座陈旧的小型寺庙出现在眼前，黄墙红瓦、长廊落院孤单地挺立在云雾中，杳无香火。感觉这灵岩寺在那个年代曾历经一场洗劫。正纳闷时，忽见一位中年僧人挑着两桶水吃力地上坡，汗水浸湿了他的上衣，洁白的毛巾挂在脖子上。他在水桶晃动中艰难地上坡，一只手还不停地用毛巾擦汗，可见取水之艰难。

见到陌生的施主，那僧人在台阶上放下水桶，非常有礼貌地向我们双手合十致意"阿弥陀佛"，我们也学着还礼。那僧人介绍自己是灵岩寺的了生法师，我肃然起敬，马上问他收不收佛门弟子。法师听后先是一愣，后来说这里不收女弟子。我大失所望，如一盆凉水从头浇到脚！三嫂听我这样问，吓得要死，心急如焚，懊恼不该带我上灵岩寺。但我不甘心，还是紧跟法师往寺庙去。"既然你们还是要跟我进寺庙，那就慢慢说明来意吧。"法师和善地念叨着。三嫂胆子小，还在发抖，我一把拽着她进去。

了生法师四十岁开外，中等身材，体魄健壮，一看就是练武之人。他宽脸庞，慈眉善眼，耳聪目明，满面红光，言语如洪钟鸣响，不卑不亢，让人安定三分。

只见法师吃力地将两桶水挑进柴房，慢慢倒入大水缸，边擦汗边转过身来对我说："姑娘，在旧庙里生活是想象不到的艰苦，就连喝点水也要从很远的地方挑上来，你吃得消吗？"我愣住了，难以回答，因为我肯定挑不动，但我倔强地说："法师，请你让我留下吧！"他一直在摇头，随后带我们来到他的禅房。

禅房狭小，地板漏缝，踩踏上去吱吱直响；板壁破损，黄纸糊缝；桌子短小老化。我们各坐一方窄板凳。了生法师很快为我们端上两杯清茶，与我们慢慢交谈。他了解了我遇人不淑，看破红尘，想皈依法门的缘由，同情地长叹一口气说："姑娘，你年纪轻轻的路还很长，又没走到绝路，何苦呢？再说你心地善良，又聪慧能画会写，何必遁入佛门呢？"说着，他从地窖中拿出珍藏的古代书法拓片给我们看。虽然我看不懂，但感觉一定非同一般，否则也不会被珍藏起来。"真品你们是看不到的，老方丈早就密藏起来了，可惜他老人家已经圆寂了！"了生法师讲到这里，眼泪汪汪，让人摸不着头脑。"法师有什么辛酸事吗？"我和三嫂实在坐不住了，好奇地询问。法师迟疑了很久后，先轻轻地将拓片卷起放回原处，随后慢慢转坐到原位，矜持而又难过地述说起来："历史记载灵岩寺内有大小碑刻 147 块，系唐、宋、元、明、清时所刻，珍藏元、明、清各种佛经十部。这些佛门的文化瑰宝就是灵岩寺一代代僧人像保护自己的生命一样保护下来的。真没想到，那年月大扫"四旧"，那天晚上突然闯进一批人，大打出手，还威逼老方丈交出寺内的文物。论武功他们是打不过我们的，但他们说是上面派来的，谁敢违抗？"话语戛然而止，只见双目炯炯有神的法师额头上沁出一点汗，声音有些颤抖。为了掩盖心中的愤慨，他猛然站起身，转向背后的桌上拿热水瓶，而后在我们的茶杯里倒满开水。在这间隙中，我感到有一种可怕的不祥之兆！我粗饮了几口茶，总觉得无知无味，只想听法师继续往下讲。他沉重地告诉我们："灵岩寺的主持一直以来把维护寺内的文物当作他的最大使命。他不可能将千年的文化遗产随意交出去，也不想因为他的无能损害灵岩寺！于是他否认有文物。因此，招来了一场灭顶之灾。僧人们眼看着老方丈被狂徒们折磨得奄奄一息而无法挽救，一个个眼圈发红，气炸了肺，摩拳擦掌地想冲上去拼命，救出老方丈，却一次次被老方丈阻止了。临终时，他躺在院内地上的血泊里，用手无力地指着我，叫我过去，我立即明白了他的意思，附耳贴着听他教诲：'文物一定要保护好，物在人在，物亡人亡，千万要——记——牢——'我打着寒战，心在滴血，迅速地点着头。很快，老方丈就含冤离开了我们！僧人们放声痛哭，喊着他老人家的尊名。"了生法师已讲得声泪俱下，我们也听得怅然伤心，泣不成声。"保护文化遗产是老方丈的遗愿。我现在要继承他的遗愿，等到风雨过后国泰民安时，将文物亲自交给人民政府，我才可以还俗到上海自己的老家，与家人团聚，因为我的妻儿每天都在焦虑地祈盼我回去……"法师的这番话让人肃然起敬！噢，原来灵岩寺历经劫难，僧人们都离开了，剩下他独自守卫着灵岩寺，肩负着重大的使命！那么，我还要进灵岩寺干什么？无非是想在精神上得到宽慰。"只要你真正懂得人活着的意义，到哪里你都会重新振作起来，超脱净化的。有的人百无聊赖地活着等于死了，有的人献身事业虽死犹生，永远在人间得到敬重，就像我们的好方丈。"法师见我在思考，及时地补上这句话，这句话犹如一声惊雷，惊醒了我！我合十作揖地感谢着他。

至此，我皈依灵岩寺的念头逐渐打消，对老方丈的敬仰之情让我反思：当国家与人民的利益受到侵害时，我能像老方丈那样临危不惧、舍身护卫吗？我又能像了生法师那样不屈不挠坚守阵地吗？我深感惭愧，羞愧地要求下山，去寻找自己奋斗的出路……

夕阳西下，一道道金灿灿的霞光普照着灵岩寺，折射出殷红色的寺庙，有点像"地涌金莲"。恍惚间，披着袈裟而伏地跚跌的老方丈满面红光地站在庙前；那余晖照着"黄金铺地"时，了生法师慈悲虔诚地双手合十，目送我们下山，祝愿我们平安顺遂。我依依不舍地回望，他那从容不迫的身躯，至今留在我的脑海里，真像活佛！

十年以后，刘老师陪着我去灵岩寺寻找了生法师还愿。那里香火正旺，早已改变了旧日苍凉荒芜的处境。在大雄宝殿门口，烛光缭绕，香雾扑面。众弟子们说了生法师早就还俗了，去上海老家安度晚年。听后，我久久地伫立在那里，回忆当年我想皈依灵岩寺的情景。我应该为了生法师的最终解脱而高兴，也为自己没能重见法师，当面感谢他的指点迷津而遗憾。

然而，他的每一言每一行时刻在影响着我。

　　中华民族历经多少次血与火的考验，几千年来仍然屹立于世界民族之林。在那些血雨腥风的年代里，爱国的宗教人士和正义人士，为了传承真理，为了历代相传的瑰宝，不惜用自己的鲜血与生命去捍卫。难道他们的性命不重要吗？我们都该知道正义和真理是何物，知道民族的命脉比自己的生命都重要。

　　　　　　　　　　　　写于 2012 年 7 月 12 日

# 烟消云散

"知我者，谓我心忧；不知我者，谓我何求？悠悠苍天，此何人哉？"这来自《诗经》的句子，如美酒般令人沉醉，深深印在我的脑海中。不难想象，在这大千世界里，没有一朵云彩相同，没有一片树叶相似，大自然的造化如此惟妙惟肖、千姿百态。人世间的性格情感千差万别、变化莫测，人类的生存追求也必然充满了寻觅之苦，知音难求。

所谓人间的"求"与"忧"，形形色色，皆因情感而起。求，是幸福的；忧，是苦恼的。人们往往在生活中求到幸福时，可能一时无法理解其可贵价值，更不会珍惜爱护。而一旦遭受苦难，失去幸福，才会清醒地意识到它的来之不易，从而永久留恋，心中愁绪万千。

人生多磨难，命运多舛。人生是未知数，爱情亦是如此。爱情没有固定的幸福与苦恼，它如浮云飘去，却又能给人带来精神享受。当主观思想无法顺应客观环境变化时，大脑会产生一系列回忆，有"求"有"忧"，有幸福与苦恼，这便是人性的本能，无法改变。

20世纪80年代初，我的初恋以失败告终。那个冤家给我留下了痛苦的经历。我毅然与他一刀两断，分道扬镳。然而，

　　谁能想到，当我在常州小心谨慎地生活、工作，努力追求书画艺术时，一位好心的老知青找到了我，热情地为我介绍对象。他说有一位常州的年轻男子在某某馆绘画，很有出息，是常州较有名气的画家。

　　那是一位我多次看过其画展却未曾谋面的画家，我敬佩他的人物绘画作品，具有雄浑细腻的风格。接着，在我毫不知情的情况下，这位画家竟来到我工作的文化馆，晚上偷偷地看我在图书馆帮阿姨们管理图书借阅工作，真是令人意外。

　　按理说，我们志同道合，本应有所发展。但是，我们的恋爱仅一年多就结束了。原因众多，且不说他相貌稍差、性格孤僻、精神状态不佳，单说他只知道晚上拼命画画，白天无精打采，还为了节约钱来抽烟而精打细算地吃饭，不懂得人情世故，也不珍惜爱情，更缺乏高贵的气质，我们就谈不拢，就像两朵漂泊的云，短暂相遇又很快分开。我感到无比委屈，心神不宁。我们性格不合，生活不融洽。我是个爽快的人，实在不喜欢他。他让我心碎的事情太多了。他原本是一个老实人，在艺术上精益求精。我曾以为，我们都是吃过苦的人，又是书画同行、大学同学，一定会情投意合，相濡以沫，幸福成家，谁知他却是一个"呆头鹅"。

　　那时的我也是个画痴，在急切追求书画事业进步的同时，我一直感谢他对我艺术上的热情指导，让我领悟到一些高级的审美品位和美妙的绘画技巧。在我心里的一角，在全身心投入创作的时候，他的形象有时会忽然闪过。

　　我们曾与常州市博物馆协作，成功举办了《解放日报》驻京办主任、中国第一位跟随考察队到南极、北极采访的记者李文祺老师的"南极之行摄影展"。展览非常隆重，开幕当天市委领导都参加了，我们得到了领导的赞扬与肯定。在筹建过程中，我所就职的文化馆领导千方百计地阻拦我外出工作，我的身体还一度出现疲劳与疾病的问题，但这些重重困难终究都没能阻挡我们成功举办摄影展。

在辗转南通交接工作时，我不慎从很高的十几级石楼梯上倒栽下来，翻了几个跟头。为了保护头部，我用手臂去抵挡，一不小心，我的左手臂胫骨呈 45 度压缩性骨折。我马上疼痛不已，动弹不得，晚上还发高烧，痛苦难忍。

第二天，我叫来了苏州的三哥，他坐火车陪我赶往上海医院开刀。我的上海亲人得知后气坏了，他们认为在关键时刻，这个画家没有认真负责地保护好我。他吝啬小气，不肯出钱叫车，还狠心地叫我坚强点，让我捧着伤臂，走半小时的路到医院上石膏。他说就算残废了也无所谓，他的父亲也是拖着一条废腿走路的。好不容易赶到常州医院时，已是傍晚快下班了。结果两个年轻医生心不在焉地给我看病，马马虎虎地打完石膏就打发我走，把我的骨头接歪了。夜晚，这位画家又坚决不同意我打公家电话到上海家求助，差点让我致残。他说单位电话私人不能用。他看似守规矩，实则毫无救死扶伤、同情弱者之心，何况我是在办公事中受的伤。我左右无奈，急得吼起来："电话费多少钱我来付！"后来领导和同事们知道了，都骂他很不像话，不会做人。他没有勇气承担责任，没有照顾、安慰我并送我到上海急诊，而是躲躲闪闪地推脱了。他根本不是一个在困难面前能挺身而出、让女人依靠的男子汉。幸亏我的姐夫从华山医院立即找来了专家为我开刀，加上我勇敢地进行恢复锻炼，才保全了我的手臂，否则我的手臂早就残废了。感谢上苍，又一次护佑了我。

这个画家实在令我失望叹息。我善良的老父母通过一系列事情考验后，也不能接纳他。比如，他第一次到我家正值过年前，他把要送给他上海姑父家的一只新鲜猪腿先放在楼下公用走廊，计划回去时再拿走，只给我家送了四条鳊鱼。结果被隔壁邻居揭穿，去我母亲那儿告状。我母亲收到他的鱼，故意问他多少钱，他说了，我母亲当即还他钱，他竟然收下了。母亲还很认真地告诉我，她数了数香烟缸里的烟蒂，一下午他一连抽了我家九根香烟。母亲很生气，声音还挺大，且不说这样抽烟呛人，对自己身体也不好。我父亲也有故意试探他的意思，帮他点香烟，他竟然连一声感谢都没有。我苦笑着说这人实在不懂事、不像话。老父母是爱我的，生怕我再吃亏，后来坚决反对这门亲事。

一阵秋风，一场寒雨。一段胫骨的伤痛与心灵的磨难，足足困扰了我两年多。人易消瘦，精神不好，总觉得这种爱情似一块飘去的乌云，不值得留恋，更无"仁义礼智"可谈。庆幸我最后的选择。

命运喜欢捉弄人，可惜他也是性格所致，无法逆转。曾经，我们也有过想象中"风雨同舟"的国画合作，我磨墨他写意，他润笔我作画；我们也曾幻想过像某某夫妻画家那样幸福创作、意趣相投。但是"人有悲欢离合，月有阴晴圆缺"，毕竟不相配、不理智的性格下，爱情火种在中途很快就会熄灭了。

那夜星光闪烁，薄云飞逝。面对分手告别，我们并肩倚栏，仰望那透心的明月，共同赞赏钦佩月亮的团圆完美，可又嫉妒它的完美。两人挑剔地说月亮那里缺了一块，不算满月，以此弥补内心的缺憾。

可是，创伤是无法弥补的。我们应该正视现实，接受缺憾。什么样的性格就会拥有什么样的缘分，"吃一堑，长一智"，尤其是婚姻不可强求，否则日后会带来更大的痛苦与纠结。痛定思痛，与其一时依恋，还不如快刀斩乱麻。

在常州多年，我苦苦追求，精心培育爱情之树，却未能结出爱情之果。许多好心人做媒，又把不相识的人介绍给我。我自然不乐意，抬头望那一片片云雾各自散落飘过，心中涌起疑问：这难道是我的失败吗？这难道要对追寻志同道合的爱情产生怀疑吗？

"莫怨五更风色恶，开花原是落花风。"告别吧，我与他曾经爱过的似流云雾霭缥缈的地方。我驱车前行，对这缺少人情味、实在伤感的过去不再留恋！

成功原先是没有的，有了失败才有成功。反反复复，这样才会总结经验，更加深思熟虑和踏实求进的生活。人生如此，事业如此，爱情亦如此！我想，人世间真正的爱情应是生死相伴，更有价值；真正的爱情决不会像云雾暮霭那样忽然散去，惨淡得无影无踪。

初稿写于常州 1987 年 3 月 16 日

最后修改于 2015 年 8 月 2 日

# 母亲的爱

这几日，秋老虎肆虐，似乎在它即将退场之际，决心让人们铭记它的酷热。就连风高浪大的黄浦江边，也没有一丝凉风。人们仿佛置身于蒸笼之中，空气沉闷得令人窒息。汗水不断滴落，脸上流露出尴尬的苦笑，几缕厌烦之情充满了对生活艰辛的无奈嘲讽。在这酷热中，连聪明的人类也失去了往日的活力。

我也在酷热中匆匆下班回家，大汗淋漓。一踏入老石库门楼上那坐西朝东的旧屋，便迎来一阵阵熏人的热浪。电风扇摇头晃脑地旋转着，发出低吟声，仿佛在诉苦埋怨。然而，它送来的仍然是热风。在这样闷热无奈的夜晚，谁还有闲情逸致去聊天、去唱歌呢？

然而，生活的确有另一番新境界。一向在生活底层，用旧煤球炉烧饭煎熬过来的老母亲，早已悄悄地为全家摆上了晚餐。几十年来，不论寒冬酷暑，不管我们对她的态度如何，她总是默默无闻地操劳家务，总是以伟大的母爱哺育着我们，慰藉着我们，分担着我们的喜怒哀乐。

晚饭后，我像往常一样在水池边洗涤餐具。想起在老父母身边的日子，想起从此苦尽甘来的新生活，我情不自禁地唱起了那首《月色朦胧》的抒情曲。没想到母亲凑过来问："真好听！这歌是谁唱的？"歌声未落，我随口答道："徐小凤，台湾女歌星。还有《别亦难》那首歌更好听呢，妈，我唱给您听！""相见时难别亦难，东风无力百花残。春蚕到死丝方尽，蜡炬成灰泪始干……"低吟婉转的女中音飘荡在小小的晚香楼，也飘进了窗外乘凉的邻居们的心中。声声凄楚，阵阵幽咽的歌声中流露出新的憧憬与希望之光，冲击着沉闷的酷热，驱散着袭人的暑气。想不到八十高龄的老母亲还有如此雅兴来欣赏女儿的歌声。

"这是唐代著名诗人李商隐的诗，我看过关于他的电视剧。他的婚姻十分凄惨，最后他的表妹还为他而死，真是太悲哀了！"妈妈沉浸在回忆中，感叹地说。为了安慰母亲，我赶忙想转移这沉重的话题，说："妈，女儿将来绝不会走他的路。我是自由人，有权给自己幸福，相信我一定会幸福的！"听我说得如此坚定自信，细心的母亲似乎也察觉到我假期归来后的情绪变化。她突然惊奇地问我："难道你真的喜欢他？""谁？"我故作镇静，紧张地反问，屏住气息，静听母亲的回答。没想到母亲竟然说出了那个令我心动的名字。听到这个名字，我的心猛地一跳，脸上也变得热乎乎的。而母亲却一脸了然地用毛巾擦擦额上的汗珠，笑眯眯地看着我。她那慈爱的目光似乎窥见了我的内心世界。顷刻间，我心底深处仿佛涌起一泓清泉，泉水流淌进我的心房，滋润着全身的细胞。我无比感激母亲的慈爱之恩，激动地放下碗碟，深情地笑着对母亲说："是他，妈妈。谢谢您！我的好妈妈！您如此了解女儿的心思。请您放心，女儿不再是过去那个幼稚无为的孩子了。我已经真正地成长起来了，而且成为一个受人尊重的画家。艺术是我的生命，我还要继续拼搏，前途虽然艰辛但充满光明。多年来，他一直那样爱我和我的艺术才华，一步步小心翼翼地提携我，就像一个舵手，把我渡向艺术的彼岸，盼望我早日成为中国画坛上的一颗璀璨明星。他为我付出了所有的心血，孤身一人独居三清山，一心愉快地创作《三清山》这样真善美的作品，将一切献给祖国人民和他所钟爱的人。谁能想到他连墓碑都立好了，这实在太悲苦了！这样一个无私无畏、顶天立地的人，怎能不让我崇敬呢？尽管他早已习惯这样的忧患人生，但他也是有血有肉的人，也需要有人给他温馨体贴，给予他支持呀。"

"是吗？怪不得你这次去三清山待了那么久……"母亲低语着，似乎心里还有许多话想说。而我也有许多的话，想悄悄地告诉母亲……

这时，年迈的父亲正高兴地招呼我们去品尝冰西瓜。他摸着自己稀疏的头发，问我："刚才是从哪里传来的婉转歌声？"我和母亲都开心地笑了。父亲真是太聪明了，他一听我唱歌就知道有好事发生！总是夸奖我的歌声像喜鹊叫喳喳。我心里想着："父亲呀！您老人家哪里知道女儿此时此刻的幸福与欢乐？女儿从此要告别凄凉孤独的生活了，心如死灰的日子一去不复返了。往日心情不好时对您有冒犯之处，请您老人家多多宽恕。父亲呀！我和母亲心头流淌着那甘泉般的悄悄话，您又怎能听到呢？要是您知道了，一定会为我祝福、为我庆幸的。"

夜已经很深很静了，天气似乎并不肯给上海滩带来一丝凉意。可怜这没有空调的老屋，热得人像是在焖锅里度日，辗转反侧难以入睡。但是，我与双亲品尝着那甜美的西瓜，觉得比以往任何时候都要爽口甘甜。因为这不仅仅是品尝美味佳果，更是在品尝人到中年由苦变甜的新生，一种金钱和权势都无法换来的爱心。

写于沪上晚香楼 1989 年 8 月 14 日

最后修改于 2024 年 4 月 4 日清明

# 闲谈爱情

农历七月七日，这个在中国流传了千年的节日，老话称之为"牛郎织女鹊桥相会"，如今已演变成"情人节"，正所谓"悠然心会，妙处难与君说"，别有一番风味！

从七仙女下凡寻觅一无所有的董郎，到牛郎织女的两星相会，这些传说激发宋代词人秦观创作出《鹊桥仙》中的绝美词句："纤云弄巧，飞星传恨，银汉迢迢暗度。金风玉露一相逢，便胜却人间无数。"

爱情是普遍存在而美好的，它滋养了地球上的两性生灵与人类社会。成熟的人们对初恋充满神秘的渴望与憧憬，在花前月下、江边湖畔、绿荫树下、电影院里，都能看到心心相印、谈情说爱的男男女女。只要两人有缘，便没有什么能阻挡他们相爱。

爱情营造男女之间的秘密空间，他们共同生儿育女，建立一个完美的小家庭。真正的爱情不需要山盟海誓、花前月下，也不在乎对方是否有"沉鱼落雁之容，闭月羞花之貌"。爱情纯粹是男女之间的惺惺相惜，是水到渠成的美满结合，是神圣的情有独钟。

无论是《鹊桥仙》中"柔情似水，佳期如梦，忍顾鹊桥归路……"那缠绵悱恻的低吟，还是唐代著名诗人白居易《长恨歌》里"回眸一笑百媚生，六宫粉黛无颜色……后宫佳丽三千人，三千宠爱在一身……"所描绘的唐明皇对杨贵妃的爱恋，都流传于人间，经久动人。

然而，可悲的是，"六军不发无奈何，宛转蛾眉马前死……君王掩面救不得，回看血泪相和流……上穷碧落下黄泉，两处茫茫皆不见……"难道身为万人之上的帝王，竟连自己深爱的女人都无法保护吗？

这种爱情充满了权力争斗，在这样的环境下，还能谈什么真正的爱情呢？再美丽妩媚的女子，也只是皇宫里的殉葬品！相比之下，普通老百姓的青梅竹马、两小无猜的朦胧爱意显得更为淳朴无瑕。

匈牙利伟大的革命诗人、民族文学的奠基人裴多菲·山陀尔在《自由与爱情》一诗中所言："生命诚可贵，爱情价更高，若为自由故，两者皆可抛。"裴多菲深爱着那位美少女，却最终未能与她比翼双飞，实现自由的婚姻。在一个深夜，他们在林间的山坡上相拥，四周无人，唯有他们二人凝视着湛蓝的天空中那弯嫩黄的新月。它象征着他们的爱情，如此可亲、可爱、绚丽。他们心中祈盼，希望能像月亮与天空那样永不分离。

他们紧紧相拥，从山坡上滚落到山下，始终不愿也不能分离！然而，就在这时，一群不明身份的人突然出现，强硬地给裴多菲戴上了手铐，将他带走。心爱的人彷徨无助，只能在孤独的茫茫黑夜里奔走痛哭、哀叹。

因此，后来有人评价说："裴多菲的爱情悲剧，就如同中国的《梁祝》故事一样。"

　　诚然，写下著名爱情词作《鹊桥仙》的秦观，是一位具有远见卓识的乐观主义者。他用真挚的情感和超脱的志向，鼓励那些因两地分居而分离的情人们，"两情若是久长时，又岂在朝朝暮暮"。确实，恩爱的夫妻本不应分开，但在某些不可抗力的阻碍下，不得不分居的人们，更应熟读古人的诗词，以此来缓解心中的思念。他们相信分居只是暂时的，坚信通过不懈地努力，一定能像牛郎织女那样，在七夕之夜相会，幸福团聚，对此他们心驰神往！

　　难怪唐代大诗人白居易在《长恨歌》中，如此细腻地描绘唐明皇因失去爱情而悔恨终生的情感，最后在唐明皇幻梦初醒之时，道出了对高贵爱情的深情絮语："七月七日长生殿，夜半无人私语时。在天愿作比翼鸟，在地愿为连理枝。天长地久有时尽，此恨绵绵无绝期。"这段具有代表性的爱情佳句，古今传诵，可以说家喻户晓。喜爱这首诗的人们感动得泪流满面！

　　正是"情人怨遥夜，竟夕起相思……不堪盈手赠，还寝梦佳期"。人世间，为了崇高的爱情，上演着无穷无尽的悲欢离合，每一个故事都感人肺腑。我又怎么可能在一个七夕之夜就与朋友们闲谈完这些呢？

　　有人告诉我：瞬间的灿烂过后，迎接我们的往往是悠长的平凡岁月，而那些曾经惊心动魄的过往，最终都会在从容不迫的闲谈中缓缓展开……

写于 2014 年 8 月 2 日七夕之夜

利涉山川青云志

# 春寒意正浓

江西三清山南大门，坐北朝南坐落着一座"响波桥宾馆"。这座宾馆建于 1988 年，是三清山最早建立的古典庄园式建筑群，依山傍水，古朴优雅，亭台楼阁鳞次栉比，花木丛林间曲径通幽。其西面的酒盏尖双峰凌空耸立，鲜为人知。当时，这座宾馆就被省里评为优秀的风景区建筑，成为三清山首个热门的国内外旅游住宿点。

1990 年 2 月，春寒料峭，细雨袅袅，云雾缥缈，群山在云雾中时隐时现，引人入胜。上海市总工会旅行社组织上海各大旅行社总经理和各大媒体记者，前来三清山进行首次考察，我带领他们完成了这项为时五日的重大任务。在春雨迷蒙眼帘，即将分别之际，我们 20 余人依依不舍地停留在响波桥周围，观赏雨中的美景，抢着拍照留念。我们多么想以此弥补连日阴雨绵绵的人生缺憾，挽回这来之不易的旅途时间，同时表达我们对初次相识的三清仙境的敬仰之情。

当大巴车即将发动时，每个人的心弦都在轻轻地拨动。回首顾盼，那变幻莫测的山岚云峰与潺潺流泉，在心中深深地刻下了对大自然无限的神往与仰慕。我们深情地展望，从头到尾一直辛苦地陪同大家跋山涉水、讲课介绍三清山自然景观和文化品位的刘鹏飞老师，以及最早开发宣传三清山的元老和刘老师亲自培养、精心为大家服务的第一批学生们，衷心地感谢热情好客的三清山人。

别离是注定的，大巴车无情地转头开向响波桥下的小路，带走了三清山人的深情厚谊，留下的是他们赤胆忠心的艰苦创业精神。从窗外遥望那远处的山坡，依然可以看到为我们送行的一排人，在频频招手呼唤。刘老师的身躯挺拔，飘逸而令人敬重。

我沉浸在日夜向往的三清山奇景中，思考着如何将其创作出来。同时，我也牵挂着因负责这次接待工作而劳累生病的刘老师，他的付出让人感动得热泪盈眶。随着车速的加快，那位慈祥友爱的"老三清"的身影在风雨中消失了，我内心不免泛起一片凄凉。

回顾当年，刘老师遭遇强权迫害，被人用卑鄙的手段取消他的干部编制，调他到乡村务农。

"不与小人讲大道"，刘老师决定尽快提前退休。正巧，那天刘老师在路上遇见了县委退休办的上海女知青，并把自己的决定告诉她。女知青奇怪地问他："刘博士，三清山正在关键的开发阶段，为什么要提前两年退休？现在领导那么重用你，退休后你的养老金只有工资的八折！你要想明白！"刘老师不在乎钱，只想早点退休，他笑着说："只要你帮我办好手续，我就告诉你原因。""那还不方便？我马上就给你办了！"女知青豪爽地答应，并盘腿坐在石头板上开证明。刘老师高兴至极，一二三地告诉了她事情的原委。"真复杂，现在倒好，失去了一个人才，实在可惜！"女知青说。

退休后，刘老师一身轻松，悠然自得地在家养生休闲。没几日，他退休的事就被当年三清山风景名胜区管委会景区管理局第一任局长徐新标知道了。徐局长开着吉普车盛情邀请刘老师进山开业，管理三清山宾馆，并担任经理培养接班人。同时，也希望他把《三清山》这部伟大的书写出来。虽然任重而道远，补贴经费每月只有160元，且兼职众多不能推脱，但刘老师还是毅然决然地答应下来。有人讲刘老师真傻，但不傻的是他对三清山的钟爱与维护。他想这壮美的三清山终有一天会与五岳齐名，会为祖国人民带来新的仙山福地的旅游胜境。刘老师对三清山情有独钟，功不可没。从此，他一蹲就是一辈子！

大巴车在环山的曲折乡村老路上艰难地颠簸盘旋，我不由得百感交集，缓缓沉醉在缥缈的往事之中。

记得1983年的那个元宵节，刘老师陪同我与上海的画师初次登临风雨中的三清山；紧接着，县委派我到上海裱画，途经杭州时，我和刘老师泛舟休闲，我吟出了"翠雨蒙蒙山水淡，艋主灵灵花木羞。梦回六桥芳草地，魂飞湖山望难休"的诗句，首次显露了我的才思；后来在那七月流火的季节，"兰陵美酒郁金香"，我们切磋书画、留影，以及在上海晚香楼，他受到我父母亲的盛情款待并进行艺术探讨，这些经历催生了我们开创三清山书画院的愿望。更有三清山的风雪兼程、三清宫烛光篝火下的指点迷津；还有1989年的盛夏，我第一次上南天门到玉台女神仙境写生，刚刚下到玉阶休息，就惊愕地看到紫气东来的云海滚浪中卧着一棵大神树，上面驾着"八仙过海"活灵活现的清晰形象，且有一只大鹏鸟在前面努力地翱翔引路。每一次神奇的发现都似梦似幻，令人陶醉。这些无一不是我们的幸运机遇，无一不是三清山对我们的厚爱与我们对三清山相见恨晚的感慨。

难忘的信江别离，金色的晚霞普照金色的站台。送行的他虽然已花甲之年，鬓发乌云盖雪，但他像一座架起三清山与黄浦江的天桥，站在七色彩虹里，坚定耀眼！他就像护送我通向彼岸的大鹏鸟，坚毅前行，百折不挠。这一切的一切，犹如春风化雨，滋润着我行将枯萎的心田；恰似春寒中的花蕾，即使经历狂风暴雨的摧残，也会在春光明媚下重新发芽成长，是他让我重振壮志，追慕传统文化。

酣畅甜美的梦想，猛然间被急刹车惊醒，吓了我一大跳！原来，三清山前期的正规公路还未开发，我们不得不绕道穿行在山村里坑坑洼洼的烂泥小路上。狭窄的村落小道布满了大大小小的水坑，司机们常常需要冒险过坑，也难怪同行的上海人连连惊呼！

组团的记者们看我醒来，与我攀谈起来。大家都知道我是刘老师最早带出来的学生，想了解刘老师的情况，认为我的话颇有参考价值。商报记者叶松是一个憨厚率真的青年，主动坐在我旁边，照顾着我因晕车而抑郁的情绪。我感觉到他身上有那个年代特有的闯劲，带着许多诚恳为人的优点，没有装腔作势。他和《解放日报》《新民晚报》《文汇报》《劳动报》的许多记者一样，带着敬重的口气问我："刘老师学识渊博，宏才大略，像山上的劲松，几十年陪伴着三清山，是什么力量促使他不断地追求创作，撰写出 12 万字的国家级风景名胜区丛书之《三清山》？又是什么样的契机被邀请到省里撰写旅游志的？""他十年砥砺前行，跋山涉水，冒着生命危险去拍摄那么多的三清山奇景，真不愧为中国摄影家！"我倾听着他们的赞美，为刘老师高兴地呐喊："有知音啦！"

正想回答问题，又被一位记者抢问："刘老师一定有许多曲折坎坷的遭遇，杨老师，您能引荐我和他交谈一次，谈谈人生的追求与目标吗？""好啊！"这回我回答得干脆利落。转过头去一瞧，那位原来是《劳动报》的年轻男记者汤红，他活泼可爱的圆脸上呈现着青春的活力。汤红是个机灵人，抓住我的回话间隙又说："我自己将要去国外勤工俭学，希望将来人生的道路少走弯路或者不走弯路！所以才拼命地向你刨根问底。"说完，他微笑着，泛红的苹果脸上，那双乌黑的大眼睛恳切地望着我。

我思考了一下，慢慢地说："关于刘老师的人生追求和目标，你们可以直接问他。但我知道他是个学者，是个正义、正直、热爱生活与文化艺术事业的创业者，否则不会去开发三清山。这次就是他努力地在上海市文化宫召开三清山新闻发布会，感动了上海的旅游界领导，才把你们邀请来的。他准备把毕生精力献给这座大山的道学文化研究。"话音刚落，大家连连说："真令人学习与赞扬！"

讲到道学文化，有人插入感慨："太深奥，真神奇。"在座的人更想再次见到刘老师与三清山了。我说："是的，那时的三清山古朴野趣，像原始森林一般的崇山峻岭，没有任何人工雕琢的痕迹，真所谓'天然成道气，淳朴归法本'！我当然特别喜欢在那儿写生创作，想让世人首先在我的山水画中见识到三清山原汁原味的壮美！"我又兴奋地对大家说："我祈望不久的将来，三清山有索道了，朋友们就不需要艰苦跋涉地登山啦！""是啊！相信山上的旅馆也一定会有完善的设施，不用为了找厕所去艰难地爬石头楼梯了。""哈哈哈……"他们一边说，一边畅快地笑着！

讲到这个找厕所，真是令人后怕。昨夜他们住在南天门的日上山庄旧棚里，几个人想方便，黑灯瞎火地爬上狭窄硌脚的长长石楼梯，好可怕，差点摔跤！

紧接着，在大家刚到上饶火车站候车室休息时，三清山的另一位经理竟然瞒着刘老师，挨个向客人开发票收取住宿费，连我的也要收？真是不讲道理！明明之前讲好是免费，他却临时变卦，这是为什么？贵客们都不解地看着我……后来，他的这种恶劣行为真的影响了上海团队到三清山旅游与挂牌，也影响了当时一穷二白的管理局创收！真是可惜啊……

当天晚上，大家进入硬卧车厢，我在火车车厢的上铺，与汤红记者隔着一道板。他伸出脑袋，饶有兴趣地和我聊天，并要求观看我拍的创作国画的照片。他说："真没想到，杨老师你的国画山水是那样粗犷简练，刚强遒劲，苍苍茫茫，令人敬佩！"我回应道："是啊！画如其人，字如其人，什么风格的人画什么样的作品，这也充分体现了一个人的经历。"他若有所思地低着头，回味我的言外之意，然后诚恳地对我说："我这次去澳大利亚，不知是好是坏？是苦是甜？人生的前路一片迷雾，什么也看不清……"他的一声叹息，让我不由得为他担忧起来。正想劝两句，但转念一想，国内正刮着一阵阵狂热出国风，又何以见得他会打退堂鼓呢？于是我真诚地对他说："记得刘老师讲过一段话：'必要的经济收入和名利地位可以接纳，但无论你走到哪里，都不要忘记你是一个黄皮肤黑头发的中国人！是传播真善美的使者，反对假丑恶的卫士。只要辨清复杂的人性和万事万物法本自然的运行规律。那么，人的一生一定会皆是坦途！'我相信你一定会成功的！期待你学成归来，我们欢迎你来三清山做客。"我的话让他听得入了迷，凝了神，更让他感到离别前的珍重。他那大眼睛里流露出来自大山深处的友谊和令人难以忘怀的坦诚。

我非常能理解那些即将远离家门的游子，他们内心复杂而矛盾，既觉得机会来之不易，又感到弃之可惜。人在江湖，身不由己，到了国外，身份就与国内截然不同了！一个好好的报社记者，一下子到国外要降低身价，勤工俭学挣钱交学费，住地下室，吃盒饭。大家都看过《北京人在纽约》这部电视剧，商场如战场，生死攸关，顷刻间就可能经历大起大落。没有智慧与远见，根本承受不起未知的风险！我在想："难道一辈子做一个实实在在的中国土地上的公民不好吗？人为什么不珍惜这来之不易的工作呢？"也许那是我的守旧思想，如今的年轻人肯定要出去闯荡一番，因为他们没吃过什么苦。我说："人生的大方向不能迷失。因为我没有实力与把握出国，所以自然不愿失去自己唯一的工作与生活来源；不愿到异国他乡盲目地混日子，看外国人的脸色打工挣钱。"至此，我的一系列思虑也算完善了。正当汤红记者还想询问我什么时，列车上的灯熄灭了，年轻的他只好带着疑问翻身就寝。让他在黑暗中，在列车的晃荡声中去参悟人生吧……

野外狂风呼啸，寒流猛袭，半夜气温骤降至摄氏度零下，列车上的人都被冻醒了，冷得缩成一团。幸亏我带了一件大衣，没有受寒。随着列车有节奏的交响音乐，我渐渐地愉快地进入了"春寒意正浓"的梦乡……

　　这短暂的五日之行，给我带来了意外的重大收获：我终于明白了自我奋斗的人生价值，在高层次的社会交流中，我获得了人格的尊重和艺术的升华。权衡之下，我衷心感谢刘老师多年来对我的严格要求与精心培养；深切感激命运之神对我的眷顾，让我始终能够把握住人生的方向。我热爱伟大的祖国，热爱三清山，热爱书画艺术，也尊重每一位老师。人生中最可贵的，莫过于珍惜来之不易的幸福与健康！

　　　　　　　　　　　写于上海 1990 年 2 月 25 日

　　　　　　　　　　　最后修改于 2024 年 4 月 5 日

# 围炉论学

今冬格外寒冷，自立冬以来，已经下了三场鹅毛大雪。伴随着大雪，野外被洗涤一新，心境也随之变得清朗起来。窗外，棚顶、屋顶、树冠、栏杆边，四处皆被白雪覆盖，我与先生居住的三清山南部脚下的冰溪河畔，也变成了一幅壮美的雪景图。沿河的园林公园，到处白茫茫一片，寂静无人；东面的玉虹桥，宛如一条白玉带连接着两岸；西面的"万柳州"原始丛林，披上了银装；远山近岭，临水楼台，仿佛都变成了琼楼玉宇，真是人间美景。多么希望南方这罕见的雪能多下几场，为来年的庄稼带来好收成。

数九寒天，我与先生都不去西屋画室创作，大多数时间依偎在有阳光的南厅生活。严寒时节，我们喜欢烤着八百瓦的双管电火炉取暖，促膝长谈。南窗正对着冰溪河，观景极佳，阳光出来时温暖人心；窗下有一个玻璃面的长柜，上面摆着我精心培育的三盆吊兰，地下还放着一盆剑兰；柜台内，存放着多年来国家级有关部门出版的书籍，以及收录我们的获奖文章与国画作品的选集，它们时常激励着我不骄不躁、奋发求进……

南厅的仿红木大书架，镶嵌在整个北墙里，摆放着古今中外的百科经典，足足有八平方米。大部分的书是我先生购买的，他像对待宝贝一样翻阅它们，潜心钻研学问，真是令人敬佩！南厅朝东的门上方，悬挂着一块仿红木匾额，上面用淡绿色写着"翰墨之家"四个大字，那是十几年前我们创办三清山书画院时先生书写的。匾额两边挂着我俩的国画立轴新作——《松壑云泉》和《玉台初雪》，描绘的是三清山的景色，颇有冰封山更挺、雪压松更青的气势，加上云涌雾绕、泉流淙淙，真是一派玉琢银妆的人间仙境……

此时，室外摄氏度零下，屋内却有5摄氏度，算是温暖之地了。在这里，先生坐在绿色沙发上，我爱坐红色的小靠椅，我俩相互贴近电火炉，烤火取暖，谈心论学。童心再发的我问："先生，你是个学者，拥有这么多的书，看得完，记得住吗？""当然！我从小就爱书、读书，有过目不忘的能力。"我又问："大概所有的专家学者都爱书，都拥有一大堆书吧？""是的，像那些大科学家、文学家的书比我多得多，能放满几房间，甚至更多……"我惊叹："天哪！真不知道他们有多聪慧！""学者就爱读书研究，从来不会浪费时间的。""相比较，我太惭愧了，从小贪玩不努力，老大徒伤悲啊！""你现在还来得及，不是在勤奋努力吗？""那是亡羊补牢，后悔莫及了，实在可惜！""只要功夫深，也有大器晚成的人。""我怕是望尘莫及了。""只有自强不息又历经艰险生死的人，才会大智大勇去拼搏成功。你不就是其中一个吗？"先生善于启发引导，一连串的围炉对话，激起我心中无限感慨和热情，连手脚也暖和起来。

午餐的汤锅菜和软香饭，吃得我们热气腾腾，浑身舒展。饭后，先生走向南窗，想看看外面的天气。当他拉开窗帘时，惊喜地喊着："下雪了！白雪花像一片片小天使的羽毛，你快来看。洋洋洒洒地从天宇上落下来，到了我们窗前，上下翻飞，不肯离去，真可爱呀！就像我童年见到的雪：纷纷扬扬的雪花，如絮如花，干干的，轻轻的，像卷起的鹅毛，忽上忽下；飘啊飘，随着风儿，轻盈地上上下下，晃晃悠悠地在天空中翩翩飞舞，漂亮极了！有的飘扬在我们窗前，探头探脑，仿佛在与我喃喃细语，向我致意问候！"听后，我赶忙凑过去看："噢哟！真是如梦如幻般的美妙！难能可贵的雪花飞扬之景。"这景象令我构思起一首不太成熟的歌谣：雪花轻飘飘，千里静迢迢，像一群白衣的仙女，唱着冬天的歌谣；雪花满天飘，心儿正摇摇，像一个快乐的小天使，起舞在九天云霄；来自北大荒，越过浦江潮；来自三清山，跨过冰溪桥，悄然来到我窗前，问声好不好？话儿甜蜜蜜，脸儿微微笑，在这寒冬里，关怀我的还是您最早；雪花啊雪花，您可知道我有多么喜爱您！您可知道，我们的知心话儿有多少？

随后，先生一边沉浸在赏雪的快乐中，一边欣欣然去烤火。我见他专注地望着炉火，瞧着他，天庭饱满，鼻梁挺立，一双慧眼炯炯有神，宽容和善的国字脸，俊气的八字眉。我不禁兴致盎然地问："先生，都说你童年时就好学不倦，是真的吗？"这个话题猛然勾起了先生对儿时的回忆，他抿着较宽的菱角形的嘴，憨厚地微笑着说："回想起童年的我，真是不容易啊！老家在扬州农村，祖业留下三进房七间屋、七亩地，养家糊口。父母去上海投亲做工，我自幼跟奶奶长大。奶奶疼我，每天早上煮两个红壳鸡蛋给我吃，所以我长得胖乎乎，挺结实。我头顶上梳一支小短辫，扎一根小红绳，额前留一缕桃型刘海的头发，走路时小辫还会抖动。夏天，母亲让我光着屁股，胸前戴着一个小红肚兜，兜上绣一个老虎头，说是农村人讲究避邪。母亲最喜欢我那一双乌黑发亮、忽闪忽闪的大眼睛，说活脱脱像哪吒。"

我更加好奇了，连忙竖起耳朵听下去。"我六岁时就开始放牛割草了。天还蒙蒙亮，奶奶就喊醒我，往我怀里塞两个热乎乎的鸡蛋，说：'乖乖，听话去放牛，别闯祸！'我揉着惺忪的睡眼，听奶奶的话割一篮子青草，把牛喂得肥壮。牛也听我的话，把头垂下来，我抱着牛脖子，牛头一抬将我送上牛背。让牛吃饱了带露水的鲜嫩青草，我就骑着牛回到家，再背起书包去私塾读书。下午五点多放学，太阳还没西下，我就赶回家又把牛牵出来去放牧吃草。那儿是大水塘、大草滩、大坟堆，和许多小朋友争夺高地，玩耍嬉闹，十分快活。"

"你真乖，怪不得奶奶欢喜，能放牛又读书，才六岁哎！"我感动地说。

"我读书很用功。"先生继续唠嗑，"晚饭前，太阳还未落山，我爬到牛棚顶上，借着夕阳余晖读书复习。有时，一片晚霞染红了大地，很幸福。一边是花草，一旁是小河，可爱得真如书上的诗：'云淡风轻近午天，傍花随柳过前川。'感觉自己就在诗中的美景里，十分有灵感。""这么多像李可染大师画的《牧牛读书郎》！一棵绿荫大树下，人坐在牛背上看书，两只草鞋丢在草地上，太可爱了！"我插话了。先生莞尔一笑说："是啊，有点雷同，但是我读书可是苦用功。有月亮的时候对着月亮读，秋天的明月光，亮晶晶，四周静悄悄，适合我去背诵课文；夏天可以在打谷场上烧起麦壳驱赶蚊子，借着火光读每天学的书，有时躲进蚊帐中看书，将萤火虫抓到瓶中放光读书；冬天寒冷了，我就学习古人映雪读书，完成每天作业。""真不容易！为什么不点灯在屋里读书呢？""因为家贫，连吃饭的油都不够，还有什么灯让我去看课本呢？""难道不怕眼睛看坏了？""那个时候一个字有大拇指一样大，不费眼睛。但每天的作业不完成，第二天老师要用鸡毛掸子上的藤条抽打的，家长也支持老师。""噢！被打的滋味不好受！""可也有老是挨打，老读不好书的小同学。""我读书好，老师就让我当学长，帮助笨小孩背书。另外，我又自觉地每天提早到课堂，扫地，清洁院子，等老师来上课，见到一切是干干净净的，挺高兴。哈哈哈……"先生一连串的开怀大笑声，把我从他的童梦中唤醒，猛地让我想起《三字经》中的文字："如囊萤，如映雪。家虽贫，学不辍。"这句话说的是晋朝人车胤，把萤火虫放在纱袋里照明读书；孙康则利用积雪的反光来读书。他们家境贫寒，却能勤奋求读，精神可贵！还有"莹八岁，能咏诗；泌七岁，能赋棋。彼颖悟，人称奇；尔幼学，当效之。"祖莹和李泌，从小就才华惊人，这和他们的聪慧分不开。但他们并不满足天分，反而非常刻苦，每天几乎手不释卷。读书是他们生活中最大的乐趣。我思索：先生童年的才气和后来的才智，就是以古人为榜样的吧。显然，学习会使人进步、变得聪灵起来。

顷刻，我突然茶瘾上来了，快乐地问："先生想喝茶吗？"他马上说："早就想啦！否则太乏味了！"旋即，我泡来了两杯热气腾腾、清香扑鼻、使人提神的三清山绿茶。我们边品茶烤火，边追忆童年，这可是冬日里人生的一大乐事。爱茶皆因馨香来，自古茶缘出智慧。我愿意在茶中放两颗红枣增加醇香。

半杯饮来神清目明，似乎身旁的长臂碧翠芦荟也在欣赏，倾听絮语、摇曳宽叶，堪称雅韵。

先生明亮的双目，炯炯有神，他又严肃地说道："那读书可不是一般人能做到的，它是你与生俱来的禀赋和爱好。我便是喜欢书，一看到书就觉得前世见过一样，能记得住，讲得出，也是一奇！""当然，我以为你才是真正的读书人。"一听赞美，先生头靠沙发说："问题来了！""怎么啦？""嘿！村里有人造谣说，刘家又出了一个书呆子啦！""为什么？""有个堂伯是书呆子，发疯了，骨瘦如柴，被一根铁链锁在石磨上。他天天在磨坊大声读书，我们常在门缝里偷看，可怜极了！""也有这么不幸的读书人，好令人心酸呐！"我们相互感叹着，心里像堵了块石头，不高兴！

"因此，我母亲急了！"先生把话题转向母亲。"母亲绣得一手好花，正在城里著名的'个园'替扬州富盐商的四小姐做陪嫁的绣品。那当家的五奶奶天天见她愁眉苦脸、唉声叹气，即问：'刘妈，你有什么心事，能讲给我听听？''嘿！'母亲诉苦道，'我生过四个男孩，前面三个夭折。可现在这个好端端的男孩天天傻读书，我真怕他变成书呆子！'五奶奶是个敏慧的人，她说：'不用怕，带来我看看！''好啊！'就这样，我被带到了'个园'。当五奶奶和蔼地摸着我的头时，我能闻到她一身的檀香气，至今还记得那个味道。她问我：'你爱读书吗？''爱！''你喜欢读书吗？''喜欢！''那赶快拿小姐的国语课本来，让他看图识字！'很快，好书拿到我眼前，我一口气滚瓜烂熟地念到底：'人手足刀尺，山水田，马牛羊，鸡犬豕……'五奶奶叫道：'停停停，不要念了！'

转身她对我母亲高兴地说：'刘妈，不用担心，你的孩子是天才，没有呆，什么病也没有，在我家修福分都修不到啊！'一刹那，母亲的脸上云开雾散，对五奶奶说：'这小孩怪了，我想让他早点做工攒大钱当商人，可他倒好，抓周（一周岁）时，不抓元宝、金钱、三把剪刀和算盘，专抓一支笔、一本书，把我气坏了，哈……'一阵母亲辈的说笑声，道出了叫人不信的天意。"

"那五奶奶爱才，喜欢我，立马叫下人带我去厨房，好吃好招待，再到处玩玩。母亲一兴奋，拿出钱来叫我一个人去街上买芝麻烧饼吃。前面我走出甬道时，还没见到狗。等我买饼回来，走进大门时，猛然蹿出四条高大的狼狗，张牙舞爪地向我扑来。我吓了一跳，急中生智，就把手里的几块烧饼向狗扔去。谁知狼狗以为我赏饼给它们吃呢，于是抢着追饼去了。我赶紧溜进了大门边东甬道，安全回到母亲身边。狗没来咬我，否则好事变坏事，伤残无法估量。而今，想来不寒而栗。""真可怕！"我情不自禁地叫起来。亏得先生急中生智，免去大祸。

此刻，先生也叹息一阵，缓和过来后，接着讲："下午时分，她们又叫我到大花园里去玩，晚上也允许我走动。我溜进她家的第五进大厅，只见厅内灯火辉煌，一盏有罩的乳白色大灯吊在厅中央。五老爷正在教几个孩子复习功课。首先映入我眼帘的不是贵重家具、古董摆设，而是中堂一幅巨大的山水画，令我震撼！四周还有与太师椅做伴的四季条幅，堪称艺术的殿堂，令人流连忘返。我内心在想：如果将来自己能画出这样的好画就美了！读书也一样，能读下去就好了！"童年的憧憬、儿时的志向，现在先生皆已实现。

先生起身想饮茶，便去泡了一杯茶，茶香四溢。冬日的热谈怎能忘怀？一杯杯醇饮适宜，脾胃舒坦，品茗之间，心满意足也！

由于母亲的支持，先生在童年便更加用功地读书。所以他和我解释："喜爱其实有两种情况：一种是外因的引发，一种是内在的天赋气质。就好比现在我眼前画的一张画，发自我对三清山的真正热爱。""是情感的使然！"我赞成。

彼时，蓦地听得门外一阵爆竹声响，又不知谁家在办喜事了。"人间恩恩怨怨难以解读！"先生不以为意。"你知道吗？"他自豪地对我说，"我一年读完《三字经》《千字文》《百家姓》三本书。人家要我读三年，可母亲不乐意，说：'哪有那么多钱读书？'她仍旧希望我辍学去做工当学徒。可我不愿意！我坚持读好书，养好牛，和奶奶做伴。"

"夏天，才是小孩儿的天下。在那打谷场上，月色如柠檬的夜晚，我听大伯讲岳飞的故事。他讲得有声有色，我听得神情激昂，入了迷。心想自己长大后也要做英雄，精忠报国，为老百姓做好事。""了不起！"我接着议论，"岳飞同样是我的榜样，在最艰难无路时，我会想起岳飞《满江红》中的'莫等闲，白了少年头，空悲切……'那种精神直接促使我奔赴北大荒，做个有用的人，报效祖国。"先生早知我的经历，称我是一个侠肝义胆的女士。他说："英雄所见略同！"我含泪了。

"受这股巨大力量的推动，我努力读书。"先生激动地继续说，"第二年，我七岁，读完了《论语》，能和老师对答如流。过了一年，八岁，秦浩龄老师行医去了，来了一个更高级的官家后代尹钦汉老师。母亲说学费贵了不让我读书，但老师是个专门救济穷人的仗义者，早听说我读书好，就派庄头告诉我母亲，不要我家交学费。这下我又能上学了。这一年，我整整读完了《孟子》七本书，老师爱才，格外喜欢我。岂知，好运不长，由于战乱和老师的病故，我辍学停课了。""太可惜了，一个有才华的苗子刚刚萌芽，就没人培育了。"我好生怜悯。

"我有办法！"先生直率地回答我，让我大吃一惊。"那年夏天，母亲见我在烈日下晒得满脸发红，心疼地说：'你去捡麦穗，买凉帽吧！'一个大热天农忙下来，我凑合着捡的麦穗近一斗，卖了钱。母亲叫我自己上街买一顶白凉帽防日晒。我是不怕晒，就怕不能读书。结果，我买来了一部《中华大字典》，线装十二本，快乐地跳起来！我就如饥似渴地自学起来。"

"我奶奶特别慈祥，像高尔基的外祖母一样好心肠，鼓励我学画。从'个园'回来后，我就照着小人书在白墙上画'穆桂英大破天门阵'。满墙壁都是我画的画，凡有亲戚来我家，奶奶逢人就说：'那是我孙子画的，可聪明啦！'等母亲要回家前，我赶快用石灰水刷掉，母亲走后我再画，屡次三番，白墙刷得厚厚一层。哈……"说着，他眸子发亮，自个儿得意地笑起来，仿佛童心焕发。

"雨露滋润禾苗长"，我感慨于奶奶对他的仁爱关护，也感动于两位高师对他的关怀与栽培。更重要的是，扬州古城秀美的风景，以及悠久的文化历史对他的熏陶，加上他自身的艺术才华，造就了他正直的性格。他刻苦研究儒家思想、道家思想、《论共产党员的修养》，用生命来完成自己的使命，回报祖国和人民……

天色将晚，我们围炉论学，滔滔不绝，他的话语娓娓动听，令我获益匪浅。尽管野外朔风呼啸、冷雨敲窗,我却无意欣赏。我深深感谢那无声却有情的电火炉,它给我们带来数九寒冬里的温馨与暖意;我衷心感激远在西安的北大荒老友胡桂琴,她真诚地寄来新春礼物和吉祥如意的诗:"室外瑞雪飞扬,屋内热语炉旁。你抒我写情志,鹏展芝兰飘香。"

此时此刻,也许大家和我一样,都想知道我先生九岁以后的读书命运又是怎样的呢?

　　　　　　　写于玉山 2010 年阴历初九

　　　　最后修改于玉山画室 2024 年 4 月 6 日

# 草上飞

　　此次回到玉山后，我摆脱了沪上的种种苦恼，直面山峦叠翠、清溪曲径的田园风光，灵感也随之而来。突然有一天，"草上飞"三个字念头一闪，令我即刻联想到先生在童年练功——"草上飞"般跑步的故事。

　　六月的江南，万物茂盛，气候滋润，宜人惬意。本次的写作场所依旧在南客厅，不过南窗下已换成了三人座的绿色长沙发，对眼睛颇为有益。

　　此刻，窗外突然阴雨连绵，夹杂着电闪雷鸣，我们紧闭窗户，屋内随即安静下来，只能静静地听到我俩细语柔声地交谈。

　　先生稳坐在仿红木椅子上，而我则爱坐小椅子，方便仰望他。写字台是一张四方小餐桌，灵动便利；桌面上摆放着盆装的绿色蔬菜和一个大面包，可爱至极。台面上还摆放着我新买来的一小盆螺旋向上、向四面让长的厚叶短尖翡翠芦荟，每一片叶子周围都长着毛茸茸的软白小刺，实在玲珑。它让我们俩身处在绿意盎然之中，更显调侃之意。

　　先生最喜欢讲述儿时的事，讲得我们俩不觉饥饿，眼睛里闪烁着悠然的情趣，相视一笑间似乎回到了扬州老家，光着脚板"草上飞"。先生讲起"草上飞"时，声情并茂，像个说书人，我百听不厌。原来，他的口才真的源自对说书人演讲的热爱。

他特别爱听江苏扬州的说书名家王少堂先生说书，尤其把《武松传》上下十回的剧情背得滚瓜烂熟。王老一家三代说书，说遍了京沪线，语惊四座，名扬四海，人人爱听。他一脸正气，身着清秀长衫，双目炯炯，折扇飘逸，说得绘声绘色，惟妙惟肖。"绘声绘色、惟妙惟肖"是他说书的"八字经"。先生记性特别好，表演力强，有声有色的说书方式堪比上乘。他先是用目光正视观众，笑容和气，接着嗓门大亮地开讲："这下子看到了武松杀死恶霸西门庆，满脸满身是血。王小二跑堂上来一看，吓得失了魂，手中拿着的铜壶先是一松手，'哐当'一声，水吊子落在地上，一歪倒下来，正巧壶口的水喷涌而出，发出'嚯……'的水声。最后，壶盖子掉在地板上，'得儿……'打了一圈。老板在楼下听到了说：'小二啊，客官有什么不满意的跟我说，不要摔家伙啊！'结结巴巴的小二连连说：'老……他……手里还有刀呢！'小二吓得舌头缩了进去，话也讲不清。"我听了捧腹大笑，小二变成二愣子了，先生却不笑，继续往下说。我听先生说书，不光知道了紧要关口的内容情节，还学习了做人的道理，懂得了爱憎分明，敬仰英雄好汉，赞美济贫除恶的大无畏气概，而且能明白"好与坏"的因果关系。

我头一回见到"草上飞"是1989年在上三清山南部的时候。那年7月，山下天气炎热，山上却是清凉世界。刘老师带我上山，那时我不会爬山，累得气喘吁吁、头昏脑涨、双腿发抖，恨不能趴下不走。其实，爬过山的人都知道这个体验。

正走在十里杜鹃林中，先生猛一抬头，微笑着望见湛蓝湛蓝的天上，大片大片的白云飞向女神峰。"我先下坡，你慢慢跟上，今天有好作品，我等了很久了……"快嘴快腿的他边说边赶着去白云层下拍照。我愣在原地，惊呆了，只见他如闪电般飞奔而去，双手迅速地在胸前左右摆动，鼓足力气下坡，真如"飞毛腿"，不一会儿就没了影。

我自个儿孤零零地走，生怕走错了道，进退两难。幽涧的泉水在汩汩地流淌着，似乎在嘲笑我太笨；参天粗大的杜鹃林罩荫挡风，仿佛想挽留我一阵，这里清凉雅致、远离尘嚣。蓦然间，我爱上了大自然古朴典雅的风韵，不再感到害怕。于是我一路走一路大喊："刘老师，你在哪儿？不要丢下我啊！……"峡谷回音："我在下边，这儿啊！你下来就是啦！"此时，真如古人所言："空山不见人，但闻人语响。返景入深林，复照青苔上。"诗人王维的水墨诗意总是能感染我。

我终于找到女神峰，只见先生已经拍完照片，白云又顿时飞走了。他拍手叫绝，高兴地跳起来！这张照片后来发表在了某部摄影集中，特别令人羡慕。

小憩中，我询问先生："为什么跑那么快？""草上飞，我小时候练的功。"他神秘地笑着，带着一点自傲。"有师父吗？怎么练呢？""看小人书，没有人教的。""啊？"我挺诧异。"真的，我六岁就练的。""不简单，真神奇！"在司春女神峰前，我感到非常舒畅安全，于是聊开了天。莲花石观景台是我时常仰望女神峰，祈祷、感恩、祝福的佳境，在这里留下了不少美好的回忆。

"为什么练习草上飞？"我迫切想知道。"因为要抗日呀！没有一个身强力壮的体魄怎么打鬼子呢？""男儿自有雄壮心，国难临头往前进。"我随口应和两句，又问，"咋练呢？"他睁大眼睛，打开了话匣子："光着脚板，傍晚无人时分，在大坟地、大荒草上练。先在前胸吸足气，两手摆动快速奔一段，猛地向前向上飞去，一跃就两米远，像长了翅膀，快活极了！但不能停，接着两次、三次地练。天天练，放牛割草时也去练，从不放弃！一跑就几里路。""为什么等没人时才去练？""生怕惊着人呗！""噢！"这可真是一次少年英雄的胆略行动，我敬佩不已。

先生少时的脚真的像铁板吗？这可不是笑话！他讲起在放牛时经过一大草滩，一片荆棘，他不怕，敢于闯，结果脚被刺痛流血，用手拔出刺再去飞。这种勇猛无畏的精神，正是他后来能排除万难，铁脚闯浦江，风雪大茅山，登临三清山，以及走过坎坷人生的体力保障。

我好奇地问："还有什么原因促使你去练草上飞？""岳飞将军，爱国的楷模。"是啊，后来"鹏飞"的名字也是因为学习岳飞而自改的，他崇拜英雄的报国精神，愿做一只大鹏啄死奸臣秦桧。

"岳飞大将军小时候很苦。"先生同情地讲述道，"原先他家是个大庄园，在河南汤阴，后来被大水淹没。他母亲把他放在一只盆里，抱着他逃难。洪浪滔天，漂泊无助，是一群鸟儿怜悯他们，用翅膀连在一起为他们挡风遮雨，苦渡劫难。后来他们漂到一个村庄，被汤员外家的人救起，并在他家做工。汤员外请来了文武双全的周同老师教子孙。那时岳飞在沙上练字，夏天用水在方砖上写字，被周同老师喜欢上了，就叫他一起习武练字。岳飞认真地学习，也练就了文武双全的真功夫。"

"岳飞小时候遇到了贵人相助，真幸运！"我感叹道，替岳飞高兴。先生转身告诉我，他独个儿常常在院子里练习五节鞭，特别威武刚烈，就是想学岳飞。隔壁邻居听到响声很害怕，背后给他起绰号叫"刘大胆"。此时，我正为岳飞 39 岁不幸蒙难的结局而悲伤，听到他说自己的故事，又真心为先生小时候以岳飞为榜样，勤学苦练，感到欣慰。

《满江红》是岳飞的千古名词，想起这首词，想起将军的苦难与早逝，我泪如泉涌。精忠报国的大将军何尝不是步履维艰啊！

我们一起饮了几口热茶，心情渐渐缓和下来。先生说："自己是独苗，在农村也少不了光脚插秧、拾麦穗，一天三餐为老牛割草，没有草上飞的功夫能行吗？自己顶半个劳动力。""是的，农村男孩早懂事。"我附和。先生又说："在老家有一块很远的旱地只能种红薯，我则用小桶挑水，一穴一穴地浇灌。有一天不慎将新的牛绳落在地里，傍晚回家时，母亲已经摊开桌，一家人围着一锅稀粥糊，刚吃上苦腌菜，就发现少了绳，母亲严厉地骂开了。小时候的我很坚强，放下筷子直奔野地。天黑了，经过几家都在搭铺板乘凉，他们看见我没吃饭，却没命地往茫茫黑暗的野外跑，都说我可怜。要经过坟地、乱葬坑、尹家大墓地和一片黑乎乎的松林。""结果找回来了吗？"我着急地问。"一路上要经过大水沟、仙人大溪，上面的坝有缺口，水在急流，人爬过溪才走了一半路。随后，我在黑暗里终于摸到了闪着白色光亮的牛绳。""捡到就有粥喝了！"我为他高兴。"看到我拿回的牛绳，母亲关心地询问我怎么找回的，她听完又很心疼我，叫我赶快喝粥。月亮上来了，大家都入睡了，只有我不怕累，喝完粥，在月光下继续读书。"

先生小小年纪就很懂事，知错必改，知难而进，有勇敢担当责任的精神。母亲不是狠心，而是教育他以后要认真做事，只有吃得苦上苦，才能做得人上人！别人做不到吃苦耐劳，学不成"草上飞"，他却能做到、学成！

一席间，这回我的茶杯中多了红枣、玫瑰，醇香入味，而先生则喝着浓浓的三清山茶。趁热喝，乘兴喝，一口口品味，醒神入脾，思路大开。先生抿几口茶，兴趣正浓，说道："我七八岁时，日本人打进扬州，日本兵把我们附近的农民赶去拆庙宇的砖头造工事。日本鬼子烧、杀、抢，湾头村万福桥头被烧掉了，邻居的外公被打穿了嘴巴，血淋淋地被扛回家，我目睹这些残酷的场面，感到天要塌、地要陷、人要亡，恐怖危险到了极点。日本人占领了邗沟、香山炮台，那里变成他们的营地、碉堡，中国人在痛苦中煎熬！""太危险了，你们能躲过吗？"我替他们担心。先生叹了一口气才说："每家都要出人去做工，我家父母在上海做工，只有奶奶和妹妹，当然点名让我去做工。我有一把铁锹不用挑砖头。中午放工，我把铁锹放在城墙上，奶奶叫我到城里买三个烧饼和大碗粗茶，两角钱喝一碗茶，肚子喝得饱饱的。""真聪明！""吃完喝完我又花钱去看小人书。一看就看到太阳西下，快到收工时候，我心里猛一惊，'草上飞'的功夫起作用了，我跑到工地，连个人影子也没有，铁锹也没了，我出了一身冷汗，知道闯大祸了，奶奶会生气的。但我头一伸，看到铁锹怎么在日本人的兵营里和枪靠在一起了？心想，肯定是小保长（我的同学）做的坏事，想让我被日本人打一顿！我再探头一瞧，日本兵轮流在睡大觉，如同死猪一样，我就悄悄进去，把铁锹拿出来，穿过城门洞，一路飞奔，赶上了下工的队伍。小保长见我平安回来，气坏了，我昂起头不理睬他，心想他还记得上课念不出书被挨打的事吗？"

说着说着，屋内暗淡下来，风吹帘动，乌云密布，天空上闪动着一道道雷电。光亮下，只见生意人飞一样地收摊，他们没有"草上飞"的本领，被淋成落汤鸡，吃亏了！祸与福变幻莫测，人生真的难料啊！

童年的先生练就了一身武功，也学到了许多知识，但遗憾的是，他生不逢时，深陷于战乱与贫困之中，就像那时中国人头上沉甸甸的三座大山一样，怎么也搬不走。每个人都不得不走向不同的生存之路。先生九岁就和父亲一起投靠了上海的大伯伯家，在福州路同心里与父亲挤在一个两平方米的阁楼里生活。

周剑青是先生的大侄子，虽然比他大十岁，却比他小一辈，得喊他小爷叔。"先生自小就当叔了，真幸运！"那一刻，我真是羡慕极了！

周剑青可是一位了不起的人物，他是画家、地下工作者，还是龙门剧场的舞蹈家。周剑青非常喜欢小时候的先生，一点也不吝啬，满阁楼的书都让他尽情翻阅。从《东周列国志》到《隋唐演义》，再到当时新奇古怪的小说，他读个没完没了。白天看，晚上就坐着周剑青的自行车到剧场，给周剑青当学徒。他先是看完越剧名角戚雅仙表演的全本《秦香莲》大戏，等小演员下舞台入睡后，就和周剑青一起放开布景打夜班。他说："我只能一边烧胶水、刷底色，一边细心地看他画桥梁、亭台、房子，一直干到天亮才回家休息。休息了一会儿又如饥似渴地去看书，怎么有这么多看不完的新书，读不尽的知识呢？"先生自言自语："大伯父见我聪明能干又爱读书，心里很感动，就叫堂兄送我去格致公学（现在的格致中学）报名读书。那一夜我激动得没合眼，我终于能上学了！"梦想成真，大人都会喜出望外，更何况是小孩呢？这完全可以理解。但先生接下来却苦恼地说："谁晓得，第二天大伯母、堂兄捣鼓了一阵，我上学的事就化为泡影了！一下子我像掉进冰窟窿，从头凉到脚，浑身沉重得像要倒下来。""天哪！打击有多大！"我呐喊起来，"我霎时觉得天旋地转，沦入江湖无人相助的苦恼啊。"看见先生泪流满面地哭诉，我揪心地难过。他的眼神愤怒，似乎在问天、问地、问我："我想不通，为什么读不成书？为什么六亲不认排挤我？为什么自家这么穷无法供我上学？为什么我有能力却一事无成？"

我听后颇有感触，记起自己曾经画过的那张《太白问天图》，想起"我辈岂是蓬蒿人，千金散尽还复来""大道连青天，我独不得出""蜀道难，难于上青天"等这些诗句。

"十二岁的我有好几天都趴在黄浦江的岸边解闷。一江春水向东流，我想起了电影主角遭遇海难的情景。只见巨浪翻滚，一浪更比一浪凶，压迫着小船，打击着浮草，惨极了！那海浪企图把小船掀翻，把浮草吞没。想到自己就像被打沉的浮草，无法反抗，真苦。偌大的上海滩居然没有我的一席之地！可怜啊！每天只吃两顿饭，还是父亲和我共吃一碗菜饭。他在'大世界'卖茶水也是苦苦挣扎，总是吃不饱肚子。我的成长、我的饥饿无人问津。经常实在饿得难受，父亲就带我去浦东的菜地上躺着，真想吞一把野草与紫云英来解饥充肚。十二岁的我一无所有，毫无希望。"

先生锁着眉头，紧接着往下说："不但如此，大伯母、堂兄还捉弄我，叫个子不高的我去接三瓶半热水，接热水的大洋铁皮水壶，我拎都拎不动，他们巴不得烫死我，好看笑话。我苦水往肚里咽，咬了咬牙关，又有什么办法？寄人篱下呗！另外他们三天两头叫我跑腿，到老西门，到浙江路，做家务，喊梳头妈……我简直成了小佣人。在剧团做工还被老板喊去做家务。有一次，小老板存心把拖鞋踢进床底，叫我爬进去找，他开心啦！我刚洗完澡不愿意照做，就和他打起架来。后来警察局来人骂我：'不识相，小赤佬！'我有冤难申，只能看着一波连一波的江水，盼望解放军早点打过长江，解放上海，让穷人早得解放，能吃上一口香喷喷、饱饱的饭……"先生哽咽了。

我们的心情非常沉重，心里好像被什么堵住了一样，我实在听不下去了，先生也讲不下去了。

人们绝对想不到，"草上飞"会落难在上海滩。

写于三清山书画院 2010 年 6 月 28 日

# 清贫路　怀玉情

　　立冬前夕，我端坐在枣红色的宽大画案旁，凝视着窗外怀玉山暮秋时分的倾盆大雨。团团雾气笼罩天际，天地间满是降雨声，夹杂着潮湿的气味，整个画室显得灰暗迷离。唯有我近期创作的八尺横幅国画《怀玉山云海图》，依然清晰地展现着一层层翻卷的大云涛，那般神奇可爱，正是我长久以来心之所向的仙境。多年来，我描绘了许多三清山西部怀玉山的雄伟远景，却遗憾未曾亲临其境。

　　说来也巧，我先生刚接到电话，是怀玉山玉琊山庄的谢忠键经理邀请我们去做客，这正合我的心意！从怀玉山的南山乡向西行，是通往怀玉山的新开通的省级公路。水泥马路宽敞整洁，清静得仿佛能听见尘埃落定的细微声响，一切烦恼在这一刻都烟消云散了。天公作美，天气由阴转多云，迷蒙的崇山峻岭显得雄浑跌宕；粗犷的青竹茂林环抱着田园农家；深山间的小桥流水叮咚作响；神秘的参天古林中隐居着畲族人家。早年听我先生刘鹏飞老师讲，他在三清山考察时，曾见到深山老林里藏着生活的老乡，他们小心翼翼地采蘑菇度日。问及原因，才知是怕受人欺负，因为他们不是汉人。充满同情心的先生立即上报当地政府，为他们居住地申请到了正大光明的身份——畲族村。至今，畲族人都对先生的热心肠感激不已。我再次对先生充满敬意，并计划专门绘制畲族人家的百年老屋与原始森林的画卷。

那是一排坐落于高山之上，承载着中国革命历史的畲族雷家祖业老屋。长长的堂屋分隔成三四间，朱砂红的破瓦与朽木共同支撑起一条歪歪扭扭的屋脊。门口是一片宽敞的院子，堆满了草木。后屋则分隔成多个小间，圈养着牛猪狗，鸡鸭满地跑，丝毫不惧生人。院内还设有几种竹篱笆，种植着葡萄藤、酸枣树和鸡冠花，黄腾腾、绿油油、金灿灿，构成一片深秋的绚丽景色。屋后则是大片大片的梯田，已经收获完毕。

抬眼望去，高耸入云的玉琊山峰如屏似玉，世世代代地守护着当地的居民。我们沿着百米石阶上坡，只见山坡上长满了古竹林和老树群。它们高大屹立，仿佛蕴藏着千年的神树精竹，黑压压、绿茸茸，气冲霄汉，又好像形成一道森严壁垒，给人一种不可战胜的力量感，这也是一片藏龙卧虎的原始森林。

一位热心的老乡担任我们的向导，带领我们穿越树林、跨过水渠，来到纪念方志敏烈士的"清贫树"旁的石桥间小憩。耳边响起了"咕咚""咕咚"的泉水声，那是从玉琊峰缓缓淌下的清泉，它就在畲族老屋的眼前流淌。这一汪汪碧绿澄澈的深潭、一股股清幽芳香的泉水，是取之不尽、用之不竭的生命源泉。

老乡告诉我们，那是因为畲族雷家几代人用生命捍卫了这片森林田园，这里留下了他们的腥风血雨，更流传着雷家当年帮助红军北上的动人故事。

那年，红军在第五次反"围剿"中，方志敏在三清山北部的隐将村港首，送走了最后一批粟裕的部队，自己则带领一小支部队在大茅山坚持抵抗。他们沿着西部八矶村的古道上山，历经重重困难，大部分人已经牺牲，残留无几的部队处于重兵包围、饥寒交迫、没有生路的绝境之中，最终来到了怀玉山的葛岭。

在敌军每两分钟巡逻一次的非常时刻，雷家爷爷突然发现了方志敏他们正躲在现在的"清贫树"下的草丛里避难。他不敢喊出声来，赶忙用手势招呼。方志敏他们不敢轻易冒险，过了很久，雷爷爷才大胆地奔下坡去，带他们躲进老屋藏起来。雷奶奶也赶快帮忙烧火煮玉米饭招待他们。绝处逢生的方志敏等人感激涕零，感谢老乡的救命之恩！

方志敏说："我没有钱留下，唯有一只军用望远镜可以作为见证，等以后解放了，我再用钱来赎回去。"听后，爷爷奶奶那历经风霜的脸上挂满了感动的热泪。他们想到红军战士为老百姓出生入死时，还没有忘记铁一样的纪律，在这个炮火连天、枪弹纷飞的年月里，哪里还能寻得这样好的亲人啊！爷爷奶奶感到，望远镜是红军的作战武器，无论如何也不能收下！

夜幕降临了，方志敏他们临走时悄悄地把望远镜挂在雷家门口的大树间，带上雷家送的干粮。雷爷爷亲自做向导，一直把他们送到葛岭头（唐代的一个古碉堡处）。雷爷爷说："那边是高竹山，我不熟悉，不能送行了。再说国民党每两分钟就来查一次岗，家中也不放心。"生死之交难舍难分，他们挥泪惜别，军民鱼水情更深。

谁料，这一别，却是永别。想起方志敏烈士在狱中昂然正气写下文章《可爱的中国》《清贫》。他爱党、爱祖国、爱人民，永远活在中国人民的心中。这两篇文章每次读来，都令人感觉亲切可爱，热泪盈眶，备受教育！方志敏等烈士为国捐躯的精神值得我们学习。

老乡与我们叙述到这儿，我们已经是泪花直流了。

天地有情。先生带领我们冒着迷雾寒气前行，穿过一片白茫茫的树林后，我们来到了仅有半身头像的方志敏雕像前，深深地三鞠躬默哀。这时，一束阳光照亮了灰白色花岗岩做成的清贫碑纪念广场。方志敏烈士撰写的《清贫》文字栩栩如生地展现在我们的眼前；同时，苍茫的怀玉山昂首挺拔，峻岭群峰威武雄壮，白云中的丹枫、松涛中的飞瀑仿佛在低吟，陪伴着烈士的英魂。此情此景，在场的人都惊呆了！

等到我们静静地走下石阶来到农舍时，老乡们正围着大筛子在精选茶树果，准备榨油，他们高兴地迎接我们的到来，也为能居住在烈士的雕像下而感到自豪！不一会儿，天色又悄悄地朦胧起来，犹如眼前笼了一层神秘的面纱，什么也看不见。这天是立冬的下午，所见所闻所感，都深深印在我的脑海中。

雷家老屋一直作为红色教育基地，参观听讲的人络绎不绝。我们回过头，来到了雷家老屋：进门的正厅中央挂着一张方志敏烈士的遗像，是镶金边的镜框；两边稍小一点的是雷家爷爷奶奶的遗像镜框。来人无不敬仰哀默，感慨万千，难以忘怀。是的，望远镜的故事让今天幸福生活的人们牢记，这幸福来之不易，打江山来之不易，那是要流血牺牲的。战争年代艰难万险，战士们铁骨铮铮，气震山河，每一块收复的土地都沾染着烈士们的鲜血……

谢忠健带着我们，小心翼翼地沿着当年红军走过的羊肠小道攀登。路上荆棘丛生，闷热难耐，我们气喘吁吁，汗流浃背，浑身被刺得生疼。那条狭窄弯曲、陡峭的泥路，让我们时刻提心吊胆，生怕一不小心就有可能滑落万丈深渊，生死难料！为了寻求真理，为了革命，为了新中国的解放，为了老百姓的幸福，我们的革命前辈们将生死度外，不惜牺牲一切。想到红军的报国精神，我为自己吃不了这点爬山的苦而惭愧。

　　下山的时候，我们无意中来到一位年轻美术老师的家。没想到，那位雷家兄弟中当教师的老三雷维才，也在那里等我们。他清瘦精干，个子高高，皮肤略黑，满脸风尘仆仆。他厚朴地拉着刘老师的手说："早就盼望你们的到来，感谢刘老师当年为我们畲族老百姓着想。如今我们与汉族人一样，有自己的乡村家园，一样快活地生活！谢谢两位老师！"只见东边的落地窗外射进来一股灿烂的阳光，照着他俩流着热泪的脸，红彤彤、笑盈盈，那是激动，也是感谢。他俩紧紧地挨着沙发坐着，促膝谈心，似乎有道不完说不尽的心里话……雷家老三哽咽着。刘老师拿出洁白的手帕擦眼泪，感慨只是当年的举手之劳，却换来如今的乡情重如山。这幸福的时刻，令人感动而愉快！

　　老乡的家里一片热情洋溢，室外则让人感觉到怀玉山脉藏龙卧虎、雄奇壮丽，玉琊山峰更是洞天福地，非同一般，使人心驰神往。

　　"怀玉山"啊"怀玉情"，您让我明白和平的来之不易！您让我知道当年先生与我为什么仰慕着大茅山革命根据地而来上山下乡……

　　如今，我虽然偶尔绘画，也写一些文字，但我又该怎样去真诚地创作，表达对方志敏烈士们的无限崇敬之情，以及描绘心中那跌宕澎湃的无限感怀呢？

作于怀玉山 2005 年立冬<br>最后修改于 2024 年清明

# 桑拿天

桑拿天，百年难遇，气温徘徊在40摄氏度，尤其是江、浙、沪地区，遭遇了140年未遇的酷热天气。如此高温，让人不禁想象，热带地区的居民是如何生存下去的？

这股桑拿热浪同样席卷了全国多地，就连三清山脚下的玉山县也未能幸免，野外犹如蒸笼一般，热浪滚滚。令人惊讶的是，骄阳似火的七月竟然也未带来几场像样的雨，农民的田地里一片干旱，他们纷纷感叹：何时才能迎来"久旱逢甘霖"呢？

幸运的是，在玉山这块风水宝地上，我们依然能够享受到大自然氧吧的清新与美丽，仿佛置身于"家在故林吴楚间，冰为溪水玉为山"的诗意画卷中。

天气如此炎热，人们可能会因为体力不支而放弃锻炼，尤其是老年人更容易因出汗过多而虚脱，但作为一直坚持锻炼的我，发现如果不动一动会更难受。因此，我习惯了冬练三九、夏练三伏。当然，有时我也会想偷懒，毕竟桑拿天似乎有足够的理由让人不想动弹。但每当这个时候，我就会想起孟子的话："人有不为也，而后可以有为。"这句从小背得滚瓜烂熟的古训时刻提醒着我，越是条件恶劣，越是要坚持锻炼，这样才能真正考验自己的意志。

　　每天清晨，当天空刚刚泛起鱼肚白，南窗的西南风便徐徐吹来。我打开窗户，开始练习床上的软功，活络筋骨，保持体型。稍稍吃点东西垫垫肚子后，我便会带上一件衬衣，外出慢跑。

　　冰溪河的凉风迎面扑来，带给我一丝丝清凉。雕栏玉砌的绿色长廊、淡蓝色的长河以及生机勃勃的清凉世界都在迎接我的到来。风吹动碧波泛起涟漪，柳丝随风荡漾越过秋千，繁茂的树木成为我的好伙伴。我感恩这一切！在冰溪河间，我找到了属于自己的清凉与宁静。

　　河的一侧，一排巨大而绿荫遮天的遒劲苍松下，摆满了大红盆，里面装有放生的活蹦乱跳的鱼虾。许多老人围着它们，不厌其烦地久久念经做佛事，无比虔诚善良。河的下游，一条条长线摆开，钓鱼的人喜笑颜开地等待着鱼儿上钩。一边放生，一边钓生；一边奉献，一边索取；一得一失，正是人间轮番折腾的迷惑景象。我拐过去，放慢了步子看热闹，觉得挺有意思。

　　我喜爱在曲径通幽的鹅卵石小路上小跑，按摩脚下的穴位，感觉特别舒服。见到一个年轻的男人牵着一个两岁的小孩，他们都光着脚板踩着鹅卵石走路。"小心点，看好了脚下的石头！"年轻男子一边走一边喊。这话怪有道理，因为小孩从小不吃点苦头，哪里知道幸福来之不易？我向这个疼得龇牙咧嘴的小孩微笑，佩服这个父亲的教育方法！

　　在微风丝丝的惬意中，我来到东边玉虹桥畔，完成了三次六下单杠的前后摇摆动作，感觉有点劳累出汗，于是找了个无人打扰的清静地方，在大松树、桂花树、茶花树与栀子花群间，开始做起我的半小时拍打功。从头到脚，血管经络畅通无阻，空气新鲜醒神开窍。东面武安山原始森林公园吹来的清新气息与西面万柳洲湿地渐渐赶来的滋润气息交织在一起，名树檀香、飞花芬芳，仿佛心灵一清亮，一股脑儿祛除了隔夜的闷浊邪气，让人忘记了桑拿天的烦恼。

沿河的一路绿化带，泥土黄黄的、潮潮的；层林尽翠，一片片青瓜子黄杨被砍伐得与成人的腰一般高，这正是清晨起床最早的园丁们辛勤浇灌栽培的成果。假如没有他们的认真工作，哪有每一天令人无比喜爱的城市环境？

眼前的一弯冰溪河，蜿蜒如之字形，如玉似带，仿佛一匹长长的浮动丝织锦缎，延续着绵绵的遐思。玉阶廊边，郁郁葱葱的雪松与黑虎松林向四面展开，为人们带来清凉，也为人们遮阴。它们昂然伟岸，犹如一群忠诚的壮士，护卫着河城，抚慰着人间。而那杨柳岸的晓风新月，更是引人多愁善感，它们在水面上浮光掠影，为这景色增添了几分诗意。

正值桑拿天，我却有幸在冰溪河畔体验了"合抱大树"的吐故纳新之功。我闭上眼睛，什么也不想，人蹲马步，双手来回合抱，简单又舒畅。这片刻的宁静让我心中坦然，忘却了世间的纷扰。

同样是在这桑拿天，我坐在河堤的石阶下，身边是一组茶子树与桂花树，它们为我遮挡了酷热。我剥着桂圆荔枝干，补气血增元气，不亦乐乎！耳边传来一阵阵不太嘈杂的知了声，仿佛在唱响歌谣，我的写作思绪也渐渐地被打开。

这时，一位戴着老旧草帽的驼背老大爷缓慢轻松地散步而来。他走过来问我："你为人家写东西吗？太好了！"我笑道："不写，我在写自己的文章。""噢！对不起！我打扰你啦！"他连忙道歉。"没关系的，老大爷！"我回道，真是有礼貌的老人家。

　　看着老人踽踽独行的背影，我想他年纪这么大还出来锻炼，还保持着心态平和，已经很不容易了。我在心里默默地祝福他老人家健康长寿！同时，我也回神思考：任何时候都能对景写生，能为自己写点散文，静静地想，静静地写，静静地享受，这是多么美妙的事情啊！因为那是人生最愉快的一件事，尤其是在这最难相遇、最难相处、最难调整心情的桑拿天里，这更让我们能省悟到生命的宝贵。

写于 2013 年立秋

# 任重道远　携手共进

作为 20 世纪 60 年代积极响应国家号召、上山下乡的老知青，我们与祖国同龄。然而，个人的力量毕竟是微小，只求为祖国尽绵薄之力。

"人为什么活着？""人的一生该怎样度过？"我想，只有当你的一生始终与祖国人民"同呼吸，共命运"时，才能找到理想与目标。在人生的长河中，我愿驾着"文明道德，文化艺术"的一叶扁舟，扬起执着的风帆，在祖国母亲的大海洋里搏击风浪，寻求真理，寻找风雨同舟、肝胆相照的正义力量。只有这样，才能无愧于祖国人民与父母对我的养育之恩，无愧于良师益友对我的帮助与期盼。

我出生在上海一个书香门第，父亲杨志翔从事金融行业。当年的黄岩蜜橘就是在父亲的支持下，由老乡们种植起来的。橘子成熟后，乡亲们每年都会通过水路把橘子运到上海十六铺码头，送一大筐到我家。我们品尝着甜醇的美果，心里感激着乡亲们的善良，他们数十年未忘我父亲的恩德。父亲毕生热爱研究古典文化，母亲邵瑛知书达理、仁义善良，曾在居委会担任主任，负责调解人事纠纷。这样的家庭环境，使我从小受到严格的家教。父亲爱厂如命，母亲勤俭治家。"新三年，旧三年，缝缝补补又三年"，这是我家的老传统，所以我也很少穿过新衣服。

读小学时，我含着眼泪背诵过方志敏烈士在狱中写的《可爱的中国》，决心时刻准备着做一个好学生。

升入中学，我们是在熟读"先天下之忧而忧，后天下之乐而乐"的古训中成长的。我时常写学习心得体会和日记。我大姐杨雷隐在育才中学教语文和政治课，经常启发我学习写作，帮助我上进。

在那个风雨如磐的年代，我考进美校的好梦被打碎，连早就病退的父亲也被打成"臭老九"，做检查、扣工资，全家一贫如洗。跟前的恶人更是防不胜防，父亲生病时唯一依赖的补充营养的下蛋黑母鸡也让邻居一脚踢死。在那些如临深渊的日子里，我心疼父母受累，就替他们扫弄堂。我认为劳动最光荣，没什么丢脸的。那年头充满了恐惧与不理解，亲戚朋友都远远地躲着我们。几十年在一起的老保姆银溪，曾像自己亲人一样照顾全家并把我带大，在这时也被吓得逃回乡下。当然，社会复杂可以理解，善良正直的人们深信风雨过后会见彩虹。

1968 年 10 月，我与上海知青们奔赴北大荒，抛弃了大上海的优渥条件，远离了父母亲人。然而，生活相当艰苦，一无所有，我们也咬咬牙熬了过来。半年后，当我上调到团宣传队后，我也要下连队与战友们共渡难关：劳动时，会一整天上林海雪原，吃冷馍、饮雪、砍柴、拉爬犁，或下大田，锄草、剥豆、割小麦、掰苞米、扛麻袋，干到天黑才完成任务；军事化训练时，急行军半夜雪花飘，棉帽棉鞋灌满雪；刨粪坑时，震裂虎口、残渣溅到口中；挖战壕时，战壕比人高，用力一扭就扭伤了腰；清理冬日菜窖时，挑重担，跳板只有 2 尺宽，浑身伤痛也要强支撑。正是敲锣打鼓下连队，隆冬酷寒走冰河。生命诚可贵，我们也准备过牺牲。1969 年，珍宝岛自卫反击战在前线打响了，我们在零下 20 多摄氏度的野外帐篷里整装待发。那一瞬，我什么都没想，因为生命已不属于自己，纯粹交给了北大荒，即将实现自己与祖国人民"任重道远，携手共进"的誓言。

始料不及的是，遇小人陷害，他趁我养病期间，限我三天内到连队从事体力劳动，这无疑加重了我的肝病与内心的悲哀。从此，我被迫离开了艺术与舞台，离开了我最心爱的笛子和战友们。

为了治病，我只好投靠在江西当医生的二姐杨小英，也得到她和上海华山医院的专家医生——我的二姐夫顾玉东的帮助。在他们的关爱下，1974 年，我好不容易迁移到三清山脚下的知青农林场插队并落户，担任会计工作。我什么都不会，只有老老实实地请教公社的江会计。在学习中，我竟然还当上了首批建场干员。当然，我也品尝了乡村农耕的艰辛：插秧、耕田、打禾、收割，采茶、炒茶，开垦荒山种果树，上山砍柴背树木，什么活都干。一年干下来，一分钱也没拿到，有时没菜吃只好用酱油泡饭。我们劳动挣来的新茶，虽然堆在会计室，但我连一片都没享受过。父亲曾经教导我："公家的东西，哪怕是一张纸一根线，财会人员都不能拿！"我牢记不忘。因此，多少年后上面来查账，表扬我是建场以来最清白的一个会计。我曾经毫不客气地追查过库存粮的数目，发现少了一大半，上报领导，结果却没人担当，不了了之。

我历经着社会与工作的苦难辛酸，被疾病折磨，在爱情与婚变的陷阱中经历生死。我不明白，自己想做一个好人怎么这么难？我孑然一身，一无所有！唯一能接纳我的，只有三清山北麓下那条奔流的泊水河了。我怆然泪下。

正在生死关头，我得到了父母、哥姐及老师、好友们的支持关怀，国画艺术又使我起死回生。从 33 岁起，我正式勇敢地拿起画笔，将山水作为精神寄托。虽然那时我在基层小店卖货，劳动量极大，每天卖货要走 50 里路，累得腿上静脉曲张，但是我很珍惜自己有一份保命的工作，且在艰难困苦中与一系列恶势力作斗争，磨砺了意志，保持了尊严，维护了正义，坚持了清贫的奋斗精神。

1983 年的元宵节，我有缘请教了当时正在开发三清山的刘鹏飞老师，他与县委领导热心地陪同我登临写生。在艰辛的登攀中，我接受了三清山风霜雨雪的第一场洗礼，这是对我艺术人生的一次最关键的考验。

诚然，当三清山未被世人所知时，我不断遭到一些人的歧视与讥笑："你去画那荒山野岭干什么？""名不见经传，没有画头。"万事开头难，我却以单纯的心情去创作，一心一意想为世人展示一个崭新壮美的风景区。然而，每当我直面穷困潦倒，看到生活困难的山里小孩没衣穿，更读不起书，只能去砍柴卖钱时，我就会揪心地痛。一种使命催促我尽快提高书画艺术水平，用画笔宣传三清山，进一步推动旅游开发，促进当地经济的发展，带动一方百姓早日脱贫致富。

可喜的是，1988 年三清山被评为国家级风景名胜区后，我们在刘鹏飞老师的培养下，建立了第一座三清山宾馆，并选拔了 20 多位年轻接班人。这批学生如今活跃在中层干部的岗位上，数十年如一日地扎根大山，奉献于旅游事业，成为建设三清山的顶梁柱。我为这些可爱的三清山好儿女所感动，他们一辈子甘愿与家人两地分居，奉献于三清山的旅游建设事业。这一代建设三清山的栋梁，坚持学为所用，精益求精、任劳任怨地完成每一次重大的任务。他们深有感触地对刘老师说："感恩老师当年对我们一丝不苟地严格训练，否则我们可能会浪荡下去，不知要成为什么样的废物！"

三清山的老百姓也特别依赖与尊重我们，经常送来温暖。百姓的关怀和前辈们的鼓励，督促我们的艺术方向一定不能偏离三清山的自然与人文景观。因此，我抓紧了对三清山特色景观的创作。

1988 年人才交流，我调回上海后，工作与生活环境有所改善，一步步踏进了书画艺术的上层，拓宽了自己绘画的视野。回想起开发三清山的责任和三清山对我的厚爱，我舍去了单位公派出国的机会，一头扑到创作三清山的重任里。然而，三清山的游客稀少，经营惨淡。我思索着：一个风景区的知名度，必须要靠大家发挥聪明才智，积极地宣传扩大，吸纳外界的科学管理经验，才能提高。于是，我们集中精力去创作关于三清山的大画，把天地苍茫之元气，淋漓尽致展现于笔端，凸显仙境的雄奇险秀之气势。20 世纪 90 年代开始，我的作品先后在国内外展出并获奖。当时在上海市与江西省各级领导的重视支持下，首次出版了《杨七芝三清山画册》，并举办了"杨七芝三清山画展"。画展地点在上海美术馆三楼，时间是 1993 年9 月 11 日至 17 日。其间，我有幸得到了北大荒的老知青、上海电视台记者达奇珍、编导陆国强等人的免费拍摄与无私鼎力宣传，他们表现了北大荒人的豪爽大气精神，为此我毕生感激！

这次画册及画展的成功，主要取决于智慧与机遇。在刘老师的方案帮助下，我决意突破重围，向当时拥有1300多万人口、百年荟萃的上海揭开三清山的神秘面纱，让江西三清山走进上海滩，让上海人爱上三清山。画展与电台、电视台的播出同步进行，那一刻，上海人被深深感动，愈来愈多的上海人涌向三清山，大山的旅游事业从此蒸蒸日上。

乡亲们开始当导游、挑夫、轿夫，当临时工做建筑，妇女们卖山货，小孩子卖木棍、捡饮料瓶，他们有了经济收入，能养家糊口，能上学，他们高兴，我们更高兴。为了进一步提高三清山的文化品位和旅游质量，我也面临人生道路选择的关键时期。我与刘老师决心扎根大山，创办三清山书画院，培养当地艺术人才。我把上海的老父母托付给哥姐们照顾，放弃了在上海单位提升的前途，提前五年内退。1994年5月，工资从一千多元骤降至四百多元，生活突然变得窘迫起来。但想想为了三清山人民脱贫致富，我义无反顾、全心全意地投入人文艺术的创作。而且，我与刘老师还共同拿出自己的生活费，于1996年创办起三清山书画院，这成为国内外第一个三清山文化基地。我们成为第一代被三清山管理委员会特聘的高级艺术顾问，同时筹建三清山道学文化研究院。

上海的亲友们不理解，我们在上海有家，有工资，为什么要到山里来吃苦，自己提水、烧饭，到老乡家买菜？我们一笑了之！他们不知道，是这里纯朴的乡亲感动着我们，有时乡亲们热心地给我我们送菜，他们把菜放在门口没吱声就走了，让我们急得查不到钱给谁好。有一天，山体塌方堵路，山下坪溪村的两个小姑娘，分别才9岁和12岁，背着大冬瓜，走荆棘小路为我们送菜。这天9岁的小姑娘还在发高烧呢，真令人感动呀！在山里，停水、停电是常事，生活简单清贫又何妨？只要能为三清山出力，什么困难都可以克服。多亏当时领导支持和帮助，给我们安排了一间卧室、一间画室，让我们能比较顺利地进行书画创作。

我们想免费培养大山的苦孩子们成为书画人才，其中，有一个来自西部八矶村的蕾蕾姑娘，隆冬时节来学习画画，手脚都生了冻疮，但还是坚持不停笔。如今，她已经成为玉山县某中学的高中美术教师，获得了美术本科的学历，并加入了江西省女画家协会。

随着三清山书画院的创建，1996年寒冬腊月，我与刘老师自愿培训当地的首批年轻导游。我们确立了培养高尚人格道德的主题，以三清山的道学人文景观和自然景观为重点内容。寓教于游的导游词，为三清山第一批导游人才打好了基础。后来，刘老师的导游词被经典丛书《走遍中国》选中。同时，江西省驻沪办的丁主任首先在《解放日报》连续刊登了整版的三清山旅游景点介绍，其中包括刘老师的摄影作品、文章以及我的《三清山全山图》和"十大绝境"画作。

1997年的春天，阳光明媚，在领导们的大力支持下，在解放日报社功能大厅举办了大型的新闻发布会，这也是三清山在上海发展的"第二次春天"。会中展出了刘老师的摄影作品和我的一批新作。三清山的名气及道文化特色轰动了上海及全国，游人慕名而来，三清山的游客日益增多。后来，山上增添了宾馆与索道，方便了游客游玩和住宿，旅游的收入与日俱增。老百姓的收入不断增加，环山公路通车后，一部分富裕的老乡买了崭新的摩托车上下山，腾出了更多时间挣钱，早日盖起了新房。惊喜的是，在农田边、路边建起一幢幢美丽的"农家乐"小洋楼，有的乡亲们已经开始接待游客，真正步入了致富之路。在三清山偏僻的西部，有一位靠卖香烟糊口的青年农民，听了刘老师的指导后，发展了"日上山庄"旅行社，建立起规模很大的集团企业。一个坪溪村的妇女，单靠在"巨蟒出山"景点的脚下开一间小店，几十年下来就攒够了钱，盖起了4层楼的农家乐，为儿子买了几辆小汽车，夫妻俩还迁居到玉山县城，搬进了新公寓生活。当年山下一些卖苦力当轿夫的农民们，如今也开起了摩托车、小汽车，住进了新洋房，生活无忧。

　　我们确实为老百姓能走向小康生活而感到欣慰，希望幸福能更广泛地惠及广大的老百姓！而我们依然保持着清贫的生活，没有把金钱与名利作为人生的目标。因为我们是义务培训与工作，没有用书画作品来谋利挣钱。我们把大部分精力用于创作书画和文学作品，潜心深入地研究三清山的文化艺术，筹备道文化研究中心。创办三清山书画院，就是为了培养下一代，让三清山文化流传后世。

　　可贵的是，老百姓越来越理解并感激我们。每当建新房、办婚礼时，他们都会邀请我们参加宴席。这见证了老乡与我们携手共进的深厚情谊，我们已经成为一家人！

　　三十年、五十年，我们风雨奔波，情系大山，守望三清。我们不求回报，乐此不疲，终身甘愿为进一步弘扬三清山的文化及开创仙风道骨的三清山画派而努力。我们的这种热忱宣传三清山的精神，感动了社会及媒体。自1993年始，从中央到地方的报社与电视台，多次对我们进行采访与宣传，并播放专题节目。

在"金风相送到瑶台"的仙境里，1999年11月举办的"三清山99笔会"更精彩地展示了大山的神奇魅力。刘老师进行了道学专题演讲，全国著名的作家、学者、书画同仁与记者们蜂拥而至，采访我们的事迹，写成文章刊登发表。他们与我们深夜灯下促膝谈心，三清宫外搭桌饮酒畅谈人生。一段段弘扬三清山"法本自然成道气""随类赋彩吟仙境"的文化对话，让人耳目一新。

为了陪伴三清山，1999年那个赤日炎炎的夏天，我们定居在三清山南部脚下的冰溪河畔。在悠然创作的同时，我们与亲朋益友欣然聚会，一大批新画作与文章便是在那里诞生的。同时，我们在县城与当地一部分书画爱好者与学生，携手共进，切磋艺术，共谋发展。我们致力于继承祖国的文化事业，为广大群众服务，全方位努力复兴国学文化。几十年来，我们一直非常重视培养后起之秀，一代传一代，鼓励他们开拓进取，壮大文化艺术队伍。我们共同怀抱伟大使命，点燃光辉理想，唱响生命之歌。

如今，三清山已经成为世界自然遗产，但我们希望一代又一代的新生力量要重视人文景观，走马看花的旅游是不能长久的。近年来，在国家有关部门的关怀下，我们的事迹不断被写入书籍，我们一次次被聘请担任职务，一批批从这里走出的书画人才被邀请参加北京的各种文化交流活动，一年年获得殊荣与嘉奖。我们深感鸣谢，必将更加谦虚谨慎、精益求精地传承发扬中华传统文化精神，来回报祖国和人民对我们的无限关怀与厚爱。

　　"任重而道远"，我愿和一切真善美的人们携手共进。我将记住刘鹏飞老师的话："一片丹心传真理，于百世千世万世。"我决不辜负老革命前辈夏征农与方尼老师对我曾经的重托，迎难而上，推陈出新，进一步发扬伟大祖国的文化艺术精神！

　　　　　　　　　　　　　　写于 2009 年 3 月 18 日

第五辑

DI WU JI

顶礼膜拜念古今

# 走进乌镇

这辈子，我做梦也没想到会去浙江的乌镇看看，这一切都应该感谢与香海禅寺结下的善缘。

2013年初夏，上海的好友薛德慈协同香海寺的唐易居士邀请我与先生前往香海寺拜访，心情自然是无比愉悦的！

我与先生的任务是给唐易居士传授山水国画的基础知识。那两天天气闷热，授课紧张，我颇感疲劳。趁刘老师教授书法课的空隙，我很想借此机会轻松一下。也巧，乌镇离香海寺很近，于是便想去看看，再者，大文学家茅盾的故居也在那儿，他撰写有《子夜》《春蚕》《秋收》《林家铺子》等代表作，生动地描绘了20世纪30年代前后江南水乡在"三座大山"的压迫下，国破家亡、民不聊生的景象，用精湛辛辣的文笔挥洒出善恶分明的爱国情怀，充满人间辛酸泪！他的作品在我心中埋下了一颗敬仰的种子，这颗种子开花结果，蔓延成文，记录着我的生命，也让我参悟人生。

那一日，晨曦熹微，濮院镇的郊外还沉浸在一片淡雾清露之中，有些农家屋上升起了袅袅炊烟。广阔的香海寺院门口，只见稀疏的善男信女在烧香拜佛。几只铜铸的香炉上，烛光香火缕缕上升，仿佛是在回应着香客们的万般虔诚之心。"真是非同一般的好日子呀！"我乐呵呵地想着，便健步走出了院门。

拐过院落的黄墙，穿过菜地与小道，眼前便展现出一片充满浓郁乡土气息的田园景色。各种绿叶与多彩的花儿散发着馥郁的香气，青青的草地肥厚如绒垫，让人不忍踩踏。二十分钟后，我走到三岔路口，等待 7 点开往濮院市区的公交车。提前上车的旅客寥寥无几，司机便掉头开往小路旁的林荫道上。道路两旁是高大笔直、郁郁葱葱的水杉树，与集市贸易的热闹景象相映成趣。

半小时后，我下车换乘去乌镇的长途汽车站，却在寒风中等了足足一个小时的班车。首班车竟然迟到了！当我挤上车时，车厢里摩肩接踵，人连气也喘不过来！

忽然，一位中年妇女见我被挤得很惨。她客气地朝我笑笑，说自己是去教堂做礼拜的，然后便挪进位子，让出一丁点座位给我坐。我感激不已，觉得江南地区的民风朴素善良。

不到一个小时，我下车来到了乌镇的长途汽车站。考虑到路途辛苦，我买了返回的票，并决定这次逗留时间仅限三小时，虽然有些仓促。随后，我打听到去乌镇西栅景区可以看茅盾的故居，进去还可以坐景区专门的巴士，不过没几站路，非常方便。

乌镇，被评为中国（首批）十大历史文化名镇之一，镇域面积 110.93 平方公里，乌镇景区是国家 AAAAA 级景区。它曾用名"乌墩"和"青墩"，是一处流水贯通全镇的水乡。乌镇后来以市河（车溪）为界，河西为乌镇，河东为青镇，直至新中国成立后才统称为乌镇。它以十字形的内河系将全镇划分为东、西、南、北四个区块，其中东栅与西栅两个景区尤为著名，而东栅的开发早于西栅。

作为江南六大古镇之一的乌镇，据说有着1300年的建镇史，是典型的"鱼米之乡，丝绸之府"的江南水乡。自古以来，乌镇就繁荣昌盛，商贾云集，民风淳朴，江南吴音独具特色。千百年来，古民居临河而建，被誉为"最后的枕水人家"。

乌镇著名的景点有西栅、浙江分府、江南民族馆、茅盾故居等。在工业方面，乌镇以农副产品加工和成衣制造出口为特色，如三白酒酿制、中药、糕点（其中姑嫂饼尤为有名）、蚕丝、纺纱织布、蓝印花布印染、布鞋、藤器、竹器、箍桶、生铁铸锅等。

地理位置上，乌镇位于桐乡北端，距离桐乡市中心13公里，距离嘉兴市中心40公里，距离上海市中心约140公里。

当我抵达西栅景区门口时，看到一片美好的花园外景，中间有一个碧波荡漾的荷花喷水池，令人心旷神怡。泠泠的水声伴随着轻轻飘洒的香雾露珠，带来一丝凉爽。池水的中央竖着一组举着大荷叶的"和合二仙"的青石雕刻，高大洁净，可爱吉祥。荷池的周围是供游人憩息放松的好地方，坐下来小憩片刻，清爽惬意，给我留下了难忘的记忆。

我跑到进口处，得知门票价格为150元，而景区内的景观之多，根本无法在三小时内游览完毕，于是只好忍痛取消游览计划。我又到处寻找导游图也没有找到，只好站在凳子上拍下西栅景区广告牌的全景图，以便了解景区。

原来，西栅是一片精致稠密的"小桥流水人家"，青瓦粉墙、古色古香的园林建筑，小楼连片成群，精致古朴。仿红木的亭台楼阁、长廊水榭，镶嵌在到处是一段段桃红柳绿的长堤间，十分典雅。临水的满坡杂树倒映在河里，悠闲偶惚，吸引着游客尽情地环顾欣赏。

　　据说，经过修缮后开放的西栅，进入要乘渡船，整个游览路线会让人感到十分有趣。它由12座小岛组成，70多座小桥将它们串联在一起，彼此相望。站在此座桥上可以见到洞里的另一座桥，这种景观被称为"桥里桥"，堪称一绝。

　　我看到层层叠叠的古民居的朱栏秀户，酷似青青长河中闪闪发光的颗颗明珠，把乌镇点缀得错落有序、情趣盎然。这些古民居凝集了多少代劳动人民的心血智慧，真的堪与《清明上河图》媲美！

　　我感慨万千地往前走了一段，不觉间闻到一阵阵蜜糖香糕的味道。寻着气味走去，我美滋滋地发现了一家小店，店内一位中年俏丽妇女正在炉子上的铁盘中制作一只海棠糕。这是我一生中最爱吃的糕，以前在上海南京路中央商场还能买到，后来就不见了踪影。此刻，我多么有幸能再次品尝到它！我陶醉在那流油的重素豆沙泥、红绿萝卜丝及虾仁之中，口感热乎、松软、鲜美。我抓紧时间品尝这绝版的海棠糕，感受着江南古今融合的风味，真是口齿留香，难以言表。

　　渐渐地，我走出了林荫大道，穿过大桥，来到了老街十字路口的茅盾（沈雁冰）故里，故居位于市河东侧观前街17号。这是一幢四开间两进两层的木结构建筑，雕花窗棂，坐南朝北。茅盾故里始建于19世纪中叶，建筑面积400多平方米，是典型的清代江南普通民居。楼房后面是一个半亩大小的小园，筑着三间屋子，他将这里作为书房，在这里进行文学创作。

　　故居是茅盾曾祖父当年分两次购买的，临街面桥的建筑位于一条弄堂口的位置，显得有些苍老陈旧，却散发出沈家世代书香门第特有的清雅之气和民族之风。现在的它似乎在向行人诉说着当年主人的经历，以及一篇篇巨作诞生的历程。

那里，百年沧桑岁月的留痕，传颂着茅盾与他夫人孔德沚相敬如宾，共同进行新文化运动的伟大故事；那里，也铭记着孔德沚的弟弟——乌镇人孔另境，一位革命家，在文化、教育、出版事业上的不朽功绩。

我心中感慨万分，刚想跨进弄堂，却被把门的两位黑脸大汉吆喝着停了步，他们说要进去得买 120 元的票！票价实在太贵。我也有些生气，利用已故名家的效应来暴涨门票价格，实在有损于大师的名望！

于是，我远远地望着茅盾——这位 20 世纪 30 年代的文化先驱、文学泰斗——曾经生活过的地方。这个特殊的江南民居二层楼，在灯光的映照下，显得格外庄重。这里临桥面水，是出智慧、写感悟、孕育大才、发挥文采的风水宝地。曾经，这里留下了伟大作家的多少经典思想与文学理念；又有多少热爱他的人们，在灯光下如饥似渴地熟读他的著作，领悟他的先进文艺思想，从而激励自己前进。

茅盾（1896—1981）在乌镇度过了他的童年和少年时代，1910 年春离乡求学，在此生活了十三个春秋。即便以后数十年他都未曾回来过，但他与故乡的联系也从未断绝。1982 年，茅盾故居被列为浙江省文物保护单位，1984 年进行修复，1985 年正式对外开放。更令人欣喜的是，1988 年它成为全国重点文物保护单位。茅盾故居自正式对外开放以来，便成为向广大群众特别是青少年开展革命传统教育、爱国主义教育和进行文学熏陶的重要场所，发挥着巨大的社会教育功能，是知名的爱国主义教育基地。相信未来它一定会更加辉煌灿烂。

经查，清代光绪皇帝的老师便出生在乌镇，之后历史上乌镇出过 64 位进士，160 多位举人。夏同善翰林第便在乌镇，这里还有一段与江南四大冤案之一"杨乃武与小白菜"有关的故事。夏同善是清同光朝的刑部官员，当朝一品，正是其努力破案，拯救了两条无辜的性命！后来小白菜出狱后，为了报答夏老爷的救命之恩，给他家做了三年的佣人后便削发为尼。

文昌阁是位于立志书院门前河埠上的一幢楼阁，立志书院作为茅盾纪念馆的一部分，按原样恢复后，其中的文昌阁重现飞檐临波的风姿……近代史上更有像鲁迅、郁达夫、李叔同、丰子恺等文人墨客走出乌镇，走向世界，为祖国贡献毕生，让人顶礼膜拜、感慨万千！

在依依不舍地回首中，我缓缓转身，走向一条狭窄且古朴的老街，仿佛穿越到了远古的风土人情之中。踏上那座著名的第一小石桥，我远眺着，眼前展现出一幅绝美的江南水墨画！早晨的河道上，轻悠悠、薄绵绵的雾气弥漫；在阴天的远方，丘陵山脉蜿蜒浮现于水乡之中，如初妆的春姑般素静淡定，让人心旷神怡。我的诗兴随风而起："水阁碧树傍两岸，一湖清波荡远天。空中河下双日月，莫非梦乡又雨烟？"的确！在这里，千里烟波，乌篷船咿呀摇橹，令人留念的是那灰瓦老墙、长檐石阶，以及一半挑在水上的古建筑。我沉醉在这诗情画意之中，光和影错落有致，展现出山水浓淡交错的立体感。我触摸到杨柳晓风的轻盈拂荡，观赏着排排老屋倒映在水中的优美姿态……这番景象，正如苏东坡那婉转的《水调歌头》中所描绘的："转朱阁，低绮户，照无眠，不应有恨，何事长向别时圆？"此情此景，深深触动了我的心弦。我忍不住想要在桥上留下永久的身影。

随后，我目不转睛地欣赏着民间的露天戏台。广场中央，一座二层楼的古老小戏台飞檐翘角，雕花精致，夺人眼球。旁边还竖着一排防火墙与高高的砖砌烟囱。此时，我看到化妆好的演员们在不停地接水、烧茶，准备开演。我忍不住好奇地问："请问师傅，你们是演越剧吗？""是的，马上演《梁祝》，来看看吧！"听到这个消息，我十分惊喜，但无奈时间紧迫，我还没逛完老街呢！作为一个自小就爱唱越剧的戏迷，我只好忍痛割爱，继续我的老街之旅。

原来，西栅的这些老街长达数公里，青石板路最宽只有四米，漫步其中，可以闻到一缕缕前所未有的老民居的清凉气息。两旁全是二层楼的老商店和小铺子，琳琅满目的古老商品令人眼花缭乱。我时不时地想伸手摸摸那些小艺术品，开口问问价格，尽情享受这些"一生儿向来就喜欢"的工艺品。我甚至恨不能自己也摆上一个小铺子，永远陪伴着这喜爱的水乡与老街……

忽然，茅盾大师笔下的"林家铺子"的旧牌子映入眼帘，我赶快跑进去欣赏。店内保留着老供销社传统玻璃柜的模样。小小的、暗暗的老屋里，东西应有尽有。我又跑进另外两家店铺，一家是印着蓝花图案的折扇店，另一家是桃木制作的小梳子店。我精心挑选了一些具有民族特色的小礼品，打算留作纪念、自娱或赠送友人，心里挺乐意。

整整走了一上午，一直走到老街的尽头，前面已是阡陌田园的乡村。走累了，我借坐在一家箍桶店门口窄窄的木板长凳上休息。"请问老师傅，你们一直传承这个手工箍桶的技艺吗？"我问道。"是的，是的，我儿子也在做，就怕孙子们以后要外出打工不肯学了！"老师傅回答着，并叹息起来。"九斤姑娘的阿爹就是箍这种各式各样桶的吗？"我笑着问师傅。"是的，是的。"他快乐地笑起来。我希望我们江南的古老工艺绝活能世世代代相传下去，永不失传。因为这是中华民族科学技术的脉络，是千百年不变的优秀传统的体现。

坐着想着，我被对面一男一女的小买卖吆喝声吸引了："油炸臭豆腐好吃啊！赶快来试试，便宜啊！""乌镇最新鲜的白糖乌梅，好甜好酸，来尝一尝呀！"然而，当我看到臭豆腐上的红辣椒酱和乌梅上盘旋的苍蝇时，哪里还敢买？于是，我饥肠辘辘地往回走，打算选一家有名的面馆用午餐。

那家面馆依桥傍河，位置极佳。眺望河面，令人心情十分舒畅。沿河的游客络绎不绝，商铺热闹繁忙。老面馆是一座四面雕花门窗的二层楼阁。我推开桌前的窗，天刚下着蒙蒙细雨，雨丝如珍珠般珍贵，一滴滴拂在我的脸上，感觉非常亲切舒服。河面上浮起一片片的水草，清香如梦。那雨丝一滴滴地打在微波上，仿佛在絮语着乌镇悠久的历史，跳跃着"欢迎远道而来的客人"的音乐符号。我伸出头仔细地张望，靠河边的墙角"苔痕上阶绿，草色入帘青"，草色的清香味与对面河埠渔船上卖鱼的腥气形成反差，那清香味越来越浓，越来越令人醉意朦胧。因为我喜欢闻水草味，也喜爱吃鱼儿，所以我好奇至极，久久地张望着……

此时，我挑选了牛肉面。很快，热情好客的乌镇饭馆老板将一大碗热气腾腾的砂锅牛肉面端上桌，还加了一盘清清爽爽的美味蔬菜。我迫不及待地大口吃起来，不一会儿，砂锅见了底，鲜美的汤也被喝了个精光……

此次旅行，未让学生开车送行，返回途中我倍感疲倦，接连奔波，处处赶车。烈日炎炎，让人汗流浃背，身边又无饮水，让人气喘吁吁，真是难为了我和我的翠玉荷叶伞，许久未有如此境遇。

访乌镇，是跨越不同风情的两界旅途；走进老街，欣赏充满了强大生命力的江南秀美水乡；回望乌镇，这里是五千多年中华民族传承不息的自然与人文景观延续的缩影，是文明复兴之路上的一个符号。

写于香海寺 2013 年 7 月

最后修改于冰溪河 2024 年 4 月

# 香海寺的彩练

香海寺的彩练，以其得天独厚的魅力，令人神往；而香海寺的晚霞，更是出其不意、天然成趣，展现出一幅壮美的画卷。至今，那景象仍融化在我的心中，让我"求之不得，寤寐思服"。

即将踏上旅程，一切简单而便捷。从上海出发，乘坐一个多小时的绿皮火车或长途汽车，便能抵达浙江省嘉兴市，途中经过松江、嘉善，而最为方便的方式无疑是选择自驾。香海寺便坐落在嘉兴桐乡市的濮院镇。

回想起一个月前，2013年6月18日，在老友薛德慈、陈家夫妇的热情引荐下，我与先生刘鹏飞一同前往了这座闻名的香海寺。

满怀期待地望去，沿途的田园风光充满了浓厚的乡土气息。上海的钱晓岚女士热情地驾驶着小车，带我们穿梭在泥土芬芳的田间小路。从车内向外远远望去，一间间简朴无华的农家平房映入眼帘。眼前忽然出现了一片如海市蜃楼般的古刹佛地，与喧嚣的都市相比，仿佛是两个截然不同的世界。那只有在《西游记》中才能见到的仙境，竟豁然展现在眼前。青瓦黄墙、飞檐翘角，香海寺的建筑群威严而华丽，令人眼前一亮。耳边传来一阵阵清晰的禅钟声，鼻子里嗅到了一缕缕百花拂来的幽香。香海寺，名副其实，这里有花朵的香气、缭绕的檀香，令心田散发芬芳，是精神徜徉的海洋；香海寺，动人心弦，远离尘嚣的酷热，是一个令人心旷神怡的清凉世界！此番景象，令人瞬间惊喜交加，不虚此行。

坦然回首，香海寺的历史简约而独特：自公元1309年起，濮氏先祖濮鉴舍宅建寺，占地28亩，初名"福善寺"，大殿更有赵孟頫题款。至清乾隆年间，香火盛极一时，清顺治帝赐额"香海寺"。然而，历史并非一帆风顺，清咸丰年间的一场大火，将香海寺焚毁，随后兵荒马乱，岁月更迭，香海寺历经波折，面目全非，甚至一度被移作他用，仅存在于地方志的记载和坊间传说之中。真是一段坎坷不平的香海佛寺史！

然而，20世纪初，香海寺重新开堂接众，安僧修行，并邀请贤宗法师主持寺院。时至今日，香海寺已拥有建筑总面积18600平方米，周边绿化面积更是达到了5万多平方米。几重大殿钟灵毓秀；数座小桥流水潺潺，婉约浅吟。翡翠般的湖面，拂柳雅荷，美不胜收。香水池的碧水环抱佛门，静谧端庄；刻着"福善翠冷"四字的宽大照壁，彰显着古刹的庄严肃穆。如今的香海寺，真是"盛缘具足，古刹生辉"！

初次相识香海寺，是因为寺中的居士唐易对山水画有着浓厚的兴趣，他多年寻找合适的老师，却一直未能如愿。正巧，德慈与他是好友，他看到了我的画册，特别喜欢并追问详情。于是，德慈便将我与先生介绍给他，希望能给予他支持和帮助。书画之道，不绝于学者，只要真心诚意、刻苦钻研，总会有成效出现。当然，其中也讲究一个"缘"字。

唐易与他的助手钱晓岚共同主持香海寺的"心灵家园"，同时潜心努力，磨炼国画山水功力。此次造访，正是由唐易当家，他与热心肠的哥哥唐继闽一道，在新居士楼的五楼盛情款待了我们。同行的还有唐易的一位朋友，张小易老师傅。七八个人欢聚一堂，美美地避暑健身、养心聚德。这是一场真诚交流的文化艺术盛宴，一段真诚相伴的人生享受，实在难能可贵，令人难以忘怀！从此，我们也向他们学习健康养生、静心创作之道。

最使人难忘的，还有香海寺的彩霞胜景。那天，6月18日，我们刚到香海寺，就再也听不到沿路农村大树上知了的吵闹声了。大家被这片"世外桃源"的宁静与凉爽所倾倒，被几重大殿的庄严妙相所钦服。我们居住的五层居士楼位于主楼万佛宝殿的后面，主楼高耸入云，高达42米，面积有1260平方米。逆光下，三层大殿青光熠熠，高耸雄浑，摄人心魄，给人以厚重之感。大殿的正面脚下，是淳朴汉白玉砌成的高高的三层阶梯。阶梯上精雕细琢着佛家图案，中央则雕塑着三尊凌空坐禅的释迦牟尼佛祖像，庄严而华贵。两旁则是逶迤曲折的汉白玉回廊护栏，壮丽非凡。此刻，这些汉白玉的物象在蔚蓝色天宇的映衬下，仿佛成为一片晶莹剔透的蓝田玉池，一片温柔的梦乡，美得令人心醉，堪称绝版！

傍晚时分，蓝天尚未完全褪去，夕阳正值西下。忽然，大殿正面的落日云层中闪烁出一片片金色的祥云，似金龙般一字型排列，熠熠生辉。渐渐地，这些祥云汇聚成一条大龙，躺在大殿的第一层上空，俯视着脚下那浓绿的田野与淡灰的村庄，又似在静候着某种迹象的到来。不一会儿，它又幻化成一条真龙形状的金色粉红祥云，平铺在大殿的屋脊上，安详坦然。此时，地脉山形共动荡，"天光云影共徘徊"，汉白玉阶梯与蓝天白云相得益彰，宝蓝中透彻着神秘。它酷似碧海的青龙，游荡在大殿的周围，护卫着神圣可敬的香海寺，安抚着全身心修炼的心灵，一切井然有序。它仿佛要将我们载入宇宙，去这不可思议的幻境幸福地遨游一番！

不多时，深邃的天宇上，那条长龙骤然印染成亮丽的玫瑰胭脂色，热烈可爱，我们情不自禁地惊叹着："壮美！壮美！"突然，在龙的上空，隔着一层淡淡的白云，悠悠然出现一只巨大而朦胧的淡玫瑰红凤凰祥云，头在前，尾在后。她深情地回望着大龙，美丽潇洒，又将华丽漫长的大尾巴弯曲成向凤头凝视的形状，灿烂夺目。我们被感染得嗟叹连连。紧接着，长龙的周围又出现了许多的小金龙，它们平平稳稳、安安静静地守护着长龙。这是龙凤呈祥的美满景象，还是凤凰涅槃的寓意？大家都在美好地猜测，沉浸在出神入化的景象中，各持己见。我们专注地仰望，忘了吃饭与休息。我和德慈热情高涨地抢着拍摄那些变幻莫测的奇龙彩凤，生怕遗漏任何一刻！

"天人合一"，香海寺美丽豁达的夕阳晚霞，是我见过最吉祥如意的彩练。香海寺的霞海啊，您早已融入我的心田，庄严无比，引领我参悟奇缘；香海寺的彩练啊，您为我带来了神奇快乐的金色童趣，犹如返回青春绚丽的岁月；香海寺的晚霞啊，您更为我们带来了身心舒畅的温存场面！您看，我们都不愿离去，一直沉浸于欣赏那流光溢彩的绝境，想目送那落日的余晖徐徐归家。我们一直看到野外一片朦胧、天空一派昏暗为止。

此时，只见好友薛德慈眼神闪闪发光，十分兴奋地对着唐易大声呼唤："唐居士，今晚你就拜师吧！今晚你就拜师吧！"

写于香海寺 2013 年 7 月 18 日

修改于玉山画楼 2024 年 4 月 10 日

# 布谷鸟声声

在都市之中，我家紧邻大马路，日夜不停的汽车喧嚣声常常令人惊惧。甚至在半夜三更的熟睡之中，我也会猛然被那尖锐的刹车声、喇叭声吓醒，难以入眠，真是厌恶至极。而我的先生刘鹏飞，却总是笑嘻嘻地安慰我："怪人须在腹，相见有何妨？"这句民谚充满了豁达的世故人情，也能为我们在有限条件下摆脱烦恼的苦境，建立起信心与勇气。是啊！谁不爱自己的故乡，都希望她能日新月异。

就在这片红尘滚滚的困惑之中，我欣然找到了大自然的乐趣。我居住了 20 年的控江小屋，被戏称为"蜗牛地"，那是 20 世纪 50 年代苏联人建造的水泥大板房。住户称"三烦户"，即三户人家共用一个门堂，煤卫公用，拥挤不堪。然而，马路两旁却是最早种植的参天蓬勃的法国梧桐，临街则是繁茂的绿树成林地带。这片绿化带的古木已经从一楼高耸至五楼，蔚然可观！令人欣慰的是，密林中的鸟鸣声声，清脆悦耳。特别是待到春暖花开时，布谷鸟的鸣叫声，婉转柔和，亲切可爱，而且寓意深远，给人以启迪。

"布——谷""布——谷"布谷鸟的叫声悠长，声声慢，情切切。它早饭前叫一阵，午饭后又叫一阵，仿佛在告诉人们春播的季节到了！不要忘记播下最好的种子，秋天才能有收成。它东边叫一阵，西边又叫一阵，不厌其烦地遵守着时节。有道是"布谷鸟叫一声，懒婆娘吓了个大愣瞪！"农民们再也不敢偷懒了。我们勤劳勇敢的祖祖辈辈，就是在这布谷鸟的声声呼唤中，抓住农时春播打秧，夏插秧，苦苦地守望着秋收，好让自己的一份命根子田地发展生产，粮食卖上一个好价钱，提高生活的质量。假如没有农民种粮食，人们怎么活下来呢？因此，农民是最辛苦的，我们要尊重农民、感恩农民一年四季早出晚归的劳累付出。我的先生在农村长大，我在知青时下乡务农，都有亲身的体会。"民以食为天"，一日三餐少不了，所以说农民是我们的衣食父母。

多少次、多少年的春天，布谷鸟的声声呼唤，唤醒了我晨曦中的梦。我深深地感激它的热情洋溢，感恩它的忠贞不渝。布谷鸟那幽幽绵长的叫声，也唤起了我对控江老屋的回望……

记得 1995 年 3 月，我这个地道的上海人，终于拥有了真正属于我和先生的这间老公房五楼小屋，高兴至极！这还要感谢 1993 年在上海浙江北路创办换房小组的张师傅（可惜我已忘记他的大名）。他是出了名的为民办实事，替老百姓搭桥解难的劳动模范。他瘦高个子，有着中年男性聪慧的高额头和亮堂的脑门，语气和蔼可亲，那张深深的笑靥使人敬重又喜爱，至今让人记忆犹新。当时《新民晚报》上小小一栏的信息，竟然改变了我的生活条件。当时五毛钱一条信息，张师傅认真辛苦地帮我找寻到 50 条换房的信息，又劝我不用着急，慢慢地去了解各家的情况，再帮我调解。于是，我写了 50 封询问信件。我心想只要自己锲而不舍地努力，总会找到适合自己的房子。

时时刻刻，我期待着那套老公房，因为我已恨透了老石窟那两间分开的狭小肮脏的陈旧小屋。那里不是水泥天花板漏水导致蛆虫成群爬到家具里，就是板墙地板的缝隙散发出四害出没的老细菌、老霉菌。打地铺睡觉经常被传染疾病，以至于我到医院挂急诊、吊盐水，身心备受摧残……

为了改善最基本的生活环境，我和先生决定换房。带着一线希望，我俩寻遍了上海各家各户的换房信息，最后成功的还是第一条信息——现在的小屋。那是一对闹离婚的夫妻的家，他们迫切需要一人一间房，这正合我们的心意。三年来，换房手续牵涉几家邻居，过程吵吵闹闹、艰难曲折，让人烦不胜烦，几次三番地推倒重来，失望连连。好笑的是，我们还要直接参加他们的离婚开庭程序。最后还是当地房管所的老友殷根发同情我们的处境，配合我们，在政策允许的范围内，全力以赴地帮助我们解决了矛盾。我们由两间十几平方米的房子换成了10.8平方米一间的房子。

时时相闻不相见，令人遗憾的是，那么多年来我总听到布谷鸟的美妙歌声却从未见其影，它到底是什么样的呢？黄的、红的、黑的、白的？还是大的、小的？美丽的、丑陋的？尽是迷雾一团，凭空瞎猜！令人惊讶的是，我日思夜想的布谷鸟，竟然在今春谷雨前的一个下午，悄然出现在我的眼前！

4月11日那天下午，上海破天荒地展现了少有的蓝天白云和明媚阳光。我心情愉悦，随手拍了几张照片留念。先生午睡后，习惯在靠北窗的方桌上写作，完全沉浸在自己的世界里，不顾及周围的动静。那会儿，屋内静悄悄的，小小的空间里，我则喜欢站在紧靠桌边的五斗橱上整理一些自己的资料。猛然抬头，我惊讶地发现窗外晒衣服的门字形铁杆上，最靠近书桌前坐着的先生的地方蹲着一只鸟儿，它距离先生仅有两米。它歪着圆圆的脑袋，睁着一对和善而美丽的大眼睛，不慌不忙地注视着全神贯注在伏案学习的先生。它仿佛在思考："这位先生在干什么？在想什么呢？我想看看他，他会不会打我呀？哦！他不会的，他是好老师，从不欺负我们小小的生命……"先生喜爱大自然的一草一木、一石一鸟。他从小养成闹中取静的性格，无论发生什么事，总不会影响他专心致志地学习。我很佩服先生这种沉静的意志，这也是我一辈子要培养的修养。若没有这点学习的态度，哪来的进取成果呢？

说时迟，那时快，我轻轻地告诉先生："有一只鸟停在那里看你呢。"先生望了望，小心地告知我这是一只布谷鸟。啊！我万分激动，生怕惊动了它。我凝心静气，非常小心翼翼地拿起沙发上的相机，不动声色地去拍布谷鸟。我不明白，相机怎么会是预先准备好打开的呢？这纯粹是天意！我隔着玻璃窗，猫着身子，"咔嚓，咔嚓"连拍了两张。正当我站起身想近距离再拍一张时，鸟儿突然瞧着我，警惕地飞走了……啊呀……这一瞬间的捕捉掠影，我既兴奋又遗憾。兴奋的是，我20年的心愿终于实现——曾经我这样地追寻念想：布谷鸟啊，我的好天使，哪怕你让我看一眼也好呀，因为我爱你！如今它真的现形了，我能不怦然心动吗？但遗憾的是，布谷鸟太吝啬了！才让我见到一会儿，如果能多望望就心满意足了！

珍稀的布谷鸟，让我终身寻寻觅觅，难以忘怀。我深信，我们近距离彼此相望的那一刻是一种殊缘，一种大自然愿意与人和谐共处、心有灵犀一点通、真情相融的神奇缘分。与布谷鸟的巧遇，也许是上苍的惠顾，特派这位布谷天使前来实现我梦寐以求的夙愿。对此，我真是不胜感激啊！

这次神奇的巧遇，让我有幸能拿起智能相机偷拍下来。我反复回放着布谷鸟的倩影，细细品味。原来，它长得像鸽子，但比鸽子更加雍容肥壮。如果把鸽子比作机灵勇敢的英俊少年，那么布谷鸟可谓富态典雅的俊美绅士了。布谷鸟的整体是棕色羽毛，可爱的脖子上有一圈美丽的彩色斑纹。最奇特的是前颈交叉处，仿佛打了个毛茸茸的白色飘带，多么像绅士的领结，气派非凡！

后来，我有意关注它的行踪。布谷鸟偶尔掠过我窗前，我看到它展开有洁白花边的双翅与尾巴。那尾巴与双翅，酷似昆曲中优雅展开的两把折扇，动人心弦。假如布谷鸟比翼双飞的话，可真像越剧《梁祝》中化蝶蹁跹的神仙眷侣，在演绎其忠贞的爱情啊！

真正可爱的是布谷鸟那对似桂圆般乌黑发亮的大眼睛哦！它看着我，我瞧着它，无声中屏息相望。它没有一丝敌意的防范，仿佛在友善地对我微笑。从它没有一丝惶恐的眼神中，可以判断出它是一个宁静、和善、宽容大方、善解人意的好鸟儿。

来去自由、世世代代繁衍的布谷鸟，是平衡大自然生态系统的好伙伴，带给我们无尽的喜悦。与人类生命共舞、与人间共享岁月的布谷鸟啊！我们拥有同一条老街，同一个奋斗目标。虽然我喜好清静却没有安静的居住环境，但可以达到与大自然和睦相处的宁静心境。至此，我可以向布谷鸟学习：不以他人乱我心，保持勤奋专注的生活态度；守望时节，坚持去奉献自己的力量；呼吁人们热爱生命、关怀天下！

　　时间在不经意间溜走，20年后才与布谷鸟巧遇在老宅的屋檐下，这份额外的乡愁真是难舍难分！我们在风雨缥缈中擦肩而过，彼此驻足回首；我们梦寐相拥，心存感念！想它的时候，我只有看看照片里善意满面、与世无争的它，期待着能再次延续这份友好的往来。

　　是啊！布谷天使，我们的友谊封存得太久太久。假如容许的话，我真想拥抱你、与你相吻……因为我实在太爱你啦！

　　此时此景，年年月月，我都愿意迎接家乡的美好春天到来。春意盎然时，浦江两岸如诗如画，我又可以倚窗凝视，独凭布谷佳地，倾心聆听那天籁之音。自然无牵无挂，畅怀飘逸。那时，我将忘记一切烦恼！

　　　　　　　　　起草于控江小屋2015年5月8日
　　　　　　　最后修改于玉山画室2024年4月10日

# 我的音乐伯乐

（寻找我的音乐老师高志远）

2005 年的立春，我感到格外寒冷，因为年前我失去了最慈祥敬爱的老母亲。在守孝的日子里，我愿意住在老屋，缅怀我的先父先母。在老屋，触景生情，回忆起自己从小成长的点点滴滴的岁月。

小时候，我是多么的幸福，生活在父母的膝下，什么都不用担忧。而今，亲人都离去的日子是那样的苍白无助。于是，我对自己大声说："七芝，你一定要坚强地面对事实，不言后退！勇敢地去追求自己的文化与艺术生涯。"

突然，我感觉后间靠东窗的墨绿色板壁上，过去挂着我长笛的小钉子，在静静地望着我说："你还认识我吗？你不要难过，我仍旧是你的好朋友！"于是，我万千感慨地去抚摸它，滚下了热泪。是啊！它让我想起了笛子，想起了教我吹笛子的伯乐——高志远老师。我怎么不去找老师，感谢他对我的栽培之恩呢？

猛然间，电话铃声响起。"杨——七——芝。"一个老年男中音在我耳边响起，声音缓慢。我边回答边纳闷，这个陌生人是谁呢？"我，高志远老师。"那洪亮的声音原来出自近80岁高龄的高老师。"啊？高老师，我简直不敢相信是您？您还那么健朗，讲话中气十足！"我实在按捺不住内心的激动，惊喜地叫起来。"哈……"他那边一连串高昂爽快的笑声，倒使我更加语无伦次，霎时泪水打湿了颤抖的手。

"高老师，您信收到了？""收到了，刚收到。""怎么那么快？""我收到你的信，心里也很感动，你一直是好学生，还能记得老师。""当然啦！过去您那么辛苦地教我吹笛，岂能忘记？我找了您很长时间啊！"高老师又乐呵呵地说："怎么找的呀？"我回答："今年春节，公安的朋友来看望我，我讲起寻找您的苦恼，甚至在梦里、在母校到处找，真是难找呀！找不到您是我一辈子的遗憾，真是千万次的思念难忘啊。"高老师听得感慨地说："现在不是找到了吗！"我接着说："是啊，是啊，总算今天找到了，我开心极了！"随后我对着电话大声地喊："高老师，您还记得我长什么样吗？""当然记得！你的面孔我永远不会忘记的，你是当时上海滩第一个学吹笛的女孩子，而且吹得很好很用功呀！哈哈哈！"听罢老师的表扬，我高兴得想跳起来。我就说："那好，高老师，我一定要来拜访您和师母，您二老肯定还是那样开朗健康。我们学校乐队里，我与拉二胡的彭雪珠都很想念您二老。后来20世纪80年代我们来找过你们，听说搬家了，从此无从找起呀！打扬琴的小苏没找到，1969届拉二胡的周林光也没看到。总之找老师难，找老同学也难，当年大家分散在全国各地，天涯海角，上哪儿去联系呢？挺伤脑筋的！""是啊！是啊！"高老师叹了一口气，也很忧伤，说："可惜周林光那么聪明的小孩，从小跟我学拉二胡，四年级就在全市得奖了。结果，到农村下乡被人家吓出了精神失常的病，脑子也不好使了，咳！"

　　因为老师有事，暂且挂了电话，说好了我下次去拜访他。有关周林光同学的不幸，让我听后大惊失色！原本是一个考上音乐附小，又进了中学可以深造的人才，却被淘汰了，还拉什么琴呢？在学校里我很羡慕他笛子吹得比我好，多帅的小伙子就这样前程完了，好可惜啊！为此，我替他难过了许久。我一向爱有才气的人，他的哥哥周林生很有出息，是高老师最喜欢的高足，后来在上海民族乐器厂当领导。他的《草原牧歌》笛子曲吹得由远至近、由轻到重、由沉渐息，再由圆滑返回清亮，一直吹到悠扬气畅，绕梁三日；"单吐""双吐"像百灵鸟唱歌，惹人喜爱，永生难忘。此曲他曾为我示范过，荡气回肠，优雅好听。那刻我在想：什么时候自己也能达到这样高的水平就好了。仰慕啊仰慕，我练啊练啊，日夜不停地练。巧遇上海广播电视台录制了我们宣传队的纪录片，又录制了我的独奏曲。有点眉目的时候，老师特别欢喜地说："杨七芝不错，努力吧，以后成为第二个陆春林（吹笛大师）。"老师对我的希望大于其他人，我感到无限的荣光，更有信心奋斗下去。实在惋惜，后来我到了北大荒，再没人教我吹笛了，只能靠自己放弃休息，勤奋地抓紧时间练习，琢磨技巧。没料想，最后生了一场大病，前功尽弃，就此与笛子告别。

　　行文至此，我又接到了高老师打来的电话。我说："高老师，您是历尽磨难、坚强勇敢的人，再苦再累也压不垮您热爱追求民族音乐的信心，改变不了您无上光荣地培养优秀人才的使命与热情。""是的！"高老师没有反对地说，"我星期一下午在城隍庙湖心亭，我的乐队会演奏《江南丝竹调》。星期二在金陵东路街道活动中心演奏民族乐器。星期六、星期天我在闸北区少年宫教学。每天上午在家，下午出去活动。"老师一板一眼地把自己的生活安排得满满当当，仿佛是音律奏出来的七个音符俱全，清清楚楚，使人敬佩不已。"希望你来参加啊！""老师，我肯定要来的！""那好！再见吧！""老师再见！您老多保重！"

找到了老师，我由衷地快活，甚至觉得老屋子也不令人讨厌了，许多生活上的困难也渐渐地有信心去克服了！

欣欣然，我的心弦与琴弦一起共鸣，唤起我对高志远老师的回忆。高老师是上海人士，早年毕业于中央音乐学院，后来执教民族音乐，在国内外桃李满园，名声斐然。后来被打成右派，他就被派到黄浦区某小学当音乐老师，课外还免费辅导许多学校的民乐队，包括我们上海市第六女子中学（1967 年改为上海市第六中学）。这样一位兢兢业业、不图私利、鞠躬尽瘁的好老师，谁料到他竟会遭遇如此的逆境？学校不许他教音乐课和进行课外辅导，只允许他教体育。我们听到这个消息很难受，为老师打抱不平。但是，谁有办法让老师好过一些呢？我们只有好好练习乐器，而老师也只能在他家里免费帮助学生们办好乐队。

20 世纪 70 年代初，我因生病回沪休养，心想自己不能吹笛子了在北大荒可怎么办？于是我决定学习其他乐器，再次寻找伯乐，求助于高老师，学习打扬琴。高老师同情我的处境，只好偷偷地在下课的一刻钟里教我基础知识。然而，后来短短的下课时间学校也不许他教我打扬琴了，说这会妨碍他们上课。

我的音乐之路为何如此艰难？走回家去，福建中路并不远，也是笔直的。可悲的是，寻找到老师后，求学的路却是那么曲折艰难，风雨交加。这一路的凄风苦雨，似雪上加霜！但高老师走的是一条不讲任何报酬的路，这是一条自发的音乐之路。中华民族的音乐就是在这样许许多多一代又一代的坚强者的艰难跋涉下传承下去的。所有热爱音乐的人都会在音乐中感到自豪与幸福，在掌握一切艺术技巧的演奏中唤起自己要弘扬艺术的责任感。我想，老师当年不屈不挠地培养后起之秀就是靠着这样的毅力，挺直腰板，勇往直前。高老师不但传授给我们音乐，同时也传授给我们要做人的道理。他以身作则，从不训斥学生，他和蔼可亲，耐心指导，也从不狂妄自大。他为我们的进步而高兴，也鼓励我们不要怕失败，他的确是我们的好老师。做他的学生，你一定会由衷骄傲，因为他是德艺双馨的高尚音乐家。他长得瘦瘦高高的，英俊潇洒，身影面容与音乐家贝多芬差不多：高高的鼻子、深邃的目光睿智而明亮，洪亮的声音入耳久久动听，流淌到心里。

后来，由于我人生的不幸，我再也没有去找过高老师，将近 20 年的师生别离，天各一方，实在可惜！

无独有偶，1993 年 9 月，我正好在上海美术馆举办画展。一日，我竟然在汽车上邂逅了高志远老师，大家欣喜极了！老师为我能展出国画而感到高兴，说准备前来看我的画展。谁知，有一天，高老师带着一大帮朋友来看展，并在签到簿上都签了名，可惜当时我有事外出了。从此，又与高老师错过了，最遗憾的是他没拿到我赠送的画册，也没留下联系地址，我后悔极了……

可喜的是，如今我幸运地找到了高老师。我如愿以偿地将自己的画册作为回报赠送到老师的手里，并且聆听到他们《江南丝竹调》的精彩高超的演奏。老师听说我喜欢古琴，还转送给我两本古琴的书，并郑重地签上了"高志远"的大名，真是令人感动……

唐代韩愈在《杂说》中写道："千里马常有，而伯乐不常有。"虽说我不是千里马，但我拜揖好老师的信念不会改变，感恩老师栽培之心不会忘记；虽说是生不逢时，但我深信自学成才的路不会封闭。

每当我拿起笛子，我的眼前就会出现高老师那熟悉亲切、慈祥可敬的笑容；每当我吹起《草原英雄小姐妹》的曲子，我的心里就会充满对高老师的无限思念与感恩。高老师温文尔雅，音如其人，永远是我追求艺术人生的伯乐。

写于玉山 2013 年 7 月 26 日

# 广陵古琴缘

　　广陵琴韵，源远流长。追溯至 1800 年前的南北朝，广陵散的记载便已赫然在目。而今，梅日强老师作为第十一代广陵琴派的传承人，所倡导的风格乃是"绮丽细腻、跌宕多变、刚柔相济、音韵并茂"，兼收浙派之"豪放清雅"、川派之"激荡狙狂"、金陵派之"文雅高逸"等诸家之长，最终自成一家。

　　广陵琴派主张音正韵和，清远古穆，自然与修为并重。其琴乐深受儒家中正和平、温柔敦厚之影响，秉持"德音之谓乐"之理念，同时亦与道家顺应自然、大音希声、清微淡远等思想相契合。传统琴曲采用五正音，正是儒家中和雅正思想在音乐上的具体体现；而其清虚淡静的风格与意境，则充分反映了道家之精髓。诚然，寓情于景、借景抒情、拟物喻人、融情入景等境界，被视为琴艺之最高追求。

　　然而，大乐无声，大象无形，故大琴家之无名亦不足叹憾！但广陵琴脉岂可无继无传、无闻于清世乎？先师历经风雨人生，犹如冰雪中的梅花，坚韧不拔。他汇聚社会贤达与精英于雅室，弹琴聚会，不仅传授琴艺，更倾吐情志，寄托胸怀。这，就是广陵琴派一脉相承的责任感，广陵琴派的琴师们汇聚成生生不息的一股传统文化和修身养性的清泉，使古琴成为现代"世界非物质文化遗产"。

琴,以明心见性,传播大自然与人类的真善美,传达贵相知音的无限生机,传扬立言立行的精神力量。这,便是中华民族几千年来古琴文化的博大精深之所在。自盘古开天辟地、伏羲创制琴器,直至春秋战国时期俞伯牙与钟子期的感人故事,《高山流水》《阳春白雪》《平沙落雁》《关山月》《秋风词》等动人琴曲,始终成为人世间割不断、舍难去的琴中奇缘。因此,在缅怀老师七周年之际,学生我呕心沥血,含泪写成一万八千字的纪实回忆录《长忆琴缘中》,期待出版。而我的琴缘故事,仅是《觉语》中的一篇而已。

《平沙落雁》是一首中国古今闻名的七弦古琴美曲,其旋律源自大自然的天籁,高雅淡泊。此曲展现了大雁这一候鸟群优雅的群体生活和共鸣,引人入胜、百听不厌。操琴者皆惧其中高难度的技巧,终日苦练唯恐走调,无能者望而生畏,拂袖而去;而得益者则能声情并茂,淋漓尽致地一展胸臆,天人合一,扫尽杂念,坦然成趣,心旷神怡……

2002年5月,先生为治病带我前往他老家扬州,拜师学琴。我的古琴老师是扬州广陵派第十一代传人、时年已70多岁的梅日强大师。最初,他手把手地教我,总共花了三天,积累六个小时的时间学习基本功,但我笨拙至极,恐慌得连滑音都发不出来。老师并未嫌弃,而是耐心地教导我,我很感动。于是,我在陌生与畏惧中开始练习,下定决心求学,不畏指头磨破、出血起泡、结下老茧,整整在三清山闭门苦练了一个夏天。我边听光盘里老师的演奏曲目,边琢磨书中的半文谱指法及特高难度的技法,才逐渐领悟出一点点韵味。《秋风词》《关山月》

《平沙落雁》这三个曲目是我久仰已久并恳求老师寄来的。当时他在电话中奇怪地问我："还没教，你怎么练啊？"我说："听老师的光盘，凭感觉去寻找曲谱按指法慢慢练吧！""啊？真聪明！"没想到老师的这一声惊叹，竟成了留给我的诀别！

我钟爱娴静的《平沙落雁》之曲，喜爱它缓缓地抒发柔情，因为它能使我浮躁的心情平静下来。那年我们约好，第二年邀请老师到三清山来休养并指导我弹琴。然而，他却去了北京执教，并有幸为党和国家领导人和外国领导人表演，这是多么尊贵、多么光荣啊！谁承想，在非典时期，他得了重病返回扬州，不久便在南京逝世。

老师祖籍江西九江，定居南京，自小父母双亡，13 岁入寺庙学习书画，14 岁拜师苦学古琴，天赋聪慧，艺术造诣深厚。在风雨多变的战乱时期，他生活拮据，不得已在九江码头当苦力拉纤，饱受饥寒贫困之苦，也因此落下一身疾病。我们往往在抚琴中可以听出他对生存的哀叹，包括他晚年不幸的婚姻和怀才不遇的经历。他蜗居在阴暗潮湿的扬州东关街剪刀巷 29 号陋室，这还是他忍痛割爱，卖掉自己一尊古琴请人建造的。屋小且阁楼低矮，无亮窗，因昏暗而整日点灯，水泥地上摆开长板凳，入座者拥挤不堪、实在局促。老师无奈，唯一能宽慰他的是知己高朋满座、海内外弟子求学如云，广陵派古琴一脉将传承千古。可惜的是，如今这一切都成为我们对他的怀念。失去一位德艺双馨的名师，怎不叫人高声恸哭呢？后来，我一直在听他的光盘，从琴声中去感悟老师坎坷人生中的傲雪风骨，学习他柔中带刚、不屈不挠、艰苦奋斗、光明磊落的骨气，感受他纯朴的人生意境，学习他用高尚的人格教学！

"自古圣贤多寂寞"，像老师这样拥有高尚教学人格，几十年坚持免费或仅收少量学费的名师实属罕见。在这个金钱至上的世界里，人们往往只看重利益，有些家长只给小孩交十元钱学习一上午的琴，还想蹭老师一顿饭才肯走，他们根本不了解老师的清贫与不幸，不明白尊师重道的意义，更不懂得何为人的美德。

"大音希声，大象无形"，老师风雨无阻地教琴，寄情于知音，德艺双馨。

老师在艺术上的卓越贡献有目共睹，他的清雅高逸、明心见性的精神更是我们的骄傲。

真没想到 20 世纪 90 年代有缘邂逅梅大师后，我竟然发现与梅大师情趣相投？这更显示我能成为他的广陵琴派弟子是一种奇妙的缘分。我跟随梅老师学习弹奏《平沙落雁》的古曲。我真心感谢梅老师教给我的古琴技艺。

2007 年的清明时节，为怀念祭奠先师，我写下了《长忆琴缘中》一万八千字的文章，交给了先师的嫡传女弟子周霞。以此完成了我这辈子对老师的感恩与缅怀，也作为对先师在天之灵的一种告慰。

此时，月亮已升起在东面的山林之上，为我们画楼送来一片温存之光；冰溪河町上的花洲皆是霰雪，于云雾中飘洒，野外一片朦胧宁静。此刻，是我学习古琴的最佳氛围。在这《平沙落雁》的尾声里，没有狂风暴雨，没有激流暗礁，没有惊涛骇浪，一切都回归到平静之中。琴声轻吟低回，显然，雁群们已在平坦的沙滩中的进入酣睡之乡……

回味那长达半小时、起伏跌宕而后复归安详的古琴曲，我内心归于平和，希望在修身养性的过程中省悟，领悟"三清"的深远含义。夜阑人静，明月当空，给人一种万籁俱寂、天人合一的美妙感悟；这琴声包含了一种最高尚、最纯净的启迪。

写于 2012 年三八妇女节

# 端午节联想

端午节，这个承载着中华民族两千多年深厚文化底蕴的重大节日，每年农历五月初五如期而至。届时，举国上下，家家户户挂艾叶，举菖蒲，佩香袋以避邪气，展箬叶包粽子，吃鸭蛋，清香四溢，情意绵绵。而更重要的是，这一天，我们要纪念那位伟大的爱国思想家、爱国诗人——屈原大夫。

想当年，在湖南的汨罗江畔，这位历代传颂的爱国诗人，怀着满腔的悲愤与无奈，以身殉国，悲壮地投江自尽。那时正值五月初五，夏至将至，烈日炎炎。当地的老百姓对屈原满怀敬仰，虽然支持他的治国之道，然而却对他的遭遇无能为力。噩耗传来，老百姓纷纷赶来，为楚国失去这位爱国的屈原大夫而捶胸痛哭。他们生怕大夫的遗体被鳄鱼等食肉动物吃掉，于是，聪明的人迅速想到用江边生长的青青箬叶，包裹着糯米杂粮，撒入河中，希望能以此喂饱那些食肉动物，让它们不再吃掉屈原大夫的躯体。可见，一位正直的忧国忧民者，虽死犹生，终归会得到民众的爱戴与怀念！因此，这个祭奠屈原大夫的令人落泪的日子——五月初五，便成为中国传统节日端午节。

哀思将我们引回那遥远的春秋战国时期，那时的屈原，身居楚国高位，用才智与忠诚书写了一段段不朽的历史传奇。

昔日的楚国，危如累卵，秦兵压境，生灵涂炭。爱国的屈原大夫积极向楚王献计献策，力图抵制外敌，却不幸遭到奸臣小人的反对与陷害。阴谋与打击如狂风骤雨般袭来，善良正义的忠良之士纷纷惨遭暗杀。风雨如晦，面对上谏无用又反遭多次流放的境遇，屈原大夫深感自己已无法挽救国家。在悲怆与失望交织的绝境之下，他不愿目睹亡国的那一天，为了表明自己的清白，极度无奈地选择了投江报国。一步一歌赋，毅然投向深江的屈原成为汨罗江的赤子。我想象着，汨罗江掀起汹涌澎湃的巨浪，在雷鸣电闪之后，出现彩光万道，又出现了一个海市蜃楼，那是一个崭新的楚国，一位圣明的国君礼贤下士，笑容可掬，兴冲冲地去迎接这位大公无私、勇敢浪漫的爱国诗人、民族的英雄……千年传统流传至今，这祖国的江河湖泊中，仍旧有赛龙舟的儿女们，在每年的端午节进行激烈的比赛，仿佛人人争当第一位去迎接屈原大夫的使者。

屈原大夫自云名"正则"，字"灵均"，乃楚武王熊通之子屈瑕的后代，身居楚宗室左徒之职，肩负着教育贵族子弟、管理宗族事务的重任。屈原学识渊博，天文、地理、礼乐制度、历史传说无一不精。他又是杰出的政治家，因主张政治改革而触犯了贵族利益，遭到中伤与打击。他忠于楚怀王，建议联齐击秦却屡遭反对与猜忌，命在旦夕，终成大憾。可怜他时运不济、怀才不遇，只能将所有的情感寄托于辞赋。他是楚辞的代表人物，是中国文学史上第一位爱国诗人，作品包括《橘颂》《离骚》《九歌》《九章》等。令人崇敬的是，他首创"香草美人"的比拟手法，一唱三叹，其间更融入了爱国主义的情操，令人佩服。

在上海已故著名国画大师刘旦宅的精美笔触下，我们得以领略《屈原行吟图》《离骚图》《芬芳悱恻》等一幅幅惊人的画卷。屈原曾吟唱："云霏霏而承宇。哀吾生之无乐兮，幽独处乎山中，吾不能变心而从俗兮。""路漫漫其修远兮，吾将上下而求索……"被夺去实职，远离故土，对于国事，他只能悲叹。九年间，他辗转于沅、湘一带，既不能回国，又无法求得贤能之助。于是，他沿着沅江，缓缓向长沙走去。披发行吟于泽畔，他万念俱灰，颜色憔悴，形容枯槁。在极大的痛苦中，他选择了自沉汨罗江，以明其忠贞……未料到，这条求索之路竟成了他生命最终的归宿！

曾经的屈原，生龙活虎，英俊潇洒，是杰出的浪漫诗人。他创造了神话般的精彩世界。在他的楚辞中，他云游于天上、人间、江海、湖泊，时而腾云驾雾，舒广袖、佩玉剑，威武壮丽，时而遨游天宇，在玉皇大帝的琼楼欣赏百鸟朝凤、璎珞垂地。那绫罗伞盖的众仙女，以华丽浩荡的仪仗迎接他，龙车马将、天兵神帅，都愕然肃目，为他铺上一条坦诚的七彩云路。更有那落英缤纷、奇香万里，从天而降，缥缥渺渺地为他洒下晶莹剔透的白玉兰、金菊花与心形的小红叶。他魁梧雄壮，器宇轩昂，行不离宝剑，影中有凤凰。他昂然正气，从容地说："只要我精神可贵，虽死犹生。"生生死死，他是楚国的人，"忠不必用兮，贤不必以。伍子逢殃兮……吾又何怨乎今之人！"他来去清白，似流水，如明月，从此不必忧愁风雨，虽然灵肉卑微，但精神博大兮！

他无怨无悔的爱国精神，让我们后代人感悟到这是一种做人的尊严与傲骨。

　　每年的端午节，我们祭祀的不正是屈原大夫那伟大的爱国主义精神吗？屈原以死唤醒民众，传递着这样一个精神：唯有团结起来，抵御外侮，方能保家卫国。这一警世之举，让千万代后人永志不忘。

　　瞻仰屈原，我们弘扬着那不屈不挠的人格魅力。在我们中国人的心中，屈原大夫并未离去，他永远潇洒地活着，吟咏着楚辞。忽然，我看到屈原大夫浴火重生，正吟唱着歌谣，踏着绮丽的云路，找到了求索的新生。

　　端午节永恒，屈原精神永恒！

　　　　　　　　　　　　　　　　　修改于 2012 年端午节

# 悠远的神韵

（拜读石红许老师佳作《阎立本为何钟情玉山》感悟）

　　岁末年首，万物复苏，世间处处洋溢着万事如意的美好氛围。漫步在青山绿水的乡间，凡尘俗事尽消，只见姹紫嫣红；行走在诗情画意的原野中，我们辞旧迎新。在这千家万户迎新纳福、赶年货、庆团圆的热闹时刻，有谁还会去注重那悠远亘古的神韵？只好让它在时光的流转中渐行渐远……

　　我酷爱诗词文韵，在行文中，有幸翻阅了唐代著名宫廷人物画家、右宰相阎立本的佳诗：

　　　　绿树春娇明月峡，红花朝覆白云台。
　　　　台上朝云无定所，此中窈窈神仙女。
　　　　仙女盈盈仙骨飞，清容出没有光辉。
　　　　欲暮高唐行雨送，今宵定入荆王梦。

　　真没想到，繁忙执政的右宰相阎立本竟还有如此雅兴，写出如此动人的诗句。钦佩之余，我正好将这首诗融入当代著名文学家石红许老师的佳作中，在领悟佳作的同时，也加深了

对古代诗韵的崇敬，对中国作家协会资深作家石红许老师的
仰慕……

　　石老师在《阎立本为何钟情玉山》中娓娓道来："出身贵
胄，身为北周帝王宇文氏的外孙，生长在京城的阎立本，为何
会钟情于玉山？——那座位于玉山县城南的武安山，高耸入云，
似一座塔，屹立在冰溪南岸。古时曾建浮屠塔院，因此也叫塔
山。大唐时期，武安山接纳了一个令人景仰的灵魂，他的名字
就叫阎立本。""武安塔如玉而立，武安门前，咏冰亭、览玉
亭下，普宁寺内，他驻足、观赏、走过，山岚飘拂，不知飘过
了多少清新的气息。他轻轻地走过，挽一缕清风，那是从阎立
本画轴里游走的灵感。他借一爿涂抹冰溪，也许有一行惊艳的
诗句就此飞溅。"

　　石老师的这篇美文，如春风拂面，如春雨滋润，从醒目的
题目与开头语，到回味无穷、缠绵悱恻的结束语，都吸引着读
者的眼球，令人感慨万千。

　　接着看石老师的笔底慢慢起风云："武安山成为唐代阎相
国的卜居地，这是在玉山置县之前的事。那时还没有玉山县，
阎立本就站立在武安山东北面的山坡上，衣袂飘飘，日日听着
佛音袅袅，观看着金沙溪、沧溪、甘溪在此汇流而成冰溪，好
一幅宁静悠远的山居图。一代名相独爱这一方山水，实乃'冰
为溪水玉为山'。"

　　石老师作为上饶人士，近邻玉山，他文中所描绘的景象栩
栩如生。我放下手中的一切工作，连读数遍他的文章，爱不释
手。我的眼睛湿润，浮想联翩，再读着他的文章，文韵婉约，
我不禁嗟叹："唐永徽六年（655），唐高宗废黜王皇后，立

武则天为皇后，此举遭到长孙无忌、褚遂良等群臣的反对。时任工部尚书的阎立本也牵涉其中，史称'废王立武'。阎立本后来被贬职，为了逃避不可预知的祸害，他选择远离朝堂，隐居乡野。因其兄阎立德曾在洪州、饶州等地为朝廷督造战船，对鄱阳湖一带颇为熟悉，所以阎立本一路南下，最后选择隐居玉山。唐总章年间（668—670），阎立本因愤恨其子不肖，将住宅舍为僧庐，筑墓于其后，委以祭祀之事。他将住宅改建为普宁寺，将读书之处改建为智门寺，将南庄改建为普圆禅院。而今，除了一座孤独的坟茔，当年阎立本的读书斋、南庄等只能在故纸堆里去寻找了。"

此时，我欲搁笔南望，只见白云恰好簇拥着武安山，清风飘逸，山势巍峨。景仰与惭愧之情溢于言表：我敬仰的是，石老师那不朽的文采与慧眼识珠的能力；而惭愧的是，我在玉山逗留了那么久，且就住在武安山北岸，却写不出这样沁人肺腑的优秀文章。在石老师面前，我真的感觉自己像一个没出息的小学生，但同时他也增加了我奋力向前的勇气。

石老师又细腻地描述了阎立本的晚年生活："在对待遗产的问题上，阎公选择了'宁为玉碎不为瓦全'，他散尽家财，不留半文，坦然地将所有住宅、田地都捐献给了寺庙，把自己的身后事都交给了武安山……"我全神贯注地拜读着这篇收尾之作，怦然心动。我眺望着冰溪河，碧波荡漾，金银闪烁；回到现实，往事如梦，烟迷津渡，斯人已去……我感慨万千！

石老师的文学才华卓然，感染万千读者，文章让人如临其境。他炼字绝妙，构思独特，语言精练。在这个繁花似锦的时代，在这个互联网的时代，我们或多或少需要把浮躁的心定下来，静静地看，深深地爱，接纳精神养料；拜读一下岁月留下的力作，感悟人生，走向"觉岸"。

关于为什么阎立本宰相没有画出饶地的著名画作，我也觉得很奇怪。难道他从此隐姓埋名，息笔洗砚了吗？还是因为没有具体的景色感动过他？但凡去过三清山和怀玉山的画家，都会留下一点笔触墨迹，因为那里利涉大川、气势磅礴，因为那里风起云涌、幅员广袤。也许是这种气势没有打动他？也许阎相的专长是画人物。在中国美术史上，记载了阎立本的许多著名人物画，如《步辇图》《历代帝王图》《兰亭图》《十八学士图》《魏徵进谏图》《职供图》等名画，这些让他成为中国绘画史上的巨擘。

石老师说："武安山下，想必阎公与智常和尚经常在一起喝茶，修禅悟道。普宁寺有幸，与一代宗师结缘，千年香火不绝；玉山有幸，留下了阎立本不朽的身影。或许正是阎公筑屋经营武安山，使得武安山声名远扬。从此，戴叔伦、贯休、汪应辰、杨万里、陆游、徐霞客、郁达夫等一大批文人雅士纷至沓来，吟诗填词，琴声悠扬，长河喧闹。武安山渐渐垒高，而成为一座文化的山，一座玉润的山。"

写于玉山画室 2024 年 2 月 6 日

第六辑 DI LIU JI

世间百态渡觉岸

# 人生最难点

最近在金色年华知青论坛中，我又认真熟读了几篇感悟人生的佳作，觉得它们教育意义深刻、价值非凡，让我大有收获、感慨万千。这些文章也让我回想起了与先生刘鹏飞曾经探讨过的一些关于人性的问题：人生最难的是什么？

先生首先解释道："'三千一念，万劫不复''一念之差'便可能无法回头！"

正因如此，儒、释、道三家都强调修心的重要性。心是身体的主宰，一切行动的差错都源于人心。人间的七情六欲、万事万物，处理得当都源自内心的指引。

古往今来，成为圣贤的人万念皆为民，因此受到人们的尊敬；而那些沦为大盗的人，往往都是因为一念之差，最终害人害己。所以，面对邪念的萌生，我们一定要克制自己内心的冲动，冷静下来，让自己的心绪恢复平静。人的心脏是生命的起搏器，它驱动着全身的血液流动，一旦心脏停止跳动，一切都将结束。人生总有喜、怒、哀、乐、忧、恐、惊等各种情绪，但如何让内心保持平静呢？这说起来容易，做起来却难。

听后，我深刻意识到了这个问题。比如，我年轻时的婚姻悲剧，就是一念之差造成的。那时，我是三清山北麓的插队知青，自卑于自己的社会地位低下。而我的丈夫是南下干部的子弟，他很有本事，从北大荒调到了大茅山单位，后来还顶替了母亲在医院的工作，成为牙科医生。我想，他与我有着共同的知青经历与理想，在北大荒时他还是连队连长，人品应该很不错。他能看上我，我已经很满足了。而且，他又是个才貌双全的帅哥，对我紧追不舍，简直让我措手不及。那时，我贪图他家的地位、上海的小洋房等优渥条件，一心想要攀高枝。就这样，在一念之差下，我还没解决城市户口与工作的问题，就稀里糊涂地和他结婚了。果然，没过几年，他就变心了。

他看上了外地的一个相貌平平的女大学生，她也是干部子女。这个男人说，这是门当户对，是为了自己更高的前途着想！什么同甘共苦的夫妻之情，什么孝敬父母的儿女之礼，在年轻第三者的强势威逼下，全部被他抛弃了。我原本相信多年的夫妻恩爱深情，尝试用最贤惠的态度去感化他，但这一切都无济于事。他害得我差点去自杀。

从此我知道，世界上最好的是人心，最坏的也是人心，但我就不明白是什么原因？后来，刘老师用辩证唯物法告诉我，我才明白，原来高尔基曾经说过，人是有两重性的，即"人性与兽心、文明与野蛮、理智与愚昧"。刘老师说："这个问题很深刻，我讲过许多遍，以后还想逐步探讨。"

世界上最难治理的莫过于心，一念之差，可能导致家破人亡。一个人没有文化的滋养和理智的引导，不求上进，心灵就会迷失方向，欲望会不断膨胀，一念之差就可能使欲望膨胀到无法控制，到那时，谁的话也听不进去。总而言之，人生最难的是治理自己的心，心是主宰人生一切行为的君主，心一动就会引发行动。我们只有管理好自己的方寸之心，才能理智地思考：凡是损害祖国和人民利益的事，坚决不做。

最后，我们在金色年华知青论坛上讨论了"人之初，性本善"与"人之初，性本恶"这个古往今来争论不休的命题。大家各执己见，讨论得热火朝天，但最终也没有统一意见。这个问题古人曾争论了两千多年，都没得出结论，更何况是今天的我们呢？言归正传，还是老老实实做一个光明磊落、正直无私的人吧，这样肯定不会错！

写于上海 2012 年 12 月 14 日

修改于玉山画室 2024 年 4 月 13 日

# 《水浒传》的最后落幕

　　《水浒传》是一部从兴盛到衰亡，深深触动人心的悲剧。电视连续剧《水浒传》正迎来最后的落幕，梁山领袖、军师"智多星"——吴用，最终选择了自杀！

　　让我们回望电视剧《水浒传》最后落幕前的一系列镜头。

　　肃杀的寒风中，枯枝落叶铺满了大地，黄沙裹着尘埃向四周吹散，形成一道道、一圈圈的雾障。天空灰蒙蒙的，弥漫着冷酷无情的阴霾。此刻的梁山，好汉已去，山空人稀，只留下凄凉惨淡的景象，仿佛山穷水尽……

　　忽然，老枯枝上传来"呱呱呱……"的悲鸣声，一群老鸹在啼叫，声音如泣如诉，如同面临绝境一般，听得人毛骨悚然，怅然泪下！那心酸的感觉几乎要让人断肠失魂，难以救赎。

　　"咕咚，咕咚……"不远处传来老牛拖动破车的声音，声音沿着一条坑坑洼洼的泥泞小路，直通向荒郊野岭的土坟地。天色已晚，一位白发苍苍的老大爷赶着骨瘦如柴的老牛与破车缓缓而来，"噢噢……"他手中虽然拿着短短的牛鞭，但也不忍心抽打自己心爱的老伙伴。那牛也通人情，低着头沉重地迈着步子。"跨跨……"老牛蹄子的响声在幽冥深渊里回荡，令人心中发怵。

　　这车上的人格外引人注目！他是一个中年汉子，内穿青衫粗布，外罩白麻孝服，头扎一条白麻布，中等个子，方脸秀眉，原本饱满红润的面庞，此刻变得干巴皱黄，沮丧着脸。看他黯然失色的神态，仿佛濒临死亡的边缘！

　　"吱呀"一声，老牛车在一片荒无人烟的野外坟堆里停下。中年汉子跳了下来，仍捧着那三坛酒，直奔三个坟墓前。他形神失落，连跪带爬地冲了过去，欲喊无声、欲哭无泪。他几乎想在泥堆里找到什么，挽回什么，但他知道，一切都太晚了！稍后，他才默默地定下神来，淌下了两腮的冷汗与泪。他不断地用粗糙颤抖的手去抚摸那三堆泥坟堆。黄土还是潮湿的，上面都没有石碑姓名，只有他拿来的三坛老酒上写着宋江、花荣、李逵的名字。可怜这三人被皇帝赐御酒毒死！活生生的三条汉子的命啊！到了这般田地，人死有用吗？他不时地用拳头敲打自己的前胸，扪心自问！

　　祭奠的人叫吴用，是梁山好汉的军师"智多星"。此刻，他内疚地跪爬在三人的墓前，懊丧得一败涂地。那酒是一遍遍地洒了，头是一遍又一遍地磕了，但他忏悔愧疚，仍然感到无地自容。为什么梁山好汉以死亡告终？那些鲜活的灵魂在责问他啊！他自责道：我没有安抚好招安的兄弟姐妹们，他们死得冤枉啊！一个个被无情地杀害，谁能料想到呢？我真是"无用"，我有罪啊！

　　吴用面对这个沉重的打击，彷徨得坐立不安。他问天，天不知；问地，地不理。他反倒不明白接下来该怎么办。聚义厅是怎样瓦解的？那一刻，他的脑子像走马灯一样，一幕幕浮现出过往的岁月……

风萧萧，雨凄凄，壮士一去不复还。历史不能复返，但活着的人又该怎么活下去呢？过了很长一段时间，赶车的老汉在焦急地等待吴用回去，却一直没有回应。等急了，老牛也不停地跺着蹄子四周旋转。天色慢慢地黑沉下来，大爷怕回不了家，瞧瞧吴用那不想回头的样子，大爷无可奈何，只好上车赶路回家，走得悄然无声，走得心灰意冷。

此刻，吴用在坟堆前烧着纸钱，怅然若失。他怀着万念俱灰的悲鸣，踉踉跄跄地向昔日的聚义厅走去。那里过去人丁兴旺，呈现呼来唤去、威武雄壮的阵势，如今却骤然成为一派残垣断壁、一片狼藉而不堪入目。积满土灰的桌椅凌乱破败，无数团蜘蛛网安了家、布下了天罗地网，随意地纠缠在房梁上、倒挂着扑向地面，晃晃荡荡，像有蚊虫在荡着秋千。一阵阴风吹来，朝门的小格子方窗幽幽地响了几下，随着射来几道灰暗色的微光，四面出现阴森森的磷光，令人不寒而栗。这里沉闷得像一潭死水。

"气聚则形生，气散则形灭"，电视剧到这儿即将落下帷幕。曾经身经百战的好汉们，死的死，散的散。有谁问津？吴用更是披头散发、衣襟凌乱，可怜极了。那儿，当时只留下"逸群绝伦"的红底金字的匾额，依然悬挂在正堂上方，作为梁山108将潮起潮落的最后历史见证物。

电视剧最后还有一段令人心碎的镜头，深深印刻在人们的心中：荒野外的坟堆依旧，燃烧的纸灰早已化成千万只黑蝴蝶，漫天飞舞。一阵狂风袭来，把它们吹向四面八方，搞得天昏地暗。仿佛那些英魂在喊冤。远处的青山绿水依旧，但梁山的热闹场景却已不复存在。在只有凄风苦雨的山坡上，"替天行道"

的白布黑字的条条旗子肆意地乱舞着，它们被可怕的风雨撕成破布烂条，化为乌有。

我们在凄美的主题歌中回望《水浒传》的落幕尾声："茫茫乾坤，方圆几何？长传我千百年民族魂魄。旧日宫墙，寻常巷陌，是谁把英雄的故事一说再说？走马扬鞭，翻山过河，轻生死，重大义，男儿本色。几番起落，风云振作，赶他个天时地利与人和……"长歌当哭，山谷回响，悲壮威武！电视剧虽然落幕，但我们不告别剧中的每一位英雄人物。他们就像大自然中的浩然正气，与日月同辉，与天地长存！

写于三清山响波桥 2005 年 10 月 9 日
修改于玉山 2024 年清明节

第七辑 DI QI JI

寻根溯源故乡情

# 故乡情·难忘国耻家恨

绍兴，我的祖籍，自古以来便是江南的一片沃土水乡，古越文化的发源地，承载着雄浑厚重的历史文化底蕴。这里不仅自然景观丰富多彩，人文景观亦是璀璨夺目，见证了华夏民族的兴衰成败，历经五千年沧桑巨变，铺就了一条中华民族顽强生存、传承发展、悠久文明的历史轨迹。

然而，对于我这个生在上海、长在上海的人来说，这片美丽富饶的祖籍地一直是令我神往而又陌生的。我如同行走在阡陌田头，却不知庄稼之名，不识家园所在。我不解的是，我的父母杨志翔和邵瑛，在新中国成立前因逃难定居上海后，为何只见老家的亲戚朋友络绎不绝地来访，却不见他们重返故居，更未曾带我们这些孩子去体验故乡的乌篷船，品尝那令人嘴馋的香糕、梅干菜饼、茴香豆。

好在从学校的课本中，我总能读到关于绍兴的故事，尤其是绍兴的爱国女士秋瑾悲壮奔赴刑场的诗句："秋风秋雨愁煞人……"这诗句总让我泪流满面。我想，秋瑾不怕牺牲，而是担忧风雨飘摇的祖国大好河山。我们在读书的同时，内心也在哭泣。这种为中华民族争取独立解放而不怕牺牲的大无畏精神，在我幼小的心灵中播下了不可磨灭的爱国主义种子。我深深地敬重秋瑾烈士，多次前往杭州她的雕像下缅怀、表达敬意。

　　同时，我也敬仰20世纪30年代的中国新文化运动先驱——鲁迅先生。他"横眉冷对千夫指，俯首甘为孺子牛"的高尚人格让我敬佩不已。他旗帜鲜明地惩恶扬善，怜悯弱者。他的作品《阿Q正传》《祝福》等，深刻揭示了旧中国生活在最底层的劳苦大众的悲惨生活，让人看得悲愤交加。我深深感到，高屋建瓴的文学是人类精神的力量。文学是推动中华民族争取独立、民主的一个途径，也是指引每一个中国人爱国爱家的一盏明灯。

　　我的祖宅坐落在绍兴市皋埠区陶堰乡，那是一个充满家族记忆与温情的地方。从祖父杨次荃（享年八十高龄）和祖母屠氏一家，到如今的大堂哥杨永年（我们都亲切地称呼他为"兔哥哥"，他曾是乡里的领导，对古典文化和书画艺术十分热爱）、堂嫂陶芹芹（她勤劳贤惠，维系着这个大家庭的和睦）以及他们美丽聪慧的四位千金（杨一宁、杨利宁、杨国庆、杨文萍），都在这里成长、创业。如今，这几位姑娘都在杭州和绍兴独立经营着纺织品公司，她们事业有成，令人欣喜！

　　杨一宁的爱人鲁晓亮是陶堰中医院的院长，他是中医世家鲁家的第三代。晓亮和他的父亲医术高超，长期为当地的老百姓治病。近年来，晓亮还在努力学习国画山水，他的人品和才学都堪称上乘，我们期望他能同时传承杨家的基业。

　　我的祖宅位于青草碧绿、树木茂盛、田园丰饶、小桥流水的西市（谐音"西施"）桥河畔，这里依山傍水，充满了浓郁的乡土风情。西市桥东接大运河，入曹娥江的滚滚水道，西连鉴湖，平水碧波粼粼。过去，西市河是行船运货、人们外出的交通要道。河的北岸是古老的纤道，人来人往，集市贸易繁盛；紧靠南岸就是我们家的四合院，灰墙青瓦，雕花红漆组楼，古朴而典雅。

院墙外进门口种着一棵老橘树，它高大华丽，清香四溢。这棵橘树似乎永远在唱着《橘颂》歌，鼓励着杨家的一代代子孙能够传承书香。可以想象，几代人组成的大家族幸福地生活在这里，是多么和睦啊！

现在非常不容易的是，大堂哥还保留着一方陈旧的残垣斜楼，作为杨家"四知堂"的唯一见证文物。它为后代讲述着祖宗的奋斗基业，使我能从照片里窥见祖辈们繁荣的生活状况。这份乡情真的可敬可爱。今后，我将慢慢地追寻体验老屋乡情，将这份深厚的情感倾注于笔端。

根据我热爱考古研究的父亲早年所述，我们家的家史可以追溯到东汉时期的杨震将军，我们的堂号"四知堂"便源自"天知地知，你知我知"的典故，老家过去一直保留着这块挂匾。我们的老祖宗是从山西的"杨家将"一支迁移而来的。我们家不仅是书香门第，拥有深厚的文化底蕴，同时也是金融世家，有着丰富的金融背景。

祖母在中年时便早逝，而祖父曾是萧山虎林公司的总会计。那是一家生产丝绸被面的知名公司，祖父在当时也是一位知名人士。我的大伯杨志镛性格憨厚开朗，任职于银行，曾培训出一批批优秀的会计人才。我的小伯杨志毫则细心和蔼，他在嵊州市一家银行担任会计主任。

父亲在兄弟中排行第二，由于家境贫困，只读过三年私塾。15岁时，他便开始到钱庄当练习生，肩负起养家糊口的重任。

聪明能干的父亲，在繁忙的工作之余，仍然坚持秉烛夜读古典诗词，还刻苦地练就了一手好书法。凭借勤奋和努力，父亲在会计行业展现出了惊人的才华，他拥有一双敏捷的"鸽子眼"和惊人的记忆力，业务能力出类拔萃。因此，他在三十几岁时便当上了浙江省某银行的行长。

父亲始终乐于为老百姓做好事。当年在台州工作时，他投资帮助老乡们种植黄岩蜜橘。为了报答父亲的恩情，在全国物资匮乏的时期，乡亲们坚持每年从船上带一大筐蜜橘运到上海赠送给我们尝鲜。这份深厚的老乡情谊让我们很感动，也感谢父亲当年的努力，"黄岩蜜橘"如今已成为知名的水果品牌。

然而，从 1937 年开始，日寇三次扫荡了我的故乡，导致我们一无所有。1945 年的第三次扫荡尤为惨烈，父亲无奈之下只能带着家人和银行的职员们一起逃命。在深夜的海上，日寇的探照灯不停巡逻，逃难的难度极大。我们分乘两艘船，希望能到上海避难。然而，一艘船不幸被日本鬼子发现并炸毁。我们眼睁睁地看着同胞们在海上遇难，他们的双手举起，血水涌出，连同银行的金银钱财一同沉没化为灰烬。这一幕让我们心如刀割，报仇雪恨的怒火无时不燃烧在我们心中。

在逃难途中，我们全家饥寒交迫、心惊肉跳。挑在箩筐中年幼的哥哥姐姐不幸夭折，还有一个孩子闷死在母亲的怀里。母亲心疼极了，家仇国难让她一辈子都难以忘怀。逃亡到上海后，父母已是一贫如洗。幸亏父亲的好友王庚财同情并收留和帮助我们，才拯救了我们一家人。我们居住在台湾路上的石库门满春坊 29 弄 4 号楼上。原先那一片都是各单位的办公楼，如今却成了我们避难的港湾。

　　我在此插叙一段后期的家丑。我们七个兄弟姐妹皆在台湾路的小楼"晚香楼"长大成人，对那里充满了深厚的情感，那里成为我们心中最可爱的乡情之地。然而，父母双亡后，人去楼空，满屋灰尘，一片破败。那里不再是从前翰墨飘香、海上名家往来的书香小楼了。更令人痛心的是，2021年老屋拆迁时，小楼被在上海已有房产的小哥用欺骗的手段恶意占领，并私下出售，独吞了几百万钱财。我们气愤不过，大热天赶到他家里去评理。然而，他们却厚颜无耻、见钱眼开，丝毫不顾手足之情，毫无羞耻与悔改之意！这完全违背了"四知堂"的祖训，是昧着良心做的缺德事！他哪里还把祖业放在心里？哪里还有手足之情？这个贪得无厌的败类，让我们是可忍孰不可忍！想必在天之灵的双亲也不会原谅他的，我们都与他绝交了。

　　回想起当年，我父亲在王老板办的乙丰染织厂（后来叫二十一漂染厂）工作，那是南京市区很有名气的工厂。父亲精明能干，很快就当上了会计主任，后来又被群众推选为工会主席。因为秉公无私，当时父亲的工资很高，足以养活全家十口人，还能救济故乡的爷爷及三娘（三姑）。小爹家的大儿子杨克昌就是我父亲一手培养的，父亲供他读上海同济大学直到毕业。然而，父亲在同情资助大家族、借款帮助朋友时，总是不惜慷慨解囊，却亏待了自己家人。善良宽容、贤惠理智的母亲也只好在艰难困苦中勤俭治家。

　　我知道住在杭州菜市桥的外祖父家，上几辈都是在清朝当大官的。然而，轮到外祖父时，他却吃喝玩乐，败光了祖业留下的最后几家珠宝店和绸缎庄，还欠下一屁股的债！这把我外婆气得中年就病死了，留下的九个儿女也没法活下去。我母亲那一代是令人怜悯的,她们几乎是在死里逃生的境地中长大的。母亲是老四,九岁时失去了母亲(我的外婆),是二姐(我的二姨妈)把她拉扯大的,一直培养到她读书嫁人。这全凭在兰溪银行工作的二姨父一起操办。那时,我父亲在二姨父手下工作很出色,为人也诚恳厚道。父亲小名叫"阿骏",他比二姨父小12岁,但两人都属马,因此被称为"双骏腾飞",在银行界十分有名气。

我明白外祖母家的不幸遭遇,但伤心之余,我不禁要问:即便是有家底的大家族,如果不学习道德文化,不去约束自己的行为,也必然会落得家破人亡的下场!就像《红楼梦》中的贾府,名门望族却成了"苍蝇竞血肮脏地,黑蚁争巢虎狼窝"。这血的教训为后人留下了多少思考呀!每当我母亲讲起往事时,总是既叹息又愤恨!原先那些祖辈留下的几进大院子,再辉煌也一去不复返了!我只能在母亲的叙述里,自己想象祖辈们的辉煌大业。

因此,母亲一直把《红楼梦》《我的后半生》《清宫秘史》等小说锁在大橱里,经常拿出来仔细地阅读,却不让我们小孩看。现在我才明白,她是在通过这些小说来解读自己家境败落的缘由。所以,无论内外大事,母亲都展现出了知书达理的品格,这也促使她后来当上了居委会主任,负责调解民事纠纷。作为母亲的贴身"小棉袄",几十年来,我亲眼见证了社会与家里的一系列风云变幻。在危难关头,母亲总是那样沉着冷静,泰然自若。

我的两个外甥顾嘉瑜、易可坚以及外甥女顾迎春,从小到大都是在母亲的膝下教育成长的。他们以优异的成绩分别考上了上海科技大学、上海交通大学、上海第二医学院，直至或到外地工作，或到国外定居。为了提高他们的文化水平，母亲要求他们背诵每一篇文章，还买了许多小人书来丰富他们的知识。他们有一句最可爱的话来形容自己的外祖母："我们的外婆就像高尔基的外祖母那么慈祥可亲啊！"

乾坤变迁，命途多舛，实在令人叹息。新中国成立前夕，父亲的救命恩人王庚财一家三口，在开往香港的轮船上，不幸遭遇沉船事故，全部罹难……父亲的精神支柱霎时崩塌。从此，他的脸上布满了阴霾。他常常独自走到黄浦江边，呆呆地望着那茫然无际的滚滚东逝水……他祈望在日夜飞溅的浪花中能找到昔日的患难之交，重温昔日的故乡情怀。他清楚地记得：王庚财临行前，一定要把自己在淮海路的一套别墅送给他。这是何等的义薄云天，何等的信任！真是同舟共济、肝胆相照，情同手足。然而，父亲却婉言谢绝了，他心里明白，不能随便贪图好友的房产，这是不道德的，尽管自己当时还很贫穷。岂料，就此两人竟诀别了！真是令人忧伤……

刚得知好友出事的消息时，父亲怒火中烧，内心悲痛，用手一拳一拳地敲打着水泥堤岸。就在这时，父亲突然发现自己的手被人护住了。他转身一看，原来是一起逃难出来的银行同事姜良子。两人无言相拥，泣不成声。良子先生真是个好心人，他就是担忧耿直的父亲年龄大，才紧紧相随的。良子先生也属马，比我父亲的年龄小一轮，他英俊厚道、一表人才，他的美满婚姻就是我父亲介绍的。到上海后，他家住在威海路，我们两家相距不远，相互帮助。那时他们还没小孩，我差点成为他家的女儿。他的大儿子姜方贤一直是我父母的干儿子。方贤与我同年，可以说是青梅竹马、两小无猜。方贤憨厚谦让，我却傻里傻气。后来方贤在上海电车二厂当技术员，我却跑到北大荒去了。虽然两家的父母皆在 90 多岁高龄时仙逝了，但两家真诚的友谊之路还得靠我与方贤继续走下去。真是国耻家恨难忘，良师益友难忘；历史无情人有情，苍天怜悯罹难人！

写于上海 2012 年 7 月

最后修改于玉山 2024 年 4 月 17 日

# 柳树的哀怨

唐代著名诗人贺知章有诗云："碧玉妆成一树高，万条垂下绿丝绦；不知细叶谁裁出，二月春风似剪刀。"

几十年前，我家晚香楼楼主，我的老父亲藏有一幅淡彩国画，描绘的是杨柳依依、美人乘凉的景致。这是一幅立轴佳作，出自著名书画大师张大千之手，是父亲在那个年代偷偷保存下来的珍宝。如今，我为它起名《柳荫纳凉图》。画中，一棵苍老凝重的墨绿色大柳树，从右下角挺地而起，直插天穹，树身雄厚遒劲，工笔夹写意，骨法用笔，墨色浓重。万千柳条从树身延伸而出，向左上角披散而下，如珠帘般轻拂在左下角那位年轻美貌的古典仕女身上，仿佛在喃喃低语。那女子中等身材，杨柳细腰，举止温文尔雅，身穿淡粉色连衣裙，肌肤白皙饱满，脸如白玉兰花瓣般柔美。她的樱桃小嘴，如蕾初绽，双眉似柳树叶，凤眼恰似相思之愁，头发乌黑，高髻耸立。她手执一面桃花图案的团扇，轻轻摇曳，带来丝丝凉风。忽然，她抬起头，正面仰望着清风拂荡下的每一片飘然自在的柳叶，内心蕴藏着似海柔情，其中的缘由不言而喻……耳畔，她听不进嘈杂的知了声；眼前，她看不见掠影的鸟儿。这显然给人们留下了宕然的悬念。

　　如此一幅意境美好的国画，谁又能忍心将其裁为两截呢？然而，造成这一重大过失的，不是别人，正是我自己！在那个特殊的年代，尤其是家庭中遭受"整顿"的人们，难免要求其子女"上进"，而我便是其中之一。突然有一日，我看见父亲的这张画，竟误以为是"四旧"，二话不说便拿起蓝色圆珠笔，在画中间最空白的地方写上了两行直挺挺的字："不要做温室里的花朵，要做暴风雨中的雄鹰。"更为可恶的是，我竟然邪恶地将大千先生的落款朱印用两个"××"划掉！真是愚昧至极！那时的我，为何如此"极左"？为何变得如此愚昧、野蛮和无情？我曾经为此羞愧难忍，但也没有勇气说出"是我干的"！因为那时的思潮如风雨般席卷一切，让匍匐在漫天经幡下的人们为之歌咏；让所有佩戴像章、手持语录的人无限追随。

　　这张画，已然无用了。那日，父亲含着眼泪，将它裁成了两截。上半截，是我写下的字和飘逸的柳条；下半截，则是那位仕女和粗大的树身。这景象，太可怕了！我曾经试图用橡皮拼命擦去那些字，纸都被磨破了，却无论如何也擦不掉。留下的，只有柳树的哀怨与死亡，以及我深深的歉意。往事如梦魇般历历在目，煎熬着我的心灵！

　　我曾想将此事烂在肚里，蒙混过关。那半截画，我一直放在橱里，没有胆量去看它。这是一种比鞭挞还要痛苦难受，无法挽救的憾事。后来，我读了许多名著，内心深感惭愧。一个不能承认错误的人，不是好人；一个不能反省失误的人，不会进步。比如，我看到丁玲前辈对自己误选婚姻的深刻反思和谴责；我也学习过高尔基小时候不慎打破一只名贵花瓶后，那勇敢认错的态度；我还阅读了当代导演陈凯歌的文章，他在那个年代中"为表明革命立场推搡着父亲，心中却感到惊痛与悔伤"，后来他深刻检讨了自己。这些故事感化了我，让我幡然醒悟。我是否也该清理一下自己灵魂深处的污点呢？仿佛他们都在指责我的过失，让我一辈子内疚，无法脱身。

很可笑，当年我怎么一点也不了解传统文化的重要性？才读了三年初中，就被推上了革命的舞台。我演过戏，吹过笛，却始终没和书画结缘。虽说考上过美术学校，但又要返校闹革命，最终没去上学！我扪心自问：一念之差，毁掉了一张古画，不懂得保护好古典文化。然而，在那个非常时期，谁又敢大声疾呼，要保护好这些文化艺术作品呢？

后来，历史给我开了一个很大的玩笑。它反让我一辈子热爱书画艺术，寄托于山水之间，描写壮美之景。然而，我的心情再也无法安宁！我为那截成两段的柳树喊冤，为自己的无知和鲁莽而深感后悔！"一失足成千古恨"，这个教训太大了，损失也太严重了！因为此画，绝无仅有！我深刻反思，应该向祖国的艺术瑰宝和大千先生赔罪；向钟爱此画的老父亲赔罪；也深深忏悔自己的过错，从而彻底解开自己几十年来心结。

《诗经》云："昔我往矣，杨柳依依。今我来思，雨雪霏霏。"我唯有在"近乡情更怯"的懊悔中，让暴风骤雨洗刷我少年时犯下的过错，才能如刘老师如今所告诫的那样："凤凰涅槃，将自己所有的坏东西彻底抛弃、燃烧掉，才能在灰烬中爆发出新的火花、孕育新的灵魂、追求新的境界。""朝闻道，夕死可矣。"孔子之言，何其深刻！我感叹自己六十载人生，犹如新生。

　　而今，"画树难画柳"成为我牵肠挂肚、虔诚磨炼的愿望。我唯有画好柳树，方能稍赎前愆、弥补过失；方能宽慰父亲的在天之灵，安抚那半截的华柳，以及那无法再纳凉、再远望、苦思的古典美人儿……

　　敬畏大自然，敬畏人生。后悔、原谅、惋惜、痛心、哀怨，皆已无益！只恨我惘然贪玩、不学无术、不求上进，终致一场空。

写于冰溪南窗 2012 年元宵节

# 情系君子兰

"君子之交淡若水，小人之交甘若醴。"最初，我结识君子兰之时，其情形恰如中国古代道学文化研究先驱庄子所阐述的这一句闻名遐迩的哲理。

四季更迭，君子兰置于平常百姓家中，亦如平淡之交，不会受到过分的宠爱。它也不会因受宠而疯狂生长，更不会为达官贵人矫揉造作。

20世纪80年代，十年动荡的阴影在我家彻底消散之后，老父亲重拾吟诗写作与书画的雅趣。一时兴起，他栽培了两盆植物——君子兰和扁叶仙人掌。初识之时，我竟分辨不出哪盆是君子兰，引得众人一阵哄笑。然而，那幼年的君子兰矮小至极，仅有三寸高，呈"V"字形，几片嫩宽的扁叶深绿中透着油光，一叶紧裹一叶，团结紧密，展现出一种别样的雅致。我虽不晓其神秘高贵之处，却深知其来之不易，那是福建的一位朋友专程送来的。馈赠者深谙我父亲君子坦荡荡的性格脾气。父亲一生热爱古典文学，写下几十本游记专著却从不炫耀于人前；名牌院校曾邀请他执教讲学，被他婉言谢绝；一位旅居美国的华侨慕名前来求他的一幅书法作品，并拿出100元美金，也被他拒绝，只说"艺术无价，收藏可贵"。华侨惊叹不已，说从来也没见过不要钱的人。正因为他不图钱财，淡泊名利，崇尚修养，才会如此酷爱君子兰。

君子兰静置于我家东窗台上，清晨缕缕金色的阳光自东方洒落，为其披上温暖的纱帐。晚间，我父亲便会将它捧至床边的木架上，与它同床而眠，相依相伴，这份情感超然逸趣，令人动容。

我母亲酷爱养花种草，阳台上石榴花绽放，香葱郁郁葱葱，金边银边吊兰摇曳生姿，满阶碧绿，生机盎然。她每日精心浇水施肥，那肥料是鸡蛋壳中的残余液体，兑水后浇在君子兰的土壤中，宛如一个个不倒翁陪伴左右，不断滋养着君子兰茁壮成长。

那时，我深感父亲潜心创作，对君子兰倾注了深情厚谊；也感慨母亲如园丁般辛勤栽培，无论严寒酷暑，始终如一地呵护着这些小幼苗，期望它们茁壮成长。更因为我们儿女不在身边，他们将爱寄托在这君子兰上，我能深刻理解这份厚重的情感。

那时，我方领悟到，人类需要营养才能健康成长，小植物也离不开养料的呵护。人类与大自然息息相关，相依相偎，这份和谐共生之美，让我心生敬畏。

时光匆匆流逝，转眼到了 20 世纪 80 年代后期，君子兰已长成一尺高，层层叠叠的碧玉般叶片厚实而美丽，叶片外缘坚硬深绿，中央嫩绿滴翠。它在我心中留下了永恒的美丽印记。每当我从常州回家探望，看到君子兰已长成小家碧玉般的美丽模样，便情不自禁地贴近它，给予深深的吻。一阵清淡素雅的芬芳盈满鼻中、脑间，清爽明目，沁透肺腑。这种享受真令人爱不释手。

我满怀真情地热爱着这棵小生命，愉悦地搭起画案，展开洁白的宣纸，点上韵润的墨色，便开始作画。沙沙的笔声，细微的呼吸，君子兰静静聆听着。君子兰安宁的香气，让我浮躁的心，一下子沉静下来。情系君子兰，相看两不厌，我衷心地感激它，能让我静心地创作国画。

岂料1994年的一个立秋，我父亲中风了，全家人惊恐万分，犹如一棵大树倒掉，家中失去了主心骨。随后的三年多时间里，全家人精心照顾父亲，忽视了君子兰。

君子兰犹如遭受了霜打，奄奄一息地枯萎了，没有长大，脏兮兮的叶子上爬满了焦斑，它似乎也在为主人的不幸而悲哀。好在母亲还记得去给它浇水，但东窗不再打开，因为父亲怕风寒，所以君子兰没有空气交换，缺乏生机。

父亲91岁仙逝后，母亲怕寂寞孤独，天天叫大家轮流陪她，但老屋不再景气。有许多蜘蛛网吊挂着，满屋子灰蒙蒙的香烟味熏得人头昏脑涨。母亲心肺不佳，怕烟呛，常常咳嗽发炎。她有许多怨恨无法化解，有一些愿望没能实现。比如她想和我住在一起，但有人不允许，更何况我那10.8平方米的"三烦户"老公房又怎么让她住得安心呢？思前想后，母亲实在心里堵。不愉悦的事连连发生，她常伤心地和我提起旧事。终于，年迈体弱、精神不佳促使她的视力越来越模糊，走路越来越蹒跚，疾病在加重。还好姐姐、姐夫帮她看病，天天让她吸氧气袋。

那时的君子兰真是倒霉透了，如同乞丐一般，绿叶上积满了黏乎乎的油渍，黯然失色，变成了家中残败多余的物件。我害怕君子兰的败落会预示主人家要遭难。果不其然，2004年

12月9日，96岁的老母亲终究没能过她想过的冬至节，正好在我父亲生日的那一天清晨，不幸仙逝了。白头偕老天堂好找，人间难遇，难道冥冥之中双亲也有奇缘？

先母驾鹤而去，我与先生便担当起护卫老屋、陪伴双亲亡灵的重任。老人们走了，人去楼空，惨淡的东窗台阶上依旧放着无人问津的君子兰。它像受过重创似的，蜷缩在一角，耷拉着残叶，萎靡不振，濒临死亡。"救救君子兰吧！这么名贵的兰花。"先生凄凉地看着，说着，落下了眼泪。我也忍不住流下了泪珠，怜香惜玉，同感君子兰的危机。君子厚德载物，岂可推脱？同情弱小，给予其温暖，是我与先生长久以来秉持的做人原则。举一小例：先生七岁时在老家扬州进城办事，家中不富，老奶奶只给他一个烧饼赶七里路，他还不舍得吃。忽遇风雨，在飘摇的寒桥上，一位白发苍苍的老奶奶向他乞讨。自小受儒家教育的先生善良侠义，忍着饥饿，将自己手中唯一的一块饼双手捧给老奶奶，老人频频地作揖感谢。最后，他自己却饿得昏倒了！

言归正传，抢救君子兰要紧。我首先打开东边封闭已久的两扇木窗，瞬间，一股股新鲜空气扑面而来，从弄堂对面阳台的天空中飘洒而来的阵阵草色花香，顿时醒人耳目，尤其觉得舒畅。我用湿布一片片地揩洗兰叶上的污秽，用小铲子松松泥土，又把鸡蛋打碎连壳一起铺在上面，再浇浇水滋润久旱的君子兰，细心爱护，每天不变！

《论语》中颜渊曰："君子成人之美，不成人之恶。"我每天期望君子兰能脱胎换骨，焕然一新。先生说："植物需要透气，和人一样。"真是奇妙！我坚信，君子兰一定能活起来。

一个星期后，"V"字形的君子兰发出清气，露出新叶，并向四周舒展，它自由自在地长高到一尺半，肥得出油的宽扁叶透如翡翠，比先前更健美。那土瓦盆虽然青老灰旧、斑驳陆离，有碍观赏，却是我家的文物，是历史的见证，能触摸到挫伤后的裂痕。它记载着从父母到我们，跨越两个世纪风云变幻的历程，实在舍不得丢弃。

在"过七"哀悼先母的悲伤日子里，大家突然发现死而复生的君子兰，奇怪极了！又过了十几天，"七七"还没结束，君子兰发生了神奇的变化：它从中间抽出一根淡绿色粗壮的主茎，一直向天空生长，长成半米高。忽然有一日清晨，主茎上端迎着阳光发出几朵淡黄色的花蕾，难道它想开花？先生和我在疑惑中又等待了三天，君子兰的花蕾含苞怒放，长出一对对细长的浅绿色花茎，每一朵花茎上都萌发出淡黄色的花冠，嫩黄乳白，惹人喜爱。几天后，花朵由纯黄色转向淡红色，再到橘红色，幽香扑鼻，沁人肺腑。激动的我，实在不敢相信这是真的！那些黄黄的花蕊又长出长长的须子，楚楚动人。君子兰啊！它似婀娜多姿的仙女下凡，又像缤纷的彩蝶翩翩起舞，更似出水芙蓉般高雅纯洁……

沉浸在喜悦的日子里，先生总是架起照相机，拍下这难以置信的美景。

宋代朱熹曾说："君子之学，不为则已，为则必要其成，故常百倍其功。"君子兰出人意料地努力，绽放出绚彩夺目的生命之光。它蛰伏陋室，遗世独立，能屈能伸，百折不挠，这是我对君子兰真诚的礼赞。

我相信，这一定是天、地、人之间的灵气和先父母在天之灵的感召。君子兰有意报恩，报答三十多年辛勤培育它的我的老父母。此一别，它宁愿化作天下第二香魂，永伴慈恩。我感动于"精诚所至，金石为开"的君子兰之昂然正气，感慨于它淳朴的高尚品质。守候着老屋，它比谁都忠诚。多少年来，顽强与寂寞的君子兰，深深地感染着我：远眺"觉岸"，坚守阵地，"不以物喜，不以己悲"。

人海茫茫，世事变迁，我都不会忘记老屋的君子兰，是它为我带来了光明，是它教会我"柔能制刚，弱能制强"的道理，更是它让我领悟到"慈母手中线，游子身上衣。临行密密缝，意恐迟迟归。谁言寸草心，报得三春晖"中伟大的母爱。

回报大地母亲，只需我们去感知与感恩；只需小草深深地扎根于岩土之中，竭尽全力地奉献自己。总有一天，它们也会像君子兰一样，在历经三十多年的风雨后，盛开出鲜花，果香飘逸，与日月同辉，赢得世人的敬仰和赞美！

那曾经与我朝夕相处、情投意合的石库门"晚香楼"老屋中的君子兰，不知后来的去向如何？如今的命运又是怎样的呢？

生命，既是脆弱的，也是顽强的。我们在脆弱中学会坚强，在逆境中寻求新生。

我的情感系于那株君子兰，我的爱献给我的高堂双亲，献给我的祖国母亲。

敬作于上海 2012 年 12 月 9 日

再次修改于 2024 年 4 月谷雨

# 故乡情 传文脉

## 源远流长话古今

千古神韵出名师，昂然气概天地知。纵观历贤创文脉，巍巍山河永相峙。我们深信，中华民族上下五千年的历史文化灿烂辉煌。从盘古开天、女娲造人、钻木取火的远古传说到尧舜让位、大禹治水，再到屈辱的清朝后期、新文化运动的兴起、中国共产党的成立、十四年抗日战争、中华人民共和国的成立。这一系列的历史篇章，共同编织了中华民族的辉煌史册。如今，东方巨人踏上了社会主义大道，迎来了光明的前途。

我们欣慰于华夏文明的星光璀璨，既喜爱辽阔粗犷的北方林海雪原，也钟情于田园秀美的江南鱼米之乡。诚然，民族优秀人才犹如滚滚长江之水，后浪推前浪，不可阻挡地壮阔前行，令人赞叹不已！

前几年，正值春风拂面、桃红柳绿的美好时节，三清山管委会的两位干部，也是我们的学生——纪永盛和诸文泉，热忱地邀请我与刘鹏飞老师一同前往三清山北麓的汾水村。在那里，我们结识了正在投资建设三清山画家楼的浙江企业家们。因为这座楼的建成与我们创建三清山书画院息息相关，又是由浙江老乡创办，所以我们对彼此格外感兴趣。茶余饭后，我们亲切地切磋交流，从上午的日出东山，一直谈到日落西山，再到午夜的星光满天。他们酷爱书画、尊重艺术家，我们交换资料、探讨旅游、文学与书画艺术。大家相处如此融洽，共同拓宽并明确了旅游发展必须首先提升文化品位的理念。浙江人杰地灵，也早于其他地区开发旅游景区并拥有丰富的经验。浙江企业家确实见多识广，是敢于甩开膀子干实事的楷模。

## 千难万险乡情浓

我与刘老师有幸结识了老家绍兴上虞的董冲、王素娟夫妇及其子董尚青，他们都是学识渊博、品德高尚的优秀企业家。随后，我们又愉快地认识了素娟的妹妹王素凤及其夫俞激扬，他们为人正派。初见素娟，我被她那素雅健美、大方质朴的气质所打动，更惊奇的是她竟是越剧大师王文娟的亲戚，这让我感慨万千！我自小便热爱越剧，尤其喜欢唱王派《红楼梦》，想不到花甲之年才有幸去过王文娟的故乡浙江绍兴嵊州市。

激动之余，我们之间的热门话题始终围绕着如何弘扬中华传统文化展开。他们一家热情厚道、聪明能干，这让我深感自己也应该为发展家乡的文化艺术事业做点贡献。他们都是大山里的儿女，有着执着奋斗的精神面貌。素凤从上虞章镇的大山里走出，考入南京大学，毕业后自愿援藏十年，成为一名优秀的共产党员和当地人民的好干部。其间，她虽然遭遇了不幸的婚姻，但这个刚强的女子用特别的毅力忍受了痛苦，也克服了高原缺氧。她和我们北大荒人一样，一样年轻，一样在艰难困苦的境遇中拼搏。那一路，她和我们北大荒人一样历劫余生，在风雪的洗礼中挺直了腰杆，坚定了意志，终于回到自己的家乡，得到亲朋好友无微不至的温暖关爱。如今，她已成为上虞区直属机关单位的优秀干部，成为理想时代的歌咏之人。

董冲、激扬两家人为人正直、善良憨厚，真诚待人，是我们的莫逆之交。他们说，认识我们俩是三清山赐予的缘分，也是他们的幸运；认识我们是他们人生中最大的快乐。对此，我们感到很惭愧，我们并没有帮助他们很多。但同时，我们也感到很宽慰，因为我们热爱故乡，并找到了在故乡发展文化艺术事业的平台。

## 创办东山书画院

事后，我与先生正式与他们商谈了共同创办"东山书画院"的意向及目标。因为我们已经有创办三清山书画院的经验，所以他们对此充满信心，不怕艰难，走访各方，想方设法，非常认真努力地去争取、去操办。2012 年夏，是个值得庆贺的季节，书画院历经艰辛终于创办成功。批文下达后，董冲担任董事长，我俩则荣任院长，并收到了正式的任命证书。素娟、素凤两家人都是书画院的骨干力量，她们的全情投入为书画院的发展注入了强大的动力。素凤作为我们的学生也获得了证书，因为素凤和我们有着相似的经历，我们想让她学习绘画，将这份艺术传承下去。从零基础到动笔作画，我们手把手地教她山水画的基本功。她学画的毅力与灵气非同一般，目前仍在刻苦地磨炼中，我们期待着她在绘画艺术上能有更大的突破。

　　乡情可爱，书画传承，这是一项继承当年东晋谢安文化之路的事业，旨在追求道德修养。据董冲说，他的爷爷当年是修复和发展东山国庆寺的四大弟子之一，家中曾拥有广袤的田园农庄，但后来遭遇了不幸。然而，人类总能在困难的时候坚强地翻越一座座山，迎接另一个春光明媚的天地。我也是这样鼓励他人与自己的，坚信人活着一定要精神抖擞，迎接每一天曙光的升起，开始自己新的生活与追求。好在，东山书画院院址在董冲的一贯积极投资与努力下，很快便在东山国庆寺落成并挂牌。这意味着我们的努力得到了回报，也预示着书画院将迎来一个崭新的发展阶段。

## 一朝图志传文蕴

　　建立书画院，谈何容易？它需要我们深入了解当地的风土人情，将万千景色写生在一张张白纸上，创作出富有生机的山水画。我们从零开始，邀请素凤协助我们收集大量资料，才得以深入了解上虞的历史。在这个过程中，我们不断地得到他们无私的帮助。他们真诚地陪同我们，在车上，在路上。我们不怕晕车、不怕麻烦，一路辛勤采风，紧张写生，充满了创作的激情。

　　回来后，在炎热的夏天，我们流着大汗，细致地绘制了案上的第一稿图。刘老师用四尺宣纸，先后画出了两幅立轴作品：《月上东山》和《东山老圃图》（这两个富有深意的名字还是刘老师为董冲起的）。另外，还为素凤示范学习创作了一幅横幅作品《曹娥江仰望东山》。这些作品皆色彩清丽、古意浓厚、大气磅礴。董冲看到这些作品后，情绪高昂，废寝忘食，躺在画下如痴如醉，深深地沉浸在他的农庄里，沉浸在明月光下的宁静之中。他感觉自己的心灵宁静而舒适，他深感画的力量如此伟大，从此，他更加热爱并致力于弘扬文学与国画艺术。

他对我们说："过去，我不懂得精神世界有多强大。后来，经过学习、看报、向老师们请教，我才明白落地生根与开花结果的关系。人类要结什么果？这取决于人的精神世界。我调整了十几年的心态，觉得无论贫富都能生活，但一定要积累精神财富。董总这个有道德底线的企业家心态多么豁达阳光！他才读了三年书，家境困难去学徒做木工，一直做到25岁，才有勇气考虑自己成家立业、操办工厂的事。他经历过失败与成功，起起落落，一切既靠机遇，也靠他的实践与智慧。现在，他已经将事业交给了大学毕业的儿子董尚青去管理。尚青也十分有能力，吃苦耐劳、管理有序，是个能肩负重任的好接班人。董总在培养后代上，处处不减劳动人民的本色，皆以美德教育为先，令人折服。

## 承前启后　诗情画意

乡情可敬，为此奔波，我这一路怀揣着使命，也在力所能及地创作。我创作了第一张四尺横幅《东山再起全景图》。那天，我们三家人驾车一同沿着河边的山道驶去，前山的入口是宽广的东面广场，广场上"谢安太傅"的汉白玉雕像正抬头挥笔，展望着对面川流不息的曹娥江。他雄才伟略，高大地屹立在这里，令人肃然起敬。跨过那宏伟牌坊，我们心潮起伏，立马感觉穿越到了时空隧道的另一端。我回到故乡，看到了古今文人云集的高雅场面很欣喜。这样的文化圣地，为何自己姗姗来迟？俞激扬机灵聪明，赶快用照相机为我们留下了合影，使我们不虚此行，收获满满。

为了弥补我缺失的文化底蕴，我迎着古林茂竹，一路上山写生，直到来到谢家的国庆寺。我写下了1600多年前谢家几代人艰难创业后建起的故居景色；也写下了董冲现在居住的老圃农庄，那里流水潺潺、田园风光，真是美不胜收的江南水乡。

我的第二张水墨写生二尺小画名为《东山指日望舜江》，我题诗："东山指日望舜江，母亲河边忆故乡。孝义诚信责任重，长流文脉翰墨香。"那幅画是为素风参加书画比赛而创作的。指日峰位于东山口山道转弯处的第一个景区：河畔不高的粗犷山崖上荆棘丛生、枝藤垂挂、满目繁荣。岸边，突然出现一个小得像拇指的山峰，名叫"指日"，它形象地指向曹娥江，显得小巧玲珑，含义深刻。靠近它的崖边有一只扁舟，老船夫撑着长长的竹篙，头上盘着发髻的老船娘坐在船尾，打着蒲扇，喜看风景。一群水鸟从对岸飞旋而来，围绕着她转。船上还正摆着他们烧饭用的瓦炉子和一大堆锅碗瓢盆。

我的第三张画是水墨长卷《兰溪远去上虞章镇》，尺寸为1.5尺×12尺。创作此画，源于董总派杜师傅开小车接我们进东山的经历。我们从江西玉山出发，先到兰溪江饭店享用午餐，这让我有机会遥望那片苍茫的水域，一睹我父亲曾经游过的兰溪。那一年，27岁的父亲首次横渡兰溪江，自信满满地以为自己是家乡的游泳能手绝对能成功，于是毅然下水。然而，游到江中心时，突遇寒流，水势湍急，他的腿脚猛然抽筋，疼痛难忍。父亲在那一刻想到，今天可能要命丧于此了。他深知，若继续前行，水势更湍急，深处更加危险，而返回或许有一线生机。于是他鼓足勇气奋力游回岸边，总算捡回一条性命。然而，一阵眩晕和呕吐接踵而至，回到家里后，他得了一场伤寒症，头发也掉了好多。在此，我要感恩兰溪江，它给了我父亲第二次生命。我要用画笔记录下这一段惊心动魄的遭遇。于是，我挥毫泼墨，从兰溪一路画到义乌市、东阳市、嵊州市，再到上虞区章镇（素娟、素凤的老家），这一路近五百里，风起云涌，满眼山水，风光绮丽壮阔。画卷从兰溪水路起步，穿越义乌山区的隧道，绵延至东阳的崇山峻岭，威武浩荡；随后又蜿蜒而下，描绘出嵊州市海岸礁石滩头，脉络清晰。小桥流水人家，青墙红瓦的家园，仿佛来到了桃花源，让我兴奋得握不住笔。

我的第三张水墨长卷写生画名为《东山再起上虞舜乡》，尺寸为 1.5 尺 ×9 尺。画卷从上虞开始，一路经过东山上浦、董家村、老圃农庄、东山再起（国庆寺），最终到达东山湖，全程约 30 里水路。我从"十八里相送"的大桥起笔，马上出现了高大竖立的上虞区标，以及汉白玉雕刻的"梁祝"化蝶双飞。画卷中间相隔一条大江，名叫"舜江"，对岸是立体三角形的舜帝岭，古朴稳重、浑圆雄伟、高耸云端。沿着石梯上到顶部的平台，进入茂密的森林深处，有一座焕然一新的庙堂，竹楼兰英，幽径曲折。远古的尧舜就是在那里"耕于历山，陶于雷泽，钓于河滨"，开创了一代圣贤明君与黎民百姓勤劳勇敢、荣辱与共的大业。这片土地流传着上善若水的美誉。

"东山再起"之地——上浦镇，与谢家有着千丝万缕的联系。车子转弯向东驶去，我们来到了直径小道上的上浦镇。农贸市场热闹非凡，乡土风俗浓郁，田野间清气芬芳，真是一个美丽的家园！这里四面环山，丘陵连绵，层林滴翠，飞鸟展翅回旋。再往前走，刷了黑漆的大桥即刻展现在眼帘，桥下是浪花飞溅的曹娥江大闸，十分雄伟。浩瀚奔腾的曹娥江令人心潮澎湃，让人忍不住回望惊叹！它的出名源自当年孝女曹娥几天几夜寻找落水父亲的动人故事。虽然她最终命归海神，但却为人类留下了尊重孝道的美好品德。

意犹未尽之时，我们又见到了两边香樟林立的长长大道，这就是有名的董家村。村口，有一户人家，门口种着绿荫婆娑的菩提树，门楼的牌坊典雅古朴。进门看到古色古香的园林精舍，亭台楼阁，处处红漆雕花的楼中挂有古诗词楹联，摆着红木雕刻的仿古家具，这就是董冲的二哥自己装修的家。没想到，疾病缠身的他，竟然是一位园林建筑师，又是热爱传统文化的文物管理员；更是豁达开朗、不怕死的强者，真让人佩服！他一整天陪着我们，热情地挽留，亲自买菜下厨，为了招待我们，举办了两次盛宴，为此我们深感抱歉！

后来，我们迫不及待地想看看董冲修建的"东山老圃"农场。从小道拐进的小径弯弯曲曲，行人像花蝴蝶，穿梭在灌木丛中。在月亮弯弯的绿岛间，鸟语花香，玫瑰迎宾；梯田茶林，白鹅引颈；山岚环抱，河塘清澈。只听见"扑通""扑通"的响声，看到一阵阵水花泛起，红色鲤鱼在跳龙门，太可爱了，神奇极了！董冲告诉我们："它们正在热情地欢迎贵客呢！"

接着，董总拉开竹子做的简易小门，走在竹排的三尺宽的小曲桥上，摇摇晃晃。大家睁大眼睛，小心翼翼地走着，徐徐走向长长的、鹤汀凫渚般的几何形木道，蹒跚而愉悦。草堂楼阁、凉亭渔船，仿佛置身远古生态环境中那么亲切可爱。随处可见的美人蕉高贵华丽地耸立，正开着娇艳的花朵，嫩黄的、橘红的，楚楚动人。仰望东面山高水长间的城阙，可以清楚地看到那里屹立着由一排排青瓦、土红墙组成的国庆寺，它既承载着新建筑理念，又仿佛回归到东晋谢安的雄风古韵。这正如东晋南朝谢灵运《山居赋》所言："诗以言志，赋以敷陈，箴铭诔颂，咸各有伦。"

走下台阶，正是"谢家三公祠"院落，殿堂回廊，庄严肃穆，四周院墙似龙身。俯瞰远方，曹娥江宛如两岸翠绿丛中的白玉带，绵延流淌；水面上千帆穿梭，万柳倒映。

又一天，正值烈日炎炎的盛夏清晨熹微之时，董冲与素娟恰逢休息日，他们便驾车带着我们向东面的东山湖驰去。刚刚踏入景区，便仿佛进入了一个清凉的世界，沿河的林荫道更是别有一番风味。董冲头上戴着竹笠，宛如一位打鱼人，而我与素娟则撑着花伞，在柳林间逍遥自在地拍照。先生戴着白色旅游帽，与董冲悠闲地侃侃而谈。杨柳岸边，晓风拂面，东湖水碧波滢滢。船家呼唤着游客浏览美景，旖旎的风光尽在江心。一抹朝霞光射万丈，照亮了隐隐远山。我们看到了水乡人家升起的浓浓炊烟，听到了岸边妇女洗刷时的浪漫笑声。空气如此清新，我们的心情好不快活，仿佛来到了人间仙境，这片古老的领地拂去了我们凡尘的浮躁。

我们在柳岸的凉亭里憩息，尽情享受这份宁静与美好，并记录下这一幕幕青山绿水的愉快画面，以及一段段雅趣美丽的故事。今生有幸在东山相聚，愿这殿前长留高士气，传扬国学千秋功，笔耕墨耘遂心意。

　　美丽中国，秀丽上虞，仙境东山，深邃文韵。愿我们的初心在此回归，愿我们的书画尽情展现。我想，接下来创作的长卷定会问世，我们更愿意将这几千年的人文魅力传承下去，去传颂那文人墨客的千载文章，去聆听这曹娥江水日夜奔腾的欢歌民谣……

　　　　　　　　　　　　写于上虞天香西苑 2012 年夏
　　　　　　　　　　　　修改于三清山书画院 2024 年春

# 东方神笔创国粹

## ——参加刘海粟大师十上黄山大型画展

## 崇尚艺术书画缘

高尔基曾言："文学就是让思想充满血和肉。"确实，艺术思想亦是每位创作者"外师造化，中得心源"的素养之体现。

在那段特殊岁月里，众多文化艺术经典流失，书画精品更是沉寂了整整二十年，犹如被遗弃的珍珠。幸好，20世纪80年代，改革开放的春风吹过这块等待新生的绘画净土。全国各地掀起了热爱书画艺术的高潮，人们如饥似渴地学习国画，孜孜不倦地在美学之路上奋斗，成就斐然。

在上海滩，无论是美术馆还是朵云轩画廊，竞相举办画展的画家数不胜数。我家就住在附近，我与父亲酷爱书画，亦是那里的常客。我们时常省吃俭用，购买了不少古董和书画资料，总是兴致勃勃地去参观学习，临摹探讨，乐此不疲，收获颇丰。

行走在笔飞墨舞的丹青之路上，在先生刘鹏飞老师的指导下，我最终选择了江西三清山作为创作基地。在江西、上海乃至全国各界领导、媒体、行家的关怀下，我于1993年9月在上海市南京路美术馆的三楼展厅举办了"杨七芝三清山画展"，并首发了《杨七芝三清山画选》，作为一名新秀画家崭露头角。此次画展及首发式，由老革命家、上海市文联主席夏征农主持。画展吸引了如潮的人流，热闹非凡。美术馆张馆长称赞道，这是建馆以来的创举。承蒙恩师谢稚柳大师的提携与器重，他鼎力题写了画标、画册序言，使画展达到了人文与自然相得益彰的高度。上海市电台、电视台及时进行了采访，并向全球转播了。江西省驻沪办事处、上饶市有关部门、三清山管委会和旅游界各位人士亦纷纷积极响应，宣传声势浩大。由此，我在上海轰动一时，名声传到全球。游人络绎不绝地奔赴三清山，寻找我在《解放日报》全版刊登的《三清山全山图》与"十大绝景"，领悟我作品中的意境。全国各地的信件如雪花般纷至沓来，充满了亲切与温暖。

记得 1988 年 9 月，那是我们中国书画函授大学老校长刘海粟先生在上海市南京路美术馆三楼隆重举行"十上黄山大型画展"的日子，实在让人感慨万千，难以忘怀。刘校长以"以一见万，以万归一"的独特视角，展现了中西结合的五彩缤纷画作，宏图大展，享誉全球。

那次在美术馆，我和上海大专院校艺术系的陈教授（我的启蒙老师），因为没有票而进不去，只能拥挤在人来人往的门口。天哪！美术馆大门口和街上看热闹的人群，似长龙般。上海沸腾了，美术馆人满为患，森严的保安队伍也排成了一堵墙。这是人人想见到一代宗师、著名画家刘海粟大师的壮观场景。

# 百年难遇进画展

我与老师正犹豫焦急，担心进不去，却又不得不在人群中被挤来推去，只能向前冲，生怕被人挤出去，累得满身大汗。

猛然间，在簇拥的人群中，我瞥见了一支队伍。仔细一瞧，啊！太好了，原来是我熟悉的常州市文化局的领导，他们带领着艺术队伍前来祝贺，正往馆内走去。此刻，我什么都来不及想，突然灵机一动，赶忙上前喊住了常州市书画院的阚长山院长，恳请他带我们进去。阚院长是我一直敬仰的前辈。真是天赐良机，他立刻答应，用手指着一个大花篮说："那你们就一起抬进去吧！"这让我与陈老师松了一口气，我们抬着花篮进馆，心中充满了快乐。我向阚院长诚恳地致礼，感谢不尽！由于刘海粟大师的故乡是常州，因此他特别指示我们把常州书画院的大花篮摆在重要的位置。

真没想到，一进门，人们更是里三层外三层包围着美术馆。从一楼到四楼顶层，所有的空间都被人占领了。人们皆在酷暑闷热、令人窒息的空间里往前挤，等待贵宾的到来。这场面，其势如大海奔浪，其威似排山倒海，十分壮观。一不小心，人还会在上楼梯时被挤下来，差点从楼梯边滚下去，叫喊声此起彼伏。这是少见的不顾一切地冒险，也是意想不到的热情。每一阶楼梯上都人贴人，心贴心，连对方呼吸时胸部的起伏都能感受到。这是一个百年难遇的巨展，是刘海粟大师近百岁高龄时，十上黄山的写生创举。谁能像他一样十上黄山创作再开画展？谁能如此长寿，在耄耋之年还能进美术馆开大展？他的绝品有目共睹，他的名气与日俱增。

敬仰名家之心，让我热血沸腾。大家的心愿很简单，无非就是想亲眼看一看艺术巨匠刘海粟大师。我虽未曾亲见刘校长，但有幸见过他与我的书画师公朱复戡大师以及施南池书画大师合影的照片。他们都是艺坛挚友，英俊潇洒、风流倜傥、和蔼可亲，极具当代艺术大师特有的风度与魅力。

## 顶礼膜拜追宗师

当我与陈老师正兴致勃勃地走上三楼，准备步入那专为大师级作品设立的、安装了玻璃大柜的展厅时，突然被门卫拦住了。门卫说只有记者才能进去采访。我急中生智，谎称自己是记者，并晃了晃陈老师挂在我脖子上的照相机以示证明。然而，门卫依然严厉地拒绝了我们。我急忙指着陈老师对他们说："这是刘老的学生，怎么不让进了？"话音未落，后面的人哄的一下冲了进去，我与陈老师也顺势挤了进去。

始料未及，大厅内早已是人满为患的热闹场景。到处是看画、议论、临摹与沉思的人。只见进门的右边站着一位身形高大的老人，九十多岁，银鬓如霜，正是刘大师。他穿着一件灰蓝色带红格子的西装，内搭白衬衣，系着一条相应颜色的领带，正被一群虔诚崇拜的学生们簇拥着，刘大师与学生们对话，笑声朗朗。不一会儿，刘大师蹒跚着欣赏自己的作品，他的身边是美丽端庄、多才多艺的夏伊乔夫人，她紧紧地挽着他的胳臂，生怕有人挤到刘老。

刘老精神矍铄，脸颊稍瘦，双眼炯炯有神，睿智善良慈祥，戴上一副金丝边眼镜更显书卷气十足。他微笑着，不时地和周围的学生议事，或倾听领导们的问好。他一点架子也没有，不管谁和他拍照、打招呼，都非常配合。是的，越是有才华素质的人，越是谦虚谨慎、平易近人！

由此，我带着相机转来转去，拍了许多相片。我也特别幸运，常州文化局的领导帮我拍了一张和刘大师夫妇的近距离合影，这张照片我珍藏至今，其乐无穷！当年，陈老师是刘海粟大师和朱复戡大师的弟子。那朱老便是我的师公，20世纪80年代朱老就非常赞赏我的山水作品，夸我聪明，并在我一幅长卷上题了款："万里山河眼底收，起之（七芝）女弟属正，乙丑朱复戡。"施老、陈老师和我父亲都在我这幅画上提了款。朱老与刘老是挚友，经常合作绘画，兴趣相投。如此这般，那我也该叫刘老师公了。

我与陈老师深深地向刘老鞠了一个90度的躬，以此表达我们的无限敬仰与虔诚之心。刘老惊喜于陈老师也来看他的画展，两人交谈甚欢。在非常时期，有一次，陈老师在街上遇见刘老，见他穿着一件破棉袄，身体十分虚弱，便心生怜意，赠送给他厚衣服与人参，帮他渡过难关。

此刻，人群不断涌来，摩肩接踵，我们紧跟着刘老。热得满头大汗，却也顾不上擦。多看一眼便是一眼的好，多听一句便是一句的好，多拍一张照片便是一张的好。这就是伟大的艺术家，他如同一面彩旗，赓续秉承着中华民族文化。

## 钟情翰墨铸人生

我们随着人群，缓缓挪动着步子，迫不及待地观摩学习着刘老的黄山百幅精品。第一幅是简明扼要的长方形画作，描绘了黄山的几座主峰，题为《山水》。刘老用气派的笔墨，在这张画的左上角题款："一九八八年七月卅一日，清沽古泼墨画，刘海粟十上黄山，年方九三。"岁月荏苒，老艺术家的痴心犹在，他把中国绘画史上著名的"六法论"牢牢记住："气韵生动，骨法用笔，应物象形，随类赋彩，经营位置，传移模写。"

紧接着，我们缓慢前行，仔细观赏了一幅幅横幅与竖幅的大型画作，艺苑掇英，浓墨重彩。这些画作气势磅礴，史无前例；青绿铺垫，红峰耸立；七十二奇峰向着光明，万里风云尽在笔下。"飞流直下三千尺，疑是银河落九天。"木石灵动，如舞彩练；绿树红叶，似唱晚霞。那凝重深厚的墨色，那倜傥神韵，令人百看不厌，叹为观止！

如《风云际会，黄山诸峰奇幻》《黄山乌龙潭》《风雨前村过》《黄山奇峰映金秋》《黄山是我师》《黄山七十有二峰》等，每一幅都彰显了刘老的艺术造诣。刘老用一辈子爬遍黄山每一座峰；他毕生呕心沥血，在墨池砚边挥洒笔墨；他中西结合，开创流光溢彩的画派风格；他饱经风霜，诗情画意向乾坤。刘老的艺术成就获得业界高度肯定！

我们万分敬佩，百般仰慕。作为刘老的后辈，我们将继承他伟大的艺术魄力并发扬他勇于攀登，十上黄山的拼搏精神！

刘海粟大师对艺术的精辟论述，更令人钦佩。他说："艺术若无生命，即使大规模地铺展，也毫无意义。"

所以画家作画，都是内心有感而发。若不如此将感受表现出来，就不快活。倘若没有感受而造作，那就成了虚伪的技巧画。因此，内心感受越激烈，艺术表现就要越强。画面上的线条、韵律、色调等，都蕴含着情感、精神和永久的生命力。

刘海粟大师在《黄山绝顶》中论理："任何一种艺术，必先有自己的创造精神，然后才能表现自己的生命。若处处都是崇拜模仿，受人支配，则他表现的必不是自己的生命。最高尚的艺术家，必不受人的制约，对于外界的批评毁誉，也视之漠然。因为我的艺术，是我自己生命的表现，别人怎能见得我当时的情感怎样呢？别人怎能知道我的内心怎样呢？肤浅的批评，是没有价值的。我们艺术研究者，应具有自己的态度，不受别人的影响！艺术何以能表现自己的生命呢？因为艺术是通过艺术家的感觉而表现的，因感觉而生情，才能产生艺术。譬如绘画，个性刚强的人，欢喜热烈的色调；性格沉默的人，就喜欢冷静的色调。"

## 华丽转身创伟业

行文至此，让我们回溯当时刘老的美术馆画展盛况。上海市委的领导们，在繁忙的公务中抽空赶来，他们面带热情地微笑，站在门口第一排画柜前，为刘老送上美丽的鲜花，并观看他的一系列巨作，以此表达鼓舞与敬意！刘海粟大师激动不已，连忙跑过去与他们握手致礼！此刻的美术馆迎来了最高潮的时刻，留下了最光彩的一幕；无数台闪光相机"咔嚓""咔嚓"地响着，记录下这最珍贵的一幕；千百双眼睛闪烁着激动的泪花。璀璨绚丽的黄山与叱咤画坛的刘大师，共同谱写了一曲气势恢宏的壮美旋律。

自始至终，在我的生命中，我再也未见过如此辉煌的画作，如此壮观的画展场面。艺术大师到暮年能拥有如此多的崇拜者，真令人钦佩！

这就是观众对刘海粟大师的赞美：

> 笔耕不辍，风雨无阻，
> 钟情翰墨，矢志不渝。
> 书山学海，任凭翱翔，
> 四季耕耘，收获满满。
> 润泽丹青，历练人生，
> 硕果累累，频传佳音。

这是一段记录在上海这座国际大都市、文化荟萃之地的故事；这是一幕展现热情洋溢、追逐艺坛大师的场景；这是一位奉献毕生画作的艺术家。市委领导亲临，万千群众热情参观，那是在20世纪80年代初期，书画艺术走向繁荣发展的新阶段。如今，人们对艺术的崇尚或许已不那么多了。但刘大师是幸运的，他是一位传奇式的人物。

他绝对是位画坛天才，而且胸有大志，自小就有改革中国画坛的抱负。他16岁就与人合办了上海图画美术院，后将这里改为上海美术专科学校。他本人既擅长国画又擅长油画，其国画浓墨重彩，线条有钢筋铁骨之力；其油画画风苍古沉雄，不拘一格，有世界大师之风范。他被西方人誉为"中国文艺复兴大师"和"东方艺坛之狮"。

只要参观过那天的展览，那铺天盖地的香花奇葩和技艺精湛的作品，那云山林海、雄伟奇胜的黄山风貌，就都难以忘怀了。只要历经过那日人潮涌动的参展场面，你就会体悟到艺术的伟大，感受到中国传统书画艺术的魅力。那么，你就不会放下手中的笔墨，当你临池伏案时，就会拥有充沛精力。这就是初心不改，艺术代代相传的活力！这就是砥砺前行的奋斗精神。

写于 2009 年 8 月 24 日
修改于 2024 年 5 月 7 日

---

刘海粟（1896 年 3 月 16 日—1994 年 8 月 7 日），汉族，名槃，字季芳，号海翁，江苏武进人，民盟盟员。他是中国近现代杰出的中国画家、油画家、书法家、美术教育家、美术史论家、社会活动家。其主要著作有《画学真诠》《中国绘画上的六法论》《欧游随笔》《石涛与后期印象派》《中国绘画的继承与创新》《存天阁谈艺录》《黄山谈艺录》《刘海粟艺术文选》《凡·高》《高更》《马蒂斯》以及译著《现代绘画论》等。他的主要油画作品有《巴黎圣母院》《卢森堡之雪》《威尼斯》《罗马斗兽场》《向日葵》《威士敏斯达夕照》

等；主要中国画作品有《寒林》《飞瀑》《黄山古松》《五大夫》《啸虎》等。自1954年始，他创作了油画作品《黄山散花坞云海》《玉屏楼望天都峰彩云》《黄山温泉》《西海群峰》《始信峰》《清凉台》等，以及中国画作品《黄山西海门图卷》《黄山后海图卷》《揽天都之奇》《黄山册页》等。1988年9月，"刘海粟十上黄山画展"在上海美术馆举行；1991年3月，他获得香港大学名誉文学博士学位，并被评为享受国务院政府特殊津贴专家。

# 后记：勇毅出版　怀揣感恩

（献给一路支持我的良师益友）

## 感悟篇

一上高城万里愁，山雨欲来风满楼。
一瓣心香蕴古韵，幸运之神伴孤舟。

在这诗意盎然的诗句中，我踏上了我的"三清路"创作之旅。从 2021 年至 2024 年，《风雨三清路》《文韵清路》《诗意三清路》这三部曲，以及《觉语》散文集，将陆续由国内出版社出版，这是我毕生心血的结晶。

在此，我深感欣慰，并向一直以来对我关怀备至的良师益友，以及网络上热情拥护、鼓励我的爱心人士们表示衷心的感谢！没有你们春风化雨般的支持与鼓励，就没有我今天文字的丰收。因此，我定要感恩于你们的大力支持、无私关怀，是你们让我的创作之路更加坚定与美好。

先敬赠对联一副：

久逢甘霖润心田，筑梦诗文人生助。
独处仙境享清幽，感恩雨露岁月疏。

　　我应当万分感谢，那些在四本书中为我这一介草民保驾护航的老师们。著名文学家叶辛老师、著名小说家孟翔勇老师、著名诗人张恭春老师、著名散文家石红许老师，他们在百忙之中仍真诚地为我的作品写序。同时，我也要感激两位资深记者王伟老师和李文祺老师对我的支持与鼓励。还要特别感激题写书名的著名诗人、书法家叶建华老师，以及各界协会、文坛上下的贤士们，谢谢你们对我文学创作一如既往地关注和付出。专家学者们留下的每一个文字都是如此的珍贵，我三生有幸能够得到这样的指导与支持，定会无比珍惜这来之不易的情谊！

　　岁月无痕，人间有情。我非常感恩出版社老师们的大力支持，使我的作品得以付梓出版。同时，我也要特别感谢青年作家网总编辑汪鑫老师，他在繁忙的管理工作中腾出宝贵的时间，付出最大的心血，为《文韵三清路》挚诚地撰写后记，并与编委老师们辛苦策划，努力编辑，推动了图书出版，对我的书进行了热烈的宣传。这让我的"三清路三部曲"和《觉语》得以亮相，真正走向社会，面对大众读者。我希望通过这些作品，能够共享"仁者爱山，智者爱水"以及钟灵毓秀、人杰地灵的自然与人文景观，掀起一股用文学、用热情描写祖国名山大川的文旅高潮。

　　自幼受严父庭训，我对诗文便怀有浓厚的兴趣，虽无缘入门，但对大好河山的热爱却丝毫不减。不惑之年，我在书画艺术上初露锋芒，而五十知天命之时，为治病之需，在文学家、摄影家刘鹏飞先生的耐心指导下，我领悟到"欲治病先治心，心美好画生"的真谛。于是，我正式开始落笔作文，无形之中，身心愉悦，从此欲罢不能。

　　文学如同疏导心灵的良药，荡涤我污秽的思想，为我输送生存的氧气与血液。写作，已成为我生命中不可或缺的大事。从 2005 年至 2016 年，我撰写了 30 万字的回忆录（虽未完成）和 40 万字的散文，并出版了两本书籍。

　　在过去的四年里，我整理了自己在跌宕起伏的岁月中的随笔，甄选出四本诗文专著，总计约百万字。除了平常创作的诗歌外，我还收集了较为精彩的两千首诗歌。在回眸总结的瞬间，我热血沸腾，庆幸自己平时无意中留下的文字竟如此有力，它们为我减轻了许多身心上的痛苦，让我找到了自己踔厉奋斗的方向，因此，我将今年的第四本书命名为《觉语》。

　　在与自然和书画的相依相偎中，我发现了无数令人难忘的瞬间。我永远不会忘记让我喝着浦江水长大、看霓虹灯下繁花似锦的故乡上海；不会忘记在林海雪原中锤炼意志、不断成长的北大荒时光；不会忘记在"兰陵美酒郁金香"的江南盛景中攻读书画院校、学成归来的常州岁月；不会忘记仙山福地的三清山，那里是我创办书画院的地方；更不会忘记久居的"博士县"玉山，那里是我寻梦文学的宝地。无论是金融巨匠汇聚的上海南京路，还是历经 14 亿年变迁的雄奇险秀三清山，抑或是青山绿水、梦里水乡的杏花村，我都虔诚地感恩每一次的遇见！

　　30 年来，我的 6 部专著与 3 本三清山画册均在上海、三清山与玉山的各画室中撰写出来。此外，我还受邀参与了国家有关部门组织的 60 余部书籍的编纂工作，并多次获奖，同时在知青作家杯、青年作家网的文学征文中投稿数十篇，多篇作品获奖并被选入优秀文集。我坚持天人合一的创作理念，在山水间寻找灵感，砥砺前行。我热爱创作，喜欢与同仁们分享快乐；我重视修身养性，追求宁静致远、淡泊名利的生活态度，但这一切都离不开中华民族五千多年最伟大的文明史，以及博大精深、源远流长的民族文化神韵。

我华丽转身，追求纯洁的艺术境界。我坚定地认为，文化自信离不开对中华民族历史的认知和运用。历史是一面镜子，通过它，我们能够更好地看清世界、参透生活、认识自己；历史也是一位智者，与他对话，我们能够更好地认识过去、把握当下、面向未来。用文化艺术讴歌祖国，为大众撰写作品，这是作为一个作家的最大使命。这也是我在学习过程中的座右铭，我时刻铭记于心。

学习写作饱经风霜，天涯海角奔赴沧桑。

追随文创师友鼎力，耕读万物彻悟弘扬。

冰雪消融，百花争艳，江畔红梅绽放，暗香浮动，迎春而来。我漫步其间，寻觅心中最清香四溢的花朵，欲将其献给我生命中最珍贵、最敬仰的老师和朋友——你们就是我所要赞美的春的使者，拥有清风拂面的魅力，温暖着人间；你们满怀正能量，带来阳光普照的每一天。我向老师们学习并致敬，愿百尺竿头，勇攀高峰。如此，我才能尽情书写人生，勇毅前行，怀揣感恩之心，去迎接明天灿烂的朝阳，走向未来更辉煌壮丽的河山。

敬作于三清山书画院

2024 年 4 月 18 日